दीवार के पार

पटना की संकरी गलियों से

रवि रंजन

दीवार के पार

रवि रंजन

प्रथम संस्करण : २०२६

विषय सूची

१ खिड़की

खिड़की कोई चीज़ नहीं होती। वह एक दशा होती है। वह दीवार में होती है। लेकिन दीवार नहीं होती। दीवार रोकती है। खिड़की रुकने देती है। अनिरुद्ध को यह फर्क किसी ने समझाया नहीं। यह फर्क उसके भीतर धीरे-धीरे बैठा। हर सुबह। बिना आवाज़ के। कमरा छोटा था। इतना छोटा कि उसमें दिशा नहीं बदलती थी। चार कदम। और सब मिल जाता था। बिस्तर। मेज़। अलमारी। और खिड़की। कमरे में कुछ भी अस्थायी नहीं था। सब वहीं था। जैसे समय ने उसे वहीं छोड़ दिया हो। खिड़की सामने थी। थोड़ी बाईं ओर। न ऊँची। न झुकी हुई। इतनी कि बैठकर देखा जा सके। और खड़े होकर भी। सुबह का समय था। वह समय जो निर्णय नहीं करता। बस मौजूद रहता है।

रात पूरी तरह गई नहीं थी। दिन पूरी तरह आया नहीं था। सुबह। हमेशा जैसी। न पूरी नींद में। न पूरी जाग में। रोशनी बाहर थी। सड़क पर। छज्जों पर। पेड़ों की पत्तियों के बीच। लेकिन कमरे में आने से पहले रुक रही थी। वह काँच तक आती। और ठहर जाती। जैसे पूछ रही हो। अब? कमरे में आधा अंधेरा था। आधी रोशनी। दोनों मिलकर एक ऐसा रंग बना रहे थे जिसका नाम नहीं रखा जाता। अनिरुद्ध बिस्तर पर बैठा था। चादर पैरों पर थी। यह आदत थी। रात से तुरंत अलग न होने की। पंखा चल रहा था। लगातार। हवा थी। लेकिन राहत नहीं थी। जून का महीना था। पटना में जून किसी से राय नहीं लेता। वह आता है। और टिक जाता है। हवा भारी थी। नमी से भरी हुई। जैसे शहर खुद पसीना बहा रहा हो। अनिरुद्ध ने खिड़की की ओर देखा। खिड़की आधी खुली थी। आधी बंद। यह आधापन भूल नहीं था। यह एक संतुलन था। पूरी खुली खिड़की शहर को कमरे में बुला लेती है। धूल। हॉर्न। लोगों की आवाज़ें। बसों का धुआँ। पूरी बंद खिड़की कमरे को भीतर बंद कर लेती है। चार दीवारों के साथ। आधी खुली खिड़की दोनों से थोड़ा लेती है। बस उतना जितना सहा जा सके।

अनिरुद्ध भी वैसा ही था। न पूरी तरह बाहर। न पूरी तरह भीतर। वह बीच में था। बीच में होना थकाने वाला नहीं था; वह सिर्फ़ ऐसा स्थान था जहाँ कोई तालियाँ नहीं बजतीं। खिड़की से बाहर सामने की दीवार दिखती थी। पुरानी।

थकी हुई। सीमेंट जगह-जगह उखड़ा था। जैसे समय ने धीरे-धीरे उसे कुरेद दिया हो। कुछ कीलें अब भी धँसी थीं। बिना किसी काम के। कभी वहाँ कैलेंडर रहा होगा। या कोई तस्वीर। अब सिर्फ़ निशान थे। दीवार के ऊपर बिजली की तारें थीं। काली। सीधी। वे आसमान को काटती थीं। बिना किसी हिचक के। आसमान नीला था। लेकिन पूरा नहीं। जैसे किसी ने उसमें धूल मिला दी हो। पटना का आसमान अक्सर ऐसा ही होता है। खुला। लेकिन पूरी तरह साफ़ नहीं। दाईं ओर पीपल का पेड़ था। पुराना। घना। उसकी पत्तियाँ हवा में हिलती थीं। धीमे। जैसे साँस ले रही हों। वह पेड़ इस गली का सबसे पुराना निवासी था। सब आए। सब गए। वह रहा। दूधवाले की साइकिल की घंटी। दो बार। हमेशा दो बार। यह उसका हस्ताक्षर था। किसी ने दरवाज़ा नहीं खोला। उधार फिर बढ़ेगा। पटना में उधार सिर्फ़ पैसे का नहीं होता। वह भरोसे का भी होता है। कहीं पास से रेडियो की आवाज़ आई। पुराना गीत। शब्द साफ़ नहीं थे। भाव साफ़ था। कोई किसी को याद कर रहा था। याद हमेशा पीछे की तरफ जाती है। वर्तमान याद नहीं किया जाता। उसे जिया जाता है। अनिरुद्ध बैठा रहा। कुछ देर। खिड़की से गंगा नहीं दिखती थी। लेकिन उसकी हवा आती थी। पश्चिम से। भारी। नम। जैसे नदी सुबह अपनी साँस छोड़ देती हो। पटना में गंगा हर जगह होती है। दिखे या न दिखे। गंगा पटना के बीच से गुज़रती है। लेकिन सब उसे छू नहीं सकते। अनिरुद्ध कभी-कभार गांधी घाट जाता था। सुबह। जब लोग कम होते। पानी देखता। बहता। लगातार। हर दिन नया। हर दिन पुराना। घाट पर कुछ बूढ़े रोज़ आते थे। स्नान करते। फिर किनारे बैठ जाते। कुछ नहीं करते। बस बैठे रहते। गंगा उन्हें कुछ देती है। शायद शांति। शायद याद। शायद बस बहने का सबक। पटना में गंगा सिर्फ़ नदी नहीं है। वह एक उपस्थिति है। भले ही तुम उसे देखो न देखो। वह है। हवा में। मिट्टी में। लोगों की बातों में।

महावीर मंदिर की घंटी दूर से आई। धीमी। लेकिन पक्की। सुबह का पहला संकेत मंदिर से ही आता है। भगवान नहीं जगाते। घंटियाँ जगाती हैं। एक दरवाज़ा खुला। फिर दूसरा। आवाज़ें धीरे-धीरे जुड़ने लगीं।चाय की दुकान का शटर उठा। आवाज़ जानी-पहचानी। चाय की खुशबू फैली। दूध उबलने की। अदरक की। यह खुशबू भूख नहीं जगाती। यह आदत जगाती है---या शायद आदत का भ्रम। एक आदमी साइकिल टिकाकर दुकान के सामने खड़ा था। हाथ में अख़बार। नज़र कहीं और। अख़बार आज भी कल की बातें लिए था। समय

आगे बढ़ चुका था। लेकिन शब्द अब भी पीछे थे। गली में एक कुत्ता बैठा था। बीच सड़क। उसे हटाने की किसी को जल्दी नहीं थी। यह भी पटना है। जहाँ हर चीज़ को अपनी जगह मिल जाती है। खिड़की से यह सब एक साथ दिखता था। अलग अलग। फिर भी जुड़ा हुआ। अनिरुद्ध ने महसूस किया। देखना---वह भी काम है। अगर ध्यान से देखा जाए। नीचे एक बूढ़ी औरत दरवाज़े पर बैठी थी। उसकी पीठ दीवार से टिकी थी। वह कुछ नहीं कर रही थी। लेकिन खाली भी नहीं थी। उसकी मौजूदगी घर को संभाले हुए थी। कुछ लोग ऐसे ही होते हैं। कुछ नहीं कहते। कुछ नहीं करते लेकिन बहुत कुछ थामे रहते हैं। एक लड़का स्कूल की वर्दी में भागता हुआ निकला। बस्ता भारी था। चेहरा हल्का। माँ पीछे से कुछ बोली। आवाज़ साफ़ नहीं थी। डाँट भी नहीं थी। प्यार भी नहीं। बस चिंता। चिंता हर शहर में होती है। लेकिन पटना में वह आवाज़ बन जाती है। अनिरुद्ध खिड़की से इन आवाज़ों को अपने भीतर आने देता था। वह उन्हें छाँटता नहीं था। कुछ आवाज़ें वैसे ही मन में उतर जाती हैं। जैसे पानी दरार में।

उसने अपने कमरे को देखा। कमरा अब पहले जैसा नहीं लग रहा था। वही आकार। वही सामान। लेकिन कुछ बदला हुआ। शायद उसका बैठना बदल गया था। या शायद उसका देखने का तरीका। मेज़ पर धूप का एक टुकड़ा गिरा था। वह हिल रहा था। धीरे-धीरे। समय की तरह। अनिरुद्ध ने उस टुकड़े को हाथ से नहीं छुआ। कुछ रोशनियाँ छूने के लिए नहीं होतीं। वे बस मौजूद रहने के लिए होती हैं। पंखे की आवाज़ अब साफ़ सुनाई दे रही थी। वह हवा नहीं दे रहा था। वह समय काट रहा था। समय को काटने की यह आदत कई घरों में होती है। पटना में पंखे अक्सर यही काम करते हैं। माँ रसोई में अब तेज़ चल रही थी। बर्तनों की आवाज़ लय में थी। यह लय घड़ी से नहीं चलती। यह घर के पेट से निकलती है। अनिरुद्ध को भूख नहीं लगी थी। सुबह की भूख अक्सर शरीर से नहीं समय से जुडी होती है। उसने खिड़की से थोड़ा और झुककर देखा। गली के छोर पर बस स्टॉप दिख रहा था। दो-तीन लोग खड़े थे। कोई बैठा नहीं था। बस का इंतज़ार हमेशा खड़े होकर किया जाता है। बैठने से उम्मीद ढीली पड़ जाती है।

एक आदमी छाता हाथ में लिए था। धूप थी। लेकिन आदतें मौसम नहीं देखतीं। एक लड़की मोबाइल देख रही थी। चेहरा स्थिर। अंगुलियाँ तेज़। शहर बदलता है। लेकिन रुकने का तरीका नया ढूँढ लेता है। अनिरुद्ध ने अपनी

नोटबुक को देखा। वह मेज़ पर पड़ी थी। बिना आवाज़ के। उसमें कुछ अधूरे वाक्य थे। कुछ कटे हुए शब्द। वाक्य अक्सर पूरा होने से पहले थक जाते हैं। उसने पन्ना पलटा। काग़ज़ की आवाज़ आई। हल्की। यह आवाज़ किसी को परेशान नहीं करती। यह ध्यान माँगती है। उसने कुछ नहीं लिखा। बस पन्ना खुला छोड़ा। खुला पन्ना खुली खिड़की जैसा होता है। जो आए आने दे। खिड़की से अब धूप सीधे कमरे में आने लगी थी। आधी। पूरी नहीं। जैसे खिड़की अब भी अपना निर्णय बदलने को तैयार नहीं थी। अनिरुद्ध को यह पसंद था।

पूरे निर्णय हमेशा भारी होते हैं। आधे निर्णय ज़्यादा ईमानदार लगते हैं। नीचे गली अब पूरी तरह जाग चुकी थी। दुकानों के बोर्ड धूप में चमक रहे थे। रंग उखड़े हुए थे। लेकिन नाम पढ़े जा सकते थे। पटना में पुराना कभी गायब नहीं होता। वह बस रहता है। एक ऑटो गली से निकला। उसकी आवाज़ सीधी नहीं थी। वह हिलती हुई आवाज़ थी। जैसे हर पुर्जा अपनी बात कह रहा हो। अनिरुद्ध ने खुद से पूछा। क्या वह भी ऐसी ही आवाज़ है। या वह अब भी चुप है। जवाब नहीं आया। और आज यह ठीक था। खिड़की कभी जवाब नहीं देती। वह सिर्फ़ दिखाती है। अनिरुद्ध अब भी खिड़की के पास था। लेकिन भीतर कुछ बदल चुका था। यह बदलाव तेज़ नहीं था। घोषित नहीं था। यह धीरे अपनी जगह बना रहा था। जैसे दीवार में सीलन पहले दिखती नहीं। बस फैलती रहती है। कमरे की गर्मी अब साफ़ महसूस हो रही थी। हवा कम हो गई थी। पंखा चल रहा था। लेकिन आवाज़ दूर लग रही थी। जैसे वह कमरे में नहीं, कहीं और चल रहा हो। अनिरुद्ध ने अपनी चप्पल देखी। दरवाज़े के पास। सीधी रखी हुई। बिना जल्दबाज़ी के। कुछ चीज़ें इस बात का सबूत होती हैं कि आप कहीं जाने वाले हैं। अनिरुद्ध उठा। फिर रुका। यह रुकना संकोच नहीं था। यह कमरे को अलविदा कहने जैसा था। कमरे को जल्दी छोड़ा नहीं जाता। कमरे के साथ आदतें जुडी होती हैं। उसने मेज़ पर एक नज़र डाली। घड़ी अब भी चल रही थी। बिना किसी से पूछे। समय कमरे में भी उतना ही बेरहम होता है जितना बाहर।

माँ की आवाज़ आई। "अनिरुद्ध!"

पहली बार। नाम आधा। अनिरुद्ध ने जवाब नहीं दिया। यह अनसुना करना नहीं था। यह तैयारी का समय लेना था।

"चाय ठंडी हो रही है।"

दूसरी आवाज़। इस बार पूरी। अनिरुद्ध उठा। लेकिन खिड़की के पास रुक गया। एक आखिरी नज़र। बाहर सब कुछ वैसा ही था। दीवार। तारें। पेड़। आसमान। लेकिन अब वे सिर्फ़ सामने नहीं थे। वे साथ थे। उसने खिड़की को छुआ नहीं। न खोला। न बंद किया। आधा। यही ठीक था।

अनिरुद्ध ने दरवाज़े की कुंडी धीरे से पकड़ी। कुंडी ठंडी थी। यह ठंडक सुखद नहीं थी। यह जगाने वाली थी। दरवाज़ा खुला। सीढ़ियाँ सामने थीं। पुरानी। थोड़ी घिसी हुई। हर सीढ़ी कई पैरों का वज़न जानती थी। सीढ़ियाँ कभी नई नहीं रहतीं। वे चलने से पुरानी होती हैं। अनिरुद्ध ने पहला कदम रखा। उतरते समय कदम नहीं गिने। कुछ रास्ते गिनती नहीं माँगते। सीढ़ियों के किनारे दीवार थी। हथेली हल्के से उसे छू गई। दीवार भी ठंडी थी। यह ठंडक एक पल रुकी। फिर चली गई। ठंडक हमेशा रुकती नहीं। नीचे आते-आते कमरे की गंध धीरे-धीरे खत्म होने लगी। अब धूल की गंध थी। पुरानी। सूखी। पटना की धूल सिर्फ़ मिट्टी नहीं होती। उसमे यादें, सपने और आशाएं मिली होती हैं। रसोई में माँ खड़ी थी। चूल्हे के पास। हाथ में कलछुल। चेहरे पर पसीना। लेकिन कोई शिकायत नहीं।

"बैठ। चाय रख दी है।"

अनिरुद्ध बैठ गया। चाय का गिलास सामने था। भाप उठ रही थी। धीरे-धीरे। उसने गिलास उठाया। पहला घूँट लिया। चाय गर्म थी। मीठी थी। अदरक का स्वाद ज़बान पर रुका। माँ ने कुछ नहीं पूछा। यह उसका तरीका था। सवाल बाद में। पहले चाय। बरामदे से खाँसी की आवाज़ आई। गहरी। सूखी। पिता जाग चुके थे। अनिरुद्ध ने सुना। लेकिन देखने नहीं गया। कुछ आवाज़ें सुनने के लिए होती हैं। देखने के लिए नहीं। चाय पी कर वो बाहर निकल गया।

अनिरुद्ध की गली का कोई नाम नहीं था। नक्शे पर था। लेकिन लोग नाम से नहीं जानते थे। "बड़े मंदिर के पीछे वाली गली।" यही पता था। पटना में पते ऐसे ही होते हैं। गली संकरी थी। दो स्कूटर मुश्किल से निकल सकते थे। लेकिन यह कोई शिकायत नहीं थी। संकरी गलियों में पड़ोसी करीब होते हैं। दूरी नहीं बन पाती। शाम को गली जागती है। बच्चे बाहर आते हैं। खेलते हैं। चिल्लाते हैं।

औरतें बाहर बैठती हैं। बातें करती हैं। हँसती हैं। गली शाम को अपने असली रूप में आती है। गली में पहुँचते ही आवाज़ें बदल गईं। कमरे की गूँज अब नहीं थी। यह खुली आवाज़ें थीं। ऑटो का हॉर्न। दुकानदार की पुकार। किसी का हँसना। गली अब पूरा दिन बन चुकी थी। सुबह पीछे छूट गई थी। एक आदमी साइकिल खड़ी कर रहा था। स्टैंड ज़मीन से टकराया। आवाज़ तेज़ थी। किसी ने नहीं देखा। शहर तेज़ आवाज़ों का आदी हो जाता है। अनिरुद्ध ने एक साँस ली। यह साँस घर की नहीं थी। यह बाहर की साँस थी। थोड़ी भारी। थोड़ी सच्ची। बस स्टॉप ज़्यादा दूर नहीं था। कुछ लोग पहले से खड़े थे। चेहरे अलग। भाव मिलते जुलते। सब कहीं पहुँचने की कोशिश में थे। कोई जल्दी में। कोई आदत में। जल्दी हमेशा दिखाई नहीं देती। कभी-कभी वह आँखों में होती है। अनिरुद्ध लाइन में नहीं लगा। वह थोड़ा किनारे खड़ा हो गया। किनारा देखने के लिए अच्छी जगह होती है। वहाँ दबाव कम होता है। एक लड़की किताब में झुकी थी। पन्ना बार-बार पलट रही थी। नज़र आगे नहीं बढ़ रही थी। पढ़ना और अटकना अक्सर साथ चलते हैं। बस आई। धुआँ। शोर। हड़बड़ी। लोग एक साथ बढ़े। अनिरुद्ध भी। अंदर जगह कम थी। फिर भी वह चढ़ गया। कम जगह में खुद को समेट लेना एक पुरानी आदत थी। बस चली। खिड़की के बाहर दृश्य सरकने लगे। दुकानें। पेड़। दीवारें। सब पीछे जा रहा था। लेकिन मन अब भी कमरे में था। खिड़की के पास। अनिरुद्ध ने हैंडल पकड़ा। धातु ठंडी थी। हाथ में ठंडक। मन में गर्मी। अजीब संतुलन। बस ने मोड़ लिया। झटका लगा। कोई किसी से टकराया। माफी नहीं माँगी। यहाँ माफी अक्सर चुप्पी में बदल जाती है। अनिरुद्ध ने बस की खिड़की से देखा। यह खिड़की उसकी खिड़की जैसी नहीं थी। यह तेज़ थी। भागती हुई। यह दिखाती थी। और छीन लेती थी। उसकी खिड़की रुकने देती थी। यह नहीं। बस रुकी। उतरते समय अनिरुद्ध ने एक पल लिया। ज़मीन पैरों के नीचे ठहरी हुई लगी। यह ठहराव अच्छा लगा।

सामने कोचिंग की इमारत थी। ऊँची नहीं। लेकिन भरी हुई। लोग अंदर जा रहे थे। जैसे किसी धारा में। अनिरुद्ध भी उस धारा में बह गया। सीढ़ियाँ। शोर। यह शोर कमरे वाला नहीं था। यह दबाव का शोर था। कक्षा में बैठते ही उसकी नज़र खिड़की खोजने लगी। वह वहाँ थी। ऊपर। दूर। बहुत दूर। आसमान का एक छोटा टुकड़ा। बस उतना। उसने नोटबुक खोली। पेन चलाया। लिखना अपने आप शुरू हो गया। सोचना धीमा था। शब्द सीधे। भाव टेढ़े। कक्षा चलती

रही। समय भी। लेकिन खिड़की उसके भीतर चल रही थी। वह जानता था। यह अध्याय सिर्फ़ कमरे का नहीं है। यह खिड़की के साथ चलने का अध्याय है। और खिड़की अभी पूरी नहीं खुली है। कक्षा खत्म हुई। यह घोषणा नहीं थी। यह बस हुआ। कुर्सियाँ हिलीं। काग़ज़ सरके। आवाज़ें अचानक बढ़ीं। शब्द एक साथ कमरे से बाहर निकलने लगे। अनिरुद्ध ने पेन बंद किया। पन्ना पूरा नहीं था। लेकिन बंद था। कुछ अधूरेपन बंद करने से भारी नहीं होते। वह उठा। बैग कंधे पर रखा। पीछे नहीं देखा। पीछे देखना कभी-कभी कदम रोक लेता है। सीढ़ियाँ उतरते समय शोर पीछे छूटने लगा। हर मंज़िल पर आवाज़ थोड़ी कम होती गई। नीचे पहुँचते-पहुँचते वह फिर अकेला हो गया। बाहर दोपहर पूरी तरह आ चुकी थी। धूप सीधी थी। बिना नरमी के। पटना की दोपहर कोई समझौता नहीं करती। वह आपको सीधे पकड़ती है। सड़क पर लोगों की चाल सुबह से अलग थी। अब जल्दी साफ़ दिखती थी। ऑटो एक के बाद एक रुक रहे थे। ड्राइवर आवाज़ ऊँची रखते थे। जैसे धूप से लड़ रहे हों। एक ठेला नींबू पानी का था। बर्फ़ पिघल रही थी। पानी टपक रहा था। नींबू धूप में चमक रहे थे। अनिरुद्ध ने रुककर देखा। पिया नहीं। कुछ चीज़ें देखने से ही ठंडक देती हैं। सड़क पार करते समय उसने एक पल लिया। वाहन तेज़ थे। यह तेज़ी गुस्से की नहीं थी। यह दिन की माँग थी।

बस स्टॉप पर अब सुबह वाले लोग नहीं थे। चेहरे बदल गए थे। अब काम के चेहरे थे। थकान वाले। बस आई। भीड़ कम थी। अनिरुद्ध बैठ गया। बैठना आज जीत जैसा लगा। बस चली। खिड़की से दोपहर का पटना धीरे-धीरे सरकने लगा। पेड़ छोटे लग रहे थे। छायाएँ ज़मीन से चिपकी थीं। दुकानों के बोर्ड चमक रहे थे। रंग धूप में और उखड़ गए थे। गंगा की हवा यहाँ तक नहीं पहुँचती। यह इलाका हवा से दूर था। बस रुकी। अनिरुद्ध उतरा। घर की गली पास थी। कदम अपने आप धीमे हो गए। घर हमसे धीमे होने की माँग करता है। गली में अब सुबह की हलचल नहीं थी। यह दोपहर की चुप्पी थी। कुछ दरवाज़े बंद थे। कुछ आधे खुले। कुत्ता अब छाया में लेटा था। दूधवाला कब का जा चुका था। एक बच्चा छत पर कपड़े फैलाने में मदद कर रहा था। माँ नीचे से कुछ कह रही थी। आवाज़ धूप में घुल रही थी। सीढ़ियाँ चढ़ते समय अनिरुद्ध रुका। एक साँस ली। यह साँस बाहर की थी। लेकिन घर के लिए थी। दरवाज़ा खुला। कमरा सामने था। सब वैसा ही। बिस्तर। मेज़। अलमारी। और खिड़की। खिड़की अब भी

आधी खुली थी। जैसे उसने कहीं जाना ही नहीं। अनिरुद्ध सीधे उसके पास गया। बिना रुके। बाहर देखा। वही दीवार। वही तारें। वही पेड़। लेकिन अब वे सामने खड़े नहीं थे। वे साथ खड़े थे। अनिरुद्ध कुर्सी पर बैठ गया। कुछ नहीं किया। बस बैठा रहा। यह बैठना सुबह जैसा नहीं था। यह लौटने का बैठना था। खिड़की से हवा आई। गर्म। लेकिन अब बोझ नहीं लगी। उसने खिड़की पूरी नहीं खोली। पूरी बंद भी नहीं की। आधा अब उसका निर्णय था। आदत नहीं। उसने यह समझ लिया था। खिड़की भागने का रास्ता नहीं है। यह रुकने की जगह है। देखने की जगह है। समझने की जगह है। और कभी-कभी स्वीकार करने की जगह है। अनिरुद्ध ने आँखें बंद कीं। एक पल के लिए। फिर खोलीं। दिन धीरे ढलने की ओर था। और यह अध्याय यहीं रुकता है। खिड़की के पास। शाम बिना आवाज़ के आती है। वह दस्तक नहीं देती। वह धीरे-धीरे जगह लेती है। अनिरुद्ध ने यह खिड़की के पास बैठे-बैठे महसूस किया। धूप का रंग अब बदल रहा था। पीला धीरे-धीरे सुनहले में उतर रहा था। फिर हल्का भूरा। जैसे दिन खुद को समेट रहा हो।

पटना की शाम कभी एक जैसी नहीं होती। कभी वह थकी हुई होती है। कभी उलझी हुई। आज वह रुकी हुई थी। खिड़की से बाहर दीवार पर छायाएँ फैलने लगी थीं। बारिश आई। पटना बदल गया। गलियाँ नदियाँ बन गईं। लेकिन लोगों के चेहरे खुल गए। बारिश बिहार में राहत लेकर आती है। बारिश कुछ देर के लिए सब भुला देती है। तीन महीने की गर्मी के बाद पहली बारिश एक त्यौहार है। माँ ने कहा।

"पकौड़े बनाऊँ?"

बारिश और पकौड़े। यह बिहार का अटूट रिश्ता है। खिड़की से बाहर देखा। सड़क पर पानी भरा था। बच्चे कागज़ की नाव चला रहे थे। पीपल के पेड़ पर पानी की बूंदें गिर रही थीं। एक लय में। टप। टप। टप। यह आवाज़ सम्मोहित करती है। जैसे कुछ कहना चाहती हों। लेकिन ज़रूरी न समझ रही हों। गली में फिर से हलचल बढ़ने लगी। दोपहर की चुप्पी धीरे-धीरे पीछे हट रही थी। एक आदमी काम से लौट रहा था। कंधे झुके हुए। कदम धीमे। उसकी चाल में दिन भरा हुआ था। एक औरत दरवाज़े पर दीया रख रही थी। बत्ती अभी नहीं जली थी। शाम अभी पूरी नहीं हुई थी। "का हो भइया?"

पड़ोसी ने पूछा। यह पटना का सवाल है। हिंदी में पूछा। लेकिन भोजपुरी में महसूस किया। माँ ने जवाब दिया।

"कुछ नाहीं।"

नाहीं। नहीं नहीं। भाषा यहाँ दो तरह से चलती है। एक औपचारिक। दूसरी अपनी। स्कूल में हिंदी। घर में भोजपुरी। दफ्तर में शुद्ध। गली में मिली-जुली।

"अरे बबुआ।"

दादी आवाज़ लगाती। बबुआ। यह शब्द प्यार में लिपटा होता है। भोजपुरी में हर रिश्ते के लिए एक खास शब्द है। हर शब्द में एक भाव छुपा है। अनिरुद्ध ने यह सब देखा। और पहली बार कुछ भी जोड़ने की ज़रूरत नहीं महसूस की। पहले वह हर दृश्य में खुद को खोजता था। आज वह दृश्य को जैसा है वैसा रहने दे रहा था। कमरे में रोशनी कम हो गई थी। पंखा अब भी चल रहा था। लेकिन हवा अब थोड़ी नरम थी। जून की गर्मी थोड़ा पीछे हटी थी। पूरी नहीं। बस इतना कि साँस भारी न लगे। अनिरुद्ध ने मेज़ की ओर देखा। नोटबुक वहीं थी। खुली हुई। पन्ना अभी भी आधा खाली था। यह खालीपन अब उसे चुभ नहीं रहा था। कुछ खाली जगहें रहने के लिए होती हैं। भरने के लिए नहीं। उसने पेन उठाया। हाथ थोड़ा रुका। यह रुकना संशय नहीं था। यह सुनना था। बाहर किसी ने हँसकर कुछ कहा। हँसी दीवार से टकराई। फिर खिड़की से अंदर आ गई। खिड़की हँसी को भी रोकती नहीं। वह उसे भी ठहरने देती है। अनिरुद्ध ने पेन चलाया। धीरे। एक वाक्य लिखा। फिर दूसरा। वाक्य छोटे थे। लेकिन वे भाग नहीं रहे थे। वे रुककर लिखे जा रहे थे। लिखते हुए उसने खिड़की की ओर नहीं देखा। आज खिड़की उसे देख रही थी।

कमरे में अँधेरा अब स्पष्ट था। लेकिन यह अँधेरा भरा हुआ था। यह रात का अँधेरा नहीं था। यह दिन के जाने का अँधेरा था। माँ की आवाज़ फिर आई। इस बार नाम पूरा था। अनिरुद्ध ने जवाब दिया। आवाज़ में जल्दी नहीं थी। उसने नोटबुक बंद की। पेन उसके ऊपर रखा। जैसे कह रहा हो। अभी नहीं। लेकिन जल्द। वह उठा। खिड़की के पास एक पल रुका। बाहर देखा। अब आसमान में नीलापन कम था। एक तारा शायद दिखा। या शायद आँखों ने उसे मान लिया। अनिरुद्ध ने खिड़की पूरी नहीं बंद की। पूरी खोली भी नहीं। आधा अब उसकी

पहचान थी। वह जानता था। खिड़की कोई वस्तु नहीं है। वह एक अवस्था है। और कुछ अवस्थाएँ जीवन भर साथ चलती हैं। कमरा पीछे रह गया। गली सामने थी। दिन पूरा हो चुका था। रात आ रही थी। और अनिरुद्ध अब बीच में होने से थक नहीं रहा था। वह उसे समझने लगा था। कुछ जगहें धीरे-धीरे वस्तु होना छोड़ देती हैं। वे याद बनने लगती हैं। खिड़की भी वैसी ही थी। अब वह सिर्फ़ कमरे में नहीं थी। वह अनिरुद्ध के चलने में थी। उसके रुकने में। उसके न कहे हुए वाक्यों में। जब वह खिड़की के पास नहीं बैठा होता था। तब भी खिड़की उसके भीतर खुली रहती थी। सड़क पर चलते हुए वह हर खुली जगह में खिड़की खोज लेता था। बस की भीड़ में जब हवा का एक छोटा-सा झोंका चेहरे से टकराता। तो उसे कमरे की खिड़की याद आ जाती। कक्षा में जब ऊपर लगी छोटी-सी खिड़की से आसमान का एक टुकड़ा दिखता तो उसे वही आधा खुलापन महसूस होता।

खिड़की अब दिखाई नहीं देती थी। वह महसूस की जाती थी। यादें ऐसी ही होती हैं। वे आती नहीं। वे पहले से मौजूद रहती हैं। पटना की शामें अब भी वैसी ही थीं। गर्म। थोड़ी थकी हुई। गलियों में अब भी आवाज़ें टकराती थीं। हँसी। डाँट। चुप्पी। सब एक साथ। लेकिन अनिरुद्ध अब उनसे टकराता नहीं था। वह उन्हें गुज़रने देता था। जैसे खिड़की आवाज़ों को गुज़रने देती है। वह हर दिन कमरे में वापस नहीं आता था। लेकिन कमरा उसके साथ चलता था। और कमरे की खिड़की भी। वह जान गया था। कुछ जगहें छूटती नहीं। वे आपके देखने के तरीके में घुल जाती हैं। खिड़की अब उसके लिए एक दिशा नहीं थी। वह एक स्थिति थी। जहाँ न पूरी तरह बाहर जाना होता है। न पूरी तरह भीतर बंद होना। बस बीच में ठहरना होता है। और ठहरने से डरना नहीं होता। अनिरुद्ध अब बीच में होने से भागता नहीं था। वह उसे पहचानने लगा था। कभी-कभी रात में सोने से पहले वह खिड़की खोलता नहीं था। फिर भी हवा महसूस होती थी। यह याद की हवा थी। जो बिना काँच के भी आ जाती है। खिड़की अब उसके जीवन का एक अध्याय नहीं थी। वह उसकी लय बन चुकी थी। और कुछ लय कभी खत्म नहीं होतीं। वे बस धीमी होती जाती हैं। यहीं यह कथा रुकती है। कोई दरवाज़ा बंद नहीं होता। कोई खिड़की पूरी नहीं खुलती। सब जैसा है वैसा रह जाता है। और यही सबसे सच्चा अंत है।

२ कमरा

दीवार बिस्तर के बहुत पास थी। जैसे दोनों एक-दूसरे को जानते हों। चादर कभी पूरी नहीं बिछी होती थी। एक कोना अक्सर मुड़ा रहता। तकिया कभी सिर के नीचे। कभी पैरों की तरफ। अनिरुद्ध इसे ठीक नहीं करता था। वह जानता था। सब कुछ ठीक कर देने से दिन ठीक नहीं हो जाता। मेज़ बिस्तर के पास थी। इतनी पास कि रात में हाथ बढ़ाने पर उससे टकराया जा सके। मेज़ पर किताबें थीं। कुछ पढ़ी हुई। कुछ बस रखी हुई। रखी हुई किताबें अक्सर पढ़ी हुई किताबों से ज़्यादा बोलती हैं। अलमारी के ऊपर खाली जगह थी। वहाँ कुछ नहीं रखा था। ऊँचाई पर खालीपन ज़्यादा दिखता है। कमरे की दीवारों पर कुछ भी नहीं टँगा था। न तस्वीर। न कैलेंडर। सिर्फ़ पुराने कीलों के निशान। वे अब भी वहीं थे। जैसे कह रहे हों— कुछ यहाँ था। अब नहीं है। कमरे में एक आईना था। छोटा। दीवार पर टिका हुआ। उसकी कील नहीं दिखती थी। अनिरुद्ध उसमें कम देखता था। जब देखता था, तो सिर्फ़ चेहरा नहीं दिखता था। उसमें कमरा भी दिखता था। खिड़की भी। और खिड़की के पार का आसमान भी। आईना सब कुछ एक साथ दिखाता था। अनिरुद्ध को यह पसंद नहीं था। वह एक चीज़ को एक समय पर देखना चाहता था। इसलिए वह आईने से दूर रहता था। लेकिन कभी-कभी, बिना सोचे, नज़र पड़ जाती थी। और वह खुद को देखता था। चेहरा वही था। आँखें वही थीं। लेकिन कुछ बदला हुआ लगता था। शायद थकान। शायद कुछ और। वह जल्दी से नज़र हटा लेता था। आईने में बहुत देर तक देखना ठीक नहीं। आईना सवाल पूछने लगता है।

फर्श जून में कभी ठंडा नहीं होता। फिर भी अनिरुद्ध नंगे पाँव चलता था। जैसे कमरे को अपने शरीर से महसूस करना चाहता हो। पटना में जून कोई मौसम नहीं होता। वह एक आदत होता है। गर्मी की आदत। पसीने की आदत। चुपचाप सहने की आदत। खिड़की के बाहर गली थी। सुबह गली में पहले दूधवाला आता था। साइकिल की घंटी दो बार। हमेशा दो बार। उसके बाद एक औरत झाड़ू लगाती थी। झाड़ू की आवाज़ पत्थर से टकराकर कमरे तक आती थी। फिर रेडियो। किसी घर से। पुराना गाना। शब्द साफ़ नहीं होते थे। लेकिन भाव पूरे

आते थे। पटना में भाव हमेशा पहले आते हैं। शब्द बाद में। अनिरुद्ध अक्सर सुबह कुछ देर बस बैठा रहता था। न उठने के लिए। न जाने के लिए। बस होने के लिए। कमरे की छत पर दरारें थीं। पुरानी। कुछ नई। अनिरुद्ध रात को उन्हें देखता था। जब नींद नहीं आती थी। जब सवाल ज़्यादा हो जाते थे। दरारें कुछ नहीं कहती थीं। वे बस वहाँ थीं। जैसे समय के निशान। एक दरार खिड़की के ऊपर से शुरू होती थी। और दीवार के बीच तक जाती थी। यह सबसे पुरानी दरार थी। अनिरुद्ध को याद था---यह दरार तब से है जब वह छोटा था। उसने एक बार माँ से पूछा था।

"यह दरार कब आई?"

माँ ने कहा था।

"तुम्हारे पैदा होने से पहले।"

बस। इतना ही।अनिरुद्ध को लगता था---वह दरार उससे पुरानी है। और शायद उसके बाद भी रहेगी। कुछ चीज़ें इंसानों से ज़्यादा टिकती हैं। दरारें। निशान। यादें। माँ की आवाज़ रसोई से आती।

"उठ गया?"

यह सवाल नहीं होता था। यह दिन की शुरुआत की सूचना होती थी।

"हाँ।"

बस। इस घर में शब्द कम थे। भाव ज़्यादा। पिता की खाँसी दूसरे कमरे से आती। गहरी। सूखी। उसमें उम्र थी। थकान थी। और कई अधूरे वाक्य थे। अनिरुद्ध सब सुनता था। लेकिन कुछ नहीं कहता था। कमरा यह सब सुनता था। और कुछ भी नहीं कहता था। सुबह कमरे में एक साथ नहीं आती। वह परतों में आती है। पहले आवाज़। फिर हवा। फिर रोशनी। अनिरुद्ध अक्सर आवाज़ से जागता था। अलार्म से नहीं। पटना में अलार्म कम ही ज़रूरी होते हैं। यहाँ शहर खुद जगा देता है। सुबह की पहली आवाज़ अक्सर दूधवाले की नहीं होती। वह पहली पहचान होती है। पहली आवाज़ किसी दूर के मंदिर की घंटी होती है। बहुत साफ़ नहीं। लेकिन लगातार। घंटी किसी को बुलाने के लिए नहीं बजती। वह बस

यह बताती है कि दिन शुरू हो चुका है। अनिरुद्ध उस आवाज़ को सुनता था। लेकिन कभी जवाब नहीं देता था। जवाब देने के लिए शब्द चाहिए होते हैं। सुबह शब्द अभी पूरी तरह जागे नहीं होते। घंटी के बाद गली जागती थी। पहले नल खुलने की आवाज़। पानी लोहे के पाइप से टकराता। फिर एक बच्चा नल के नीचे मुँह धोता। पानी चेहरे से बहता। फिर नाली में चला जाता। पानी कभी रुकता नहीं। अनिरुद्ध यह बात बहुत पहले समझ चुका था। उसका मन पानी जैसा नहीं था। वह रुकता था। अटकता था। खिड़की अभी भी आधी खुली रहती। यह कोई आलस नहीं था। यह एक निर्णय था। पूरी खुली खिड़की शहर को कमरे में घुसा देती है। पूरी बंद खिड़की कमरे को कैद कर देती है। आधा खुलापन दोनों से थोड़ा-थोड़ा लेता है। जितना सहा जा सके। अनिरुद्ध भी ऐसा ही था। न पूरी तरह बाहर। न पूरी तरह भीतर। बीच में। बीच में होना सबसे थकाने वाली जगह होती है। लेकिन सबसे सच्ची भी। माँ रसोई में दिन की पहली चाय बनाती थी। चाय की खुशबू कमरे तक आती। पूरी नहीं। बस इतनी कि दिमाग जाग जाए। माँ की आवाज़ फिर आती।

"चाय रख दी है।"

यह आमंत्रण नहीं था। यह क्रम था। अनिरुद्ध उठता नहीं था। वह कुछ देर और बैठा रहता। यह टालना नहीं था। यह अपने आप से अलग होने की धीमी तैयारी थी। बिस्तर से उठना आसान था। कमरे से निकलना नहीं। क्योंकि कमरा उसके सवालों को संभाल कर रखता था। बाहर सवाल तेज़ हो जाते हैं। अनिरुद्ध आख़िर उठता। नंगे पाँव फर्श पर खड़ा होता। फर्श गर्म था। लेकिन स्थिर। स्थिर चीज़ें आदमी को संभाल लेती हैं। वह खिड़की के पास जाता। बाहर देखता। सामने वही दीवार। सीमेंट जगह-जगह उखड़ा हुआ। कुछ पुराने कील अब भी धँसे हुए। कभी वहाँ कुछ टँगा होगा। अब सिर्फ़ निशान थे। दीवार के ऊपर बिजली की तारें थीं। वे आसमान को काटती थीं। सीधी रेखाओं में। आसमान नीला था। लेकिन पूरा नहीं। जैसे किसी ने थोड़ा धूसर मिला दिया हो। दाईं ओर पीपल का पेड़ था। पुराना। उसकी जड़ें फर्श तोड़कर बाहर आ गई थीं। जैसे कह रही हों— जगह हम खुद बना लेते हैं। पीपल की पत्तियों पर धूल जमी थी। शहर की तरह। अनिरुद्ध हर सुबह यही देखता था। और हर सुबह कुछ अलग दिखता था। कभी दीवार भारी लगती। कभी आसमान। कभी पेड़। नीचे

गली अब पूरी तरह जाग चुकी थी। एक सब्ज़ीवाला ठेला खींच रहा था। उसकी आवाज़ नाम नहीं ले रही थी। बस सब्ज़ी गिना रही थी। लोग नाम से नहीं ज़रूरत से पुकारे जाते हैं। पटना में सुबह छोटी-छोटी आदतों से बनती है। नहाने से पहले छत पर जाना। छत से दूर की गंगा को न देख पाना। फिर भी उसकी हवा महसूस करना। अनिरुद्ध छत पर नहीं जाता था। उसके लिए खिड़की ही काफ़ी थी। वह खिड़की के पास जाता। बाहर देखता। वही दृश्य। वही लोग। वही गति। फिर भी हर सुबह कुछ अलग होता था। शायद वह अलग होता था।

माँ फिर आवाज़ देती।

"देर हो जाएगी।"

इस वाक्य में चिंता नहीं होती। बस समय होता है। अनिरुद्ध मन ही मन कहता।

"किसके लिए?"

यह सवाल वह कभी ज़ोर से नहीं पूछता था। कुछ सवाल घर की दीवारों में फँस जाते हैं। वह कुर्सी पर बैठता। घड़ी की आवाज़ सुनता। समय आगे बढ़ रहा था। बिना उससे पूछे। अनिरुद्ध ने अपने आप से कहा।

"आज भी कुछ नहीं बदला।"

फिर थोड़ा रुककर जोड़ा।

"शायद बदलने की ज़रूरत भी नहीं।"

दोपहर कमरे में अचानक नहीं आती। वह धीरे-धीरे सब कुछ भारी कर देती है। रोशनी तेज़ हो जाती है। हवा थक जाती है। आवाज़ें कम हो जाती हैं। पटना की दोपहर कभी बात नहीं करती। वह बस मौजूद रहती है। अनिरुद्ध उस दिन बाहर नहीं गया। यह कोई निर्णय नहीं था। यह बस न जाना था। कोचिंग की इमारत आज उसे नहीं बुला रही थी। लाइब्रेरी की सीढ़ियाँ आज उसके पैरों को नहीं पहचान रही थीं। कमरा उसे पहचान रहा था। वह बिस्तर पर सीधा नहीं लेटा। आड़ा पड़ा रहा। जैसे दिन के साथ तालमेल न बैठ पा रहा हो। पंखा घूम रहा था। लेकिन हवा कहीं नहीं जा रही थी। हवा भी दोपहर में रुक जाती है।

कमरे की दीवारें अब और पास लग रही थीं। छत थोड़ी नीची। जैसे कमरा खुद को उस पर झुका रहा हो। अनिरुद्ध उठा। फर्श पर बैठ गया। पीठ बिस्तर से टिका ली। यह नीचे बैठने का दिन था। नीचे बैठना असफलता नहीं होती। कभी-कभी यह सच्चाई का आसन होता है। बाहर गली में आवाज़ें कम हो गई थीं। सब्ज़ीवाला जा चुका था। दूधवाला कब का गायब हो चुका था। अब केवल दूर की आवाज़ें थीं। किसी मंदिर की घंटी। किसी ऑटो का हॉर्न। किसी झगड़े की अधूरी गूँज। अनिरुद्ध ने खिड़की की ओर नहीं देखा। खिड़की उस दिन बंद थी। पूरी। खिड़की भी कमरे का हिस्सा है। और कभी-कभी उसे भी आराम चाहिए होता है। बंद खिड़की शोर को बाहर रखती है। लेकिन अंधेरे को अंदर आने देती है। कमरा आज अंधेरे से नहीं डर रहा था। वह बस चुप था। माँ दोपहर में एक बार आवाज़ देती।

"खाना रख दिया है।"

यह आग्रह नहीं था। यह कर्तव्य था। अनिरुद्ध ने जवाब नहीं दिया। वह भूखा नहीं था। लेकिन भरा हुआ भी नहीं था। भूख हमेशा पेट की नहीं होती। कुछ भूखें दिन की होती हैं। कुछ उम्र की। कुछ उत्तर न मिलने की। कमरे में घड़ी चल रही थी। समय आगे बढ़ रहा था। लेकिन अनिरुद्ध उसके साथ नहीं चल रहा था। समय हमेशा हमारा इंतज़ार नहीं करता। कभी-कभी वह बस आगे निकल जाता है। अनिरुद्ध ने अपनी आँखें बंद कीं। और खुद से कहा।

"आज अगर कुछ न भी करूँ तो क्या दुनिया रुक जाएगी।"

जवाब नहीं आया। लेकिन सवाल हल्का हो गया। दोपहर और गहरी हो गई। गर्मी कमरे में भर गई। पसीना कपड़ों से नहीं। सोच से निकल रहा था। अनिरुद्ध उठा। अलमारी की ओर गया। दरवाज़ा खोला। आवाज़ आज ज़्यादा तेज़ लगी। जैसे कमरा भी इस खोलने को महसूस कर रहा हो। ऊपर की खाली शेल्फ़ अब उसे घूर रही थी। खालीपन हमेशा देखता है। भराव नहीं। अनिरुद्ध ने उस खाली जगह को देखते हुए सोचा।

"यह खाली है। और मैं भी।"

यह शिकायत नहीं थी। यह पहचान थी। पिता की खाँसी दूसरे कमरे से आई। एक बार। फिर थोड़ी देर बाद फिर। उस खाँसी में कोई शिकायत नहीं थी। बस समय था। अनिरुद्ध ने कुछ कहने की सोची। फिर नहीं कहा। इस घर में कई बातें न कहे जाने से ज़्यादा स्पष्ट होती थीं। दोपहर धीरे-धीरे पीछे हटने लगी। शाम अभी आई नहीं थी। लेकिन उसकी आहट मौजूद थी। अनिरुद्ध ने खिड़की की तरफ देखा। हाथ कुंडी तक गया। फिर रुक गया। आज खिड़की खोलना ज़रूरी नहीं था। कुछ दिन हवा याद से आती है। कमरे में अंधेरा और गहरा हुआ। लेकिन डर नहीं बढ़ा। डर अक्सर शोर के साथ आता है। यह शांति डराने वाली नहीं थी। यह समझ की शांति थी। अनिरुद्ध ने धीरे से कहा।

"ठीक है।"

किससे कहा। यह उसे भी नहीं पता था। शायद कमरे से। शायद खुद से। शाम कमरे में धीरे-धीरे उतरी। जैसे किसी ने दिन को धीरे से हटा दिया हो। रोशनी अब दीवारों से फिसल रही थी। कोई रेखा सीधी नहीं थी। सब थोड़ा-थोड़ा झुका हुआ था। अनिरुद्ध कुर्सी पर बैठा रहा। बैठना अब सोच नहीं था। यह याद करने की तैयारी थी। कमरे में कुछ भी नया नहीं था। फिर भी सब कुछ पहली बार जैसा लग रहा था। अलमारी अब उसे दूर से बुला रही थी। बुलावा आवाज़ से नहीं आता। वह ध्यान से आता है। अनिरुद्ध उठा। धीरे। जैसे फ़र्श को पता हो कि वह कहाँ जाएगा। अलमारी के पास खड़ा हुआ। दरवाज़ा खोला। आवाज़ इस बार तेज़ नहीं लगी। शायद वह इसके लिए तैयार था। कपड़े जैसे पहचान में आ गए हों। कोई नया नहीं। सब वही। ऊपर की शेल्फ़ अब उसकी आँखों के बराबर थी। वहाँ वही पुराना बैग। कपड़े का। फीका। कभी शहरों में घूमा होगा। अब एक कमरे में ठहरा था। अनिरुद्ध ने बैग उतारा। धूल फिर हवा में उठी। धूल हर बार उसी तरह उठती है। जैसे कुछ कहना चाहती हो। फिर खुद चुप हो जाती हो। बैग खुला। ज़िप थोड़ी देर अटकी। फिर मान गई। कुछ चीज़ें मानने में वक़्त लेती हैं। अंदर काग़ज़ थे। उनकी एक गंध थी। पुरानी। जैसी पटना की पुरानी इमारतों में होती है। सीढ़ियों की। तहखानों की। एक गंध जो याद दिलाती है कि समय यहाँ ठहरा नहीं। बस धीमा हुआ है। सबसे ऊपर वही नीली कॉपी। स्कूल की। अनिरुद्ध ने उसे उठाया। हाथ थोड़ा रुका। कुछ चीज़ें सीधे नहीं उठाई जातीं। पहले मन उन्हें छूता है। कॉपी खुली। पहला पन्ना अब भी साफ़। दूसरा

पन्ना लिखा हुआ। लिखावट साफ़ थी। गोल। यह उसकी नहीं थी। यह उसके पिता की थी। अनिरुद्ध ने उस लिखावट को देखते हुए कुछ नहीं सोचा। सोचना बाद में आया। पहले एक भारीपन आया। लिखावट आदमी से ज़्यादा देर जीती है। आदमी थक जाता है। लिखावट बस मौजूद रहती है। उस नाम में उसका पूरा बचपन था। वह नाम जब कक्षा में पुकारा जाता था। जब परीक्षा के काग़ज़ पर लिखा जाता था। जब माँ काग़ज़ों को अलमारी में रखते हुए सावधान होती थी। पन्ने पलटे। हर पन्ने में एक समय था। कुछ साफ़। कुछ जल्दी में लिखे हुए। कुछ डर से भरे। कुछ उम्मीद से। एक पन्ना मुड़ा हुआ था। लाल स्याही। "अच्छा प्रयास।" बस। अनिरुद्ध ने उस वाक्य को दो बार पढ़ा। तीसरी बार नहीं। तीसरी बार पढ़ने से वह भारी हो जाता। अच्छा प्रयास। यह तारीफ़ नहीं थी। यह अस्वीकृति भी नहीं थी। यह बीच का एक वाक्य था। जैसे उसकी ज़िंदगी। कॉपी बंद की गई। बैग में वापस रखी गई। बैग के नीचे प्रमाणपत्र थे। मोटे। चमक अब खत्म हो चुकी थी। काग़ज़ पुराना था। लेकिन याद अब भी ताज़ा। वह दिन जब घर में मिठाई आई थी। पिता ने पड़ोस में बताया था। माँ ने अलमारी में काग़ज़ रखा था। आज वह काग़ज़ बस एक काग़ज़ था। उपलब्धि कहीं रुक गई थी। प्रश्न आगे निकल गया था।

"और अब?"

यह सवाल काग़ज़ से नहीं आया। यह कमरे से आया। अनिरुद्ध ने प्रमाणपत्र वापस रखा। बैग बंद किया। बैग फिर ऊपर चला गया। कमरा फिर वैसा ही हो गया। लेकिन अनिरुद्ध नहीं। वह कुर्सी पर बैठ गया। हाथ गोद में। कमरे में अब एक नई चुप्पी थी। यह पहचान की चुप्पी थी। न शिकायत। न अपेक्षा। बस स्वीकार। अनिरुद्ध ने धीरे से कहा।

"मैं यह सब यहीं छोड़ सकता हूँ।"

कमरे ने जवाब नहीं दिया। कमरे जवाब नहीं देते। वे बस साथ रहते हैं। शाम इस बार कमरे में धीमी नहीं थी। वह ठहरी हुई थी। जैसे किसी ने वक़्त से कह दिया हो। थोड़ा रुक जाओ। रोशनी अब दीवारों पर फैल नहीं रही थी। वह जगह जगह रुक रही थी। जैसे कमरा उसे थाम रहा हो। अनिरुद्ध कुर्सी पर बैठा था। अब बैठना उसके लिए रुकना नहीं था। यह एक अभ्यास था। साथ रहने का।

कमरे में कोई आवाज़ नहीं थी। फिर भी कुछ लगातार चल रहा था। दीवारों के भीतर समय। फर्श में दिन की थकान। हवा में शाम की गंध। पटना की शाम कभी साफ़ नहीं होती। उसमें धूल रहती है। तेल की गंध। चूल्हे की आँच। और थोड़ा सा धैर्य। खिड़की के बाहर गली फिर से जाग रही थी। दोपहर की चुप्पी अब पीछे हट चुकी थी। एक आदमी साइकिल से घर लौट रहा था। कंधे झुके हुए। पसीना अब सूखने लगा था। एक औरत दरवाज़े के सामने पानी छिड़क रही थी। धूल बैठाने के लिए। यह पटना का शाम का अनुष्ठान है। धूल से दिन को अलविदा कहना। किसी घर से दीया जलने की आवाज़ आई। बत्ती अभी पूरी नहीं जली थी। बस एक लौ। अनिरुद्ध ने यह सब देखा। बिना किसी निष्कर्ष के। पहले वह हर दृश्य से कुछ निकालना चाहता था। अब वह दृश्य को वैसा ही रहने दे रहा था। कमरे में पंखा अब भी चल रहा था। लेकिन उसकी आवाज़ धीमी लग रही थी। जैसे कमरा उसे भी थोड़ा आराम दे रहा हो। माँ की आवाज़ दूर से आई।

"दीया जला देना।"

यह आदेश नहीं था। यह घर का क्रम था। अनिरुद्ध उठा। दीया मेज़ पर पहले से रखा था। तेल भरा हुआ। बाती सीधी। उसने दीया जलाया। लौ पहले थोड़ी काँपी। फिर स्थिर हो गई। स्थिर होना हर चीज़ के लिए आसान नहीं होता। दीये की लौ कमरे में एक नई छाया बना रही थी। छाया दीवार पर नाच नहीं रही थी। वह बस थोड़ी-थोड़ी हिल रही थी। अनिरुद्ध ने खुद से कहा।

"यह काफ़ी है।"

यह संतोष नहीं था। समझ। आधी। रात अब घर में पूरी तरह आ चुकी थी। खाने की तैयारी चल रही थी। बर्तनों की आवाज़। चम्मच का टकराना। पानी का उबलना। ये सब कमरे तक आ रहे थे। कमरा अलग नहीं था। वह घर के साथ चल रहा था। अनिरुद्ध दरवाज़े के पास रुका। पीछे देखा। कमरा वैसा ही था। बिलकुल वैसा। लेकिन अब कुछ भी खोखला नहीं था। कमरा उससे कुछ नहीं माँग रहा था। न उत्तर। न निर्णय। बस मौजूद रहने की ईमानदारी। वह बाहर गया। खाने की मेज़ पर तीन प्लेटें थीं। पिता चुप थे। माँ भी। यह चुप्पी भारी नहीं थी। यह दिन के पूरा हो जाने की चुप्पी थी। खाना धीरे-धीरे खाया गया। बिना जल्दी। बिना योजना। खाने के बाद अनिरुद्ध फिर अपने कमरे में लौटा। कमरा

अब पूरी तरह अंधेरे में था। उसने लाइट नहीं जलाई। आज ज़रूरत नहीं थी। अंधेरे में कमरा और स्पष्ट था। वह बिस्तर पर बैठ गया। पीठ दीवार से टिका ली। यह उसका सबसे पुराना आसन था। दीवार अब सिर्फ़ सहारा नहीं थी। वह परिचित थी। अनिरुद्ध ने आँखें बंद कीं। और पहली बार यह महसूस किया। कमरा उसके ख़िलाफ़ नहीं है। कमरा उसके पक्ष में भी नहीं है। कमरा उसके साथ है। और कुछ भी साथ हो जाए तो उसे बदलने की ज़रूरत नहीं पड़ती। कमरा अब कथा नहीं है। वह आदत है। और आदत जब स्वीकार हो जाए तो वह भार नहीं रहती। वह जीने का तरीका बन जाती है। कुछ कमरे छूटते नहीं। वे धीरे-धीरे आदमी के भीतर सरक जाते हैं। जैसे पुरानी गंध। जैसे किसी आवाज़ की आदत।

अनिरुद्ध अब उस कमरे में हर दिन नहीं बैठता था। दिन बाहर निकलने लगे थे। काम। रास्ते। लोग। सब थोड़ा-थोड़ा जुड़ने लगा था। लेकिन कमरा कहीं गया नहीं था। वह चलते समय कंधे पर था। रुकते समय पीठ के पीछे। भीड़ में जब अचानक शोर बढ़ जाता। तो वह अपने भीतर एक दीवार महसूस करता। सादी। चुप। और उसी दीवार के साथ एक खिड़की। आधी खुली। पटना की सड़कों पर चलते हुए उसे अक्सर कमरा याद आ जाता। बोरिंग रोड की तेज़ चाल में। अशोक राजपथ की धीमी भीड़ में। सब्ज़ी बाज़ार की चिल्लाहट में। और शाम को घाट की सीढ़ियों पर बैठे हुए। जहाँ गंगा कुछ नहीं कहती। बस बहती रहती है। कमरा भी कुछ नहीं कहता था। वह बस होता था। अनिरुद्ध जब किसी ऑटो में पीछे बैठता। और हवा चेहरे से टकराती। तो उसे कमरे की गर्मी याद आती। जब किसी दुकान के सामने केरोसिन का लैंप जलता तो उसे अपने कमरे का वह दीया याद आता। जिसकी लौ पहले काँपती थी। फिर ठहर जाती थी। स्मृतियाँ हमेशा पूरा दृश्य नहीं लातीं। वे बस एक टुकड़ा देती हैं। एक आवाज़। एक छाया। एक अधूरा वाक्य। कमरा अब एक पूरा स्थान नहीं था। वह एक-एक टुकड़े में बंट चुका था। कभी किसी कुर्सी की चरमराहट में। कभी किसी खाली शेल्फ़ के सामने खड़े होने में। कभी रात को बिना लाइट जलाए बैठ जाने में। अनिरुद्ध अब खुद से यह सवाल नहीं पूछता था। कि कमरा उसका है। या वह कमरे का है। सवाल अब ज़रूरी नहीं रहा था। जब कुछ आपके भीतर बस जाए। तो मालिकाना खत्म हो जाता है।

कमरे में एक कोना था जहाँ अनिरुद्ध कभी नहीं बैठता था। वह कोना अलमारी के पीछे था। अँधेरा। धूल भरा। वहाँ रोशनी कभी नहीं पहुँचती थी। उस कोने में एक पुराना बक्सा रखा था। पिता का। उसमें क्या था, अनिरुद्ध को नहीं पता था। उसने कभी खोलकर नहीं देखा। कुछ चीज़ें बिना खोले ही भारी होती हैं। माँ कभी-कभी उस कोने की तरफ देखती थी। फिर नज़र हटा लेती थी। जैसे कुछ याद आया हो। और जानबूझकर भुला दिया हो। पिता उस कोने की बात नहीं करते थे। जैसे वह कोना उनके लिए कमरे में नहीं था। अनिरुद्ध ने एक बार पूछा था।

"वह बक्सा किसका है?"

पिता ने जवाब नहीं दिया। बस खाँसी आ गई। लंबी। गहरी। उस दिन के बाद अनिरुद्ध ने फिर कभी नहीं पूछा। कुछ सवाल पूछने के लिए नहीं होते। वे बस रहने के लिए होते हैं।

एक दिन वह पुराने मोहल्ले से गुज़रा। सड़क थोड़ी बदल गई थी। दुकानें नई हो गई थीं। लेकिन एक घर की खिड़की अब भी वहीं थी। आधी खुली। अनिरुद्ध ने रुककर देखा। उस खिड़की में वह कमरा नहीं था। लेकिन वह अवस्था थी। बीच में ठहरने की। न पूरी तरह भीतर जाने की। न पूरी तरह बाहर भागने की। उसने हल्की-सी साँस ली। यह साँस न राहत की थी। न थकान की। यह पहचान की थी। कमरा अब उसके लिए चार दीवारें नहीं था। वह एक तरीका था। रुकने का। सुनने का। अपने साथ रहने का। और कुछ तरीके एक बार सीख लिए जाएँ। तो कभी छूटते नहीं। रात को जब वह किसी और कमरे में सोता। तो नींद आने से पहले एक पल को सब शांत हो जाता। वही शांति। जो उस पुराने कमरे में आती थी। बिना दस्तक। अनिरुद्ध आँखें बंद करता। और कमरा अंदर से हल्का सा जगमगा उठता। न रोशनी से। स्मृति से। जैसे कोई कमरा छूटकर भी साथ चलता है।

३ माँ की आवाज़

माँ की आवाज़ घर की पहली आवाज़ थी। सुबह। दोपहर। शाम। रात। हर समय वह आवाज़ कहीं न कहीं थी। घड़ी से पहले। अलार्म से पहले। यह आवाज़ दिन को जगाती नहीं थी। यह दिन को शुरू कर देती थी। अनिरुद्ध के घर में सुबह कभी अचानक नहीं आती थी। वह माँ की आवाज़ में धीरे-धीरे उतरती थी। अनिरुद्ध ने एक बार पूछा था।

"माँ, तुम इतनी सुबह क्यों उठती हो?"

माँ ने कहा था।

"आदत।"

बस।लेकिन अनिरुद्ध जानता था। यह आदत नहीं थी। यह ज़िम्मेदारी थी। जो आदत का मुखौटा पहने थी। माँ दरवाज़ा नहीं खटखटाती थी। उसे पता था। दरवाज़े नींद को डरा देते हैं। वह नाम नहीं पुकारती थी। नाम आदमी को अलग कर देता है। वह बस बोलती थी। जैसे यह तय हो कि आवाज़ सुनी ही जाएगी।

"चाय।"

"खाना।"

"बत्ती बंद करो।"

"सो गए?"

छोटे-छोटे वाक्य। लेकिन उनमें पूरा घर समाया था। अनिरुद्ध ने कभी गिनती नहीं की कि माँ दिन में कितनी बार बोलती है। लेकिन अगर वह आवाज़ न हो, तो घर खाली लगता। माँ का नाम सुशीला था। लेकिन घर में कोई नाम से नहीं बुलाता था। पिता भी नहीं। वह बस "माँ" थी। या चुप्पी में जो भी नाम होता है। माँ की उम्र अनिरुद्ध को ठीक से पता नहीं थी। उसने कभी पूछा नहीं। कुछ सवाल पूछने में देर हो जाती है। फिर पूछना अजीब लगता है। माँ रसोई में होती थी।

रसोई घर का सबसे स्थिर हिस्सा थी। वहाँ चीज़ें बदलती नहीं थीं। बस पुरानी होती जाती थीं। चूल्हा उसी जगह। मसाले उसी डिब्बे में। नमक हमेशा थोड़ा ज़्यादा। माँ की उँगलियाँ अब मसाले मापती नहीं थीं। वे याद से डालती थीं। याद माँ की सबसे पुरानी आदत थी। बिहार के खाने में एक सादगी है। लेकिन वह सादगी भी स्वाद से भरी है। दाल-भात-रोटी-तरकारी। यह चार चीज़ें रोज़। लेकिन हर दिन अलग। माँ को चटनी बनाने में महारत थी। टमाटर की। पुदीने की। इमली की। धनिये की। हर चटनी का अलग स्वाद। लेकिन सब में एक बात समान। तीखापन। बिहार में चटनी तीखी होनी चाहिए। अचार का तो अलग ही महत्व था। आम का। नींबू का। मिर्च का। हर घर में अलग रेसिपी। माँ का आम का अचार सबसे अच्छा था। तीखा। खट्टा। मीठा। नमकीन। सब कुछ एक साथ। अनिरुद्ध जब छोटा था तो रसोई उसके लिए एक रहस्य थी। भाप। खुशबू। आवाज़ें। सब मिलकर कुछ ऐसा बनाते थे जिसे वह समझ नहीं पाता था। अब रसोई उसे समझ में आती थी। और यही सबसे भारी बात थी। माँ सुबह सबसे पहले पानी चढ़ाती थी। यह क्रम कभी नहीं बदला। बीमारी में भी नहीं। थकान में भी नहीं। केतली नहीं। सीधा पतीला। पानी उबलता था। उसकी आवाज़ धीमी होती थी। जैसे खुद को जगाने की कोशिश कर रही हो। माँ उस आवाज़ को सुनती नहीं थी। वह पहचानती थी। हर आवाज़ उसके लिए अलग थी। पानी का उबलना। दूध का चढ़ना। सब्ज़ी का भुनना। इन आवाज़ों में उसका दिन बंधा हुआ था। अनिरुद्ध कमरे में बैठा होता था। वह रसोई नहीं देखता था। वह सिर्फ़ आवाज़ सुनता था। और उसी से दिन का अंदाज़ लगाता था। अगर बर्तन ज़्यादा खटखटाते तो दिन व्यस्त होता। अगर आवाज़ें धीमी होतीं तो दिन लंबा होता। माँ की आवाज़ दिन भर बदलती रहती थी। सुबह नरम। दोपहर सीधी। शाम थकी हुई। रात बहुत धीमी। सुबह दूधवाले के साथ। दोपहर छाया के नीचे। शाम दीये की लौ के साथ। रात खामोशी में। अनिरुद्ध को याद था। एक बार वह बहुत छोटा था। शायद तीसरी कक्षा में। उस दिन वह बीमार था। बुखार। तेज़ नहीं। लेकिन लगातार। वह बिस्तर पर लेटे-लेटे छत देख रहा था। छत कुछ नहीं कहती थी। बस मौजूद थी। माँ उसके पास बैठी थी। कुछ नहीं बोल रही थी। बस उसका माथा छू रही थी। बार-बार। अनिरुद्ध तब नहीं समझ पाया था। अब समझ आता था। कुछ स्पर्श बोलने से ज़्यादा करते हैं। माँ की आवाज़ भी ऐसी ही थी। वह अक्सर बिना बोले बहुत कुछ कह जाती थी।

"खाना रख दिया है।"

यह आदेश नहीं था। यह याद दिलाना था। कि कोई उसका इंतज़ार कर रहा है। अनिरुद्ध कभी-कभी देर से आता। बहुत देर से। माँ कुछ नहीं पूछती थी। वह सिर्फ़ खाना ढक देती थी। जैसे समय को थोड़ा रोक रही हो। पिता कभी-कभी पूछते थे।

"कहाँ था?"

माँ बीच में कुछ नहीं कहती थी। वह सुनती थी। और चुप रहती थी। उसकी चुप्पी हस्तक्षेप नहीं थी। वह जगह देना थी। अनिरुद्ध जानता था। अगर माँ कुछ बोले तो वह रुक जाएगा। लेकिन माँ नहीं बोलती थी। शायद वह जानती थी। कुछ बातें आदमी खुद तक आने देता है। माँ की आवाज़ घर में हर जगह पहुँचती थी। कमरे में। रसोई में। बरामदे में। लेकिन वह कभी भारी नहीं होती थी। वह दीवारों से टकराकर नहीं लौटती थी। वह धीरे-धीरे फैलती थी। जैसे घर को ढक रही हो। अनिरुद्ध कभी-कभी खुद से पूछता था। क्या माँ थकती नहीं है। या वह थककर भी बोलती नहीं है। माँ रात में सबसे आख़िर सोती थी। जब सब अपनी जगह पहुंच जाते थे। वह रसोई बंद करती। बर्तन सुखाती। फिर चुपचाप अपने बिस्तर पर जाती। अनिरुद्ध ने उसे कभी आह भरते नहीं सुना। लेकिन उसने कई बार उसकी चाल में धीमापन देखा था। पैर अब उतने हल्के नहीं थे। पीठ थोड़ी झुक गई थी। लेकिन आवाज़ अब भी सीधी थी।

"कल सब्ज़ी लानी है।"

यह याददाश्त का बोझ नहीं था। यह कल का भरोसा था। माँ भविष्य को सूची में रखती थी। अनिरुद्ध भविष्य से डरता था। माँ उसे रोज़ चाय देती थी। एक ही गिलास में। वही जिसके किनारे थोड़े टूटे हुए थे। माँ ने कभी नया गिलास नहीं लिया। क्योंकि पुराना अभी चल रहा था। चलना माँ के लिए काफ़ी था। अनिरुद्ध चाय पीते हुए अक्सर माँ को देखता था। वह कुछ न कुछ कर रही होती थी। बैठना उसके लिए दुर्लभ था। अगर वह बैठी दिख जाए तो मतलब कुछ गड़बड़ है। रसोई से सरसों के तेल की गंध आई। तीखी। पटना की रसोई बिना सरसों के तेल के नहीं चलती। माँ आज लिट्टी-चोखा बना रही थी। सत्तू भूनने की आवाज़। बैंगन भुनने की गंध। यह भोजन सिर्फ़ पेट नहीं भरता। यह घर को

संभालता है। एक दिन वह बैठी थी। बस बैठी थी। हाथ गोद में। आँखें खिड़की की तरफ। अनिरुद्ध ने पूछा नहीं। उस दिन माँ ने भी कुछ नहीं कहा। उसकी आवाज़ उस दिन नहीं आई। वह आवाज़हीन दिन था। शाम को पिता ने बताया। दूर की रिश्तेदारी में किसी की मौत हुई थी। माँ उस दिन बहुत कुछ सोच रही थी। अनिरुद्ध को यह एहसास हुआ। माँ की आवाज़ जब नहीं होती तो घर खाली लगता है। न चुप। खाली। माँ की आवाज़ घर की दीवारों से आगे नहीं जाती थी। वह गली तक नहीं पहुँचती थी। लेकिन गली की आवाज़ें उसके भीतर ज़रूर आती थीं।

सुबह जब पटना की गलियाँ धीरे-धीरे जागती थीं। माँ पहले से जाग चुकी होती थी। सबसे पहले झाड़ू की आवाज़ आती थी। कहीं पास की गली से। पत्थर पर रेशे की खरखराहट। यह आवाज़ पटना की सुबह की पहली लय होती है। माँ उस आवाज़ को अलग से नहीं सुनती थी। वह उसे दिन का हिस्सा मान लेती थी। फिर नल खुलने की आवाज़। पानी लोहे के पाइप से टकराता। छींटे फर्श पर गिरते। कोई बाल्टी खिसकाता। कोई मुँह धोता। माँ इन आवाज़ों के बीच चाय रखती थी। चाय की खुशबू रसोई से बाहर निकलकर घर में फैल जाती थी। रोज़ का क्रम। चाय बिना बात के। बात बिना सवाल के। अनिरुद्ध अक्सर खिड़की के पास बैठा रहता। नीचे गली देखता। एक आदमी साइकिल पर दूध के डिब्बे लटकाए जा रहा होता। साइकिल हल्की सी चरमराती। यह तेज़ आवाज़ नहीं होती। यह लगातार चलने की आवाज़ होती है। माँ ऐसी ही थी। चरमराती नहीं थी। बस चलती रहती थी। कभी मंदिर की घंटी सुनाई देती। बहुत साफ़ नहीं। जैसे हवा में घुली हुई हो। माँ घंटी सुनकर कुछ नहीं करती थी। न हाथ जोड़ती। न आँख बंद करती। वह आटा गूँथती रहती थी। माँ के लिए ईश्वर काम के बीच ही होता था। अनिरुद्ध कभी-कभी सोचता था। माँ इतना सब कैसे याद रखती है। किस दिन किसको क्या देना है। किस दिन कौन सा काम करना है। माँ याददाश्त को काग़ज़ पर नहीं रखती थी। वह उसे आदत में बदल देती थी। दोपहर में जब घर थोड़ा शांत हो जाता। माँ थोड़ी देर बैठती। पूरी तरह आराम से नहीं। बस इतना कि साँस समान हो जाए। उस समय उसकी आवाज़ लगभग खत्म हो जाती। घर उसे बिना आवाज़ के समझ लेता था। अनिरुद्ध ने कई बार देखा था। माँ दोपहर में खिड़की से बाहर देखती। वही पीपल का पेड़। वही उलझी तारें। वही धूल भरी हवा। उसकी नज़र दूर नहीं जाती थी। वह पास की चीज़ों में दिन

तलाशती थी। शाम घर में एक अलग तरह से आती थी। पटना की शाम हमेशा थकी हुई होती है। दिन की गर्मी अब भी हवा में रहती है। लेकिन चलने का जोश कम हो जाता है। माँ शाम को दीया जलाती थी। हर दिन। बिना भूले। दीया उसके लिए पूजा नहीं था। वह समय का संकेत था। कि दिन अब ढलने लगा है। दीये की लौ कभी तेज़ नहीं होती थी। वह बस जगह बनाए रखती थी। जैसे माँ की आवाज़। अनिरुद्ध जब घर से बाहर होता। शहर के शोर में। ऑटो के हॉर्न में। बस की भीड़ में। तब अंदर माँ की आवाज़ चलती रहती।

"ध्यान रखना।"

यह पूरा वाक्य नहीं था। यह एक दिशा थी। पटना की सड़कों पर चलते हुए उसे अक्सर माँ की चाल याद आती। धीमी। संतुलित। बिना किसी जल्दबाज़ी के। रात घर में सबसे आखिर आती थी। माँ के साथ। जब सब सो जाते। वह एक बार घर देखती। दरवाज़े। रसोई। बरामदा। फिर अपने बिस्तर पर लेटती। उस समय उसकी आवाज़ बहुत धीमी होती। लगभग फुसफुसाहट जैसी।

"सो जा।"

यह अनिरुद्ध के लिए नहीं होती थी। यह दिन के लिए होती थी। समय के लिए। अनिरुद्ध अब समझता था। माँ की आवाज़ कभी उसे आगे धकेलने के लिए नहीं थी। वह उसे गिरने से रोकने के लिए थी। और यही सबसे बड़ी ममता थी। माँ की आवाज़ त्योहारों में भी नहीं बदलती थी। बस थोड़ी धीमी हो जाती थी। जैसे खुशी को भी संभालकर रखना जानती हो। पटना में त्योहार शोर से नहीं आते। वे तैयारी से आते हैं। दिनों पहले। घर में साफ़-सफ़ाई शुरू हो जाती। पुराने कपड़े अलग रखे जाते। नए कपड़े चुपचाप अलमारी में रख दिए जाते। माँ कपड़ों को छूकर देखती। देखती नहीं। परखती थी। कपड़ा कितना चलेगा। कितना सहेगा। माँ के लिए हर चीज़ उपयोग से जुडी थी। सिर्फ़ दिखावे से नहीं। छठ के लिए पूरा शहर तैयार होता । घाटों पर बांस के छप्पर बनाये जाते । गांधी घाट। कृष्णा घाट। हर घाट अपनी साज-सज्जा में लगा होता । औरतें ठेकुआ की रेसिपी याद करतीं। आटा। गुड़। घी। सौंफ। बस। लेकिन हाथ का फेर सबका अलग। चार दिन का व्रत। पानी बिना। सूर्य को अर्घ्य। डूबते को भी। उगते को भी। औरतें पानी में खड़ी होंगी। सूप हाथों में। प्रसाद संभाला हुआ। और गीत। वे

गीत जो बिहार के हर घर में गूँजते हैं। अनिरुद्ध ने सोचा। छठ में एक तरह की ईमानदारी है। न मूर्ति। न मंदिर। बस नदी। बस सूरज। बस इंतज़ार। छठ आने से कई दिन पहले घर का रंग बदल जाता। बातों में गंभीरता आ जाती। आवाज़ें और संयमित हो जातीं। माँ कम बोलती। लेकिन हर बात ठीक समय पर होती। गंगा छठ के समय पटना में नदी नहीं रहती। वह स्मृति बन जाती है। हर घर की। हर माँ की। अनिरुद्ध जब छत पर खड़ा होकर घाट की तरफ देखता। तो उसे माँ की आवाज़ हवा में घुली हुई लगती। घाट की सीढ़ियों पर औरतें धीरे-धीरे उतरती थीं। सिर पर सूप। हाथ में प्रसाद। आँखों में थकान। और पीठ में सालों की आदत। माँ भी उसी भीड़ का हिस्सा थी। लेकिन वह भीड़ में नहीं खोती थी। वह अपनी लय में चलती थी। गंगा के किनारे उसकी आवाज़ और धीमी हो जाती। जैसे नदी से ऊँचा न बोलना चाहती हो। अनिरुद्ध ने कई बार उसे घाट पर खामोश देखा। पूरी तरह खामोश। उस समय वह माँ नहीं लगती थी। वह सिर्फ़ एक औरत लगती थी। जो कुछ माँग नहीं रही। बस खड़ी है। माँ की आवाज़ छठ के बाद कुछ दिनों तक और थकी हुई रहती। शरीर अब साफ़-साफ़ थकान दिखाने लगता। लेकिन आवाज़ अब भी शिकायत नहीं करती। अनिरुद्ध ने एक बार कहा था।

"अब मत किया करो।"

माँ ने देखा था। कुछ देर। फिर कहा था।

"अब नहीं करूँगी तो फिर क्या करूँगी।"

यह उत्तर नहीं था। यह जीवन का स्वीकार था। पटना की दोपहरों में माँ की आवाज़ सबसे कम सुनाई देती थी। गर्मी हर चीज़ निगल लेती है। शब्द भी। आवाज़ भी। माँ दोपहर में पंखे के नीचे बैठती। हाथ में सब्ज़ी। या कोई सिलाई। उस समय वह कुछ नहीं कहती। लेकिन उसकी उपस्थिति पूरा घर भर देती। अनिरुद्ध जब देर तक बाहर रहता। और शाम को लौटता। तो घर की हवा बदल जाती। माँ पूछती नहीं। बस खाना बढ़ा देती। यह स्वागत होता। या होने का दिखावा। पटना में स्वागत शब्दों से नहीं होता। वह थाली से होता है। पानी के गिलास से होता है। बैठने की जगह से होता है। माँ की आवाज़ इन्हीं चीज़ों में बसी रहती थी। अनिरुद्ध अब शहर में अलग-अलग आवाज़ें पहचानने लगा था। ऑटो की। बस की। मंदिर की। स्कूल की घंटी की। लेकिन इन सबके बीच एक

आवाज़ अलग रहती। वह उसे खींचती नहीं थी। वह उसे थामती थी। कभी-कभी रात में जब नींद नहीं आती। तो वह माँ की आवाज़ याद करता। कोई पूरा वाक्य नहीं। बस लहजा। जिसमें डाँट नहीं। डर नहीं। बस साथ था। माँ अब कम बोलती थी। उम्र आवाज़ से पहले शरीर में दिखती है। लेकिन कुछ आवाज़ें उम्र नहीं मानतीं। वे स्मृति बन जाती हैं। अनिरुद्ध को यह धीरे-धीरे समझ में आया। माँ की आवाज़ अब घर की नहीं रही। वह उसके भीतर रहने लगी। जब वह गलत मोड़ पर खड़ा होता। तो वह कुछ नहीं कहती। बस महसूस होती। और वह रुक जाता। माँ अब हर सुबह उसी तरह पूछती थी। "उठ गया?" अनिरुद्ध अब पूरी तरह जागकर जवाब देता। "हाँ।" इस "हाँ" में अब नींद नहीं होती थी। थकान होती थी। डर होता था। लेकिन भरोसा अब भी वैसा ही था। कि माँ की आवाज़ उसे पूरी तरह टूटने नहीं देगी। कभी नहीं। समय माँ के घर में कभी घड़ी से नहीं चलता था। वह शरीर से चलता था। थकान से। आदत से। और थोड़ी-सी चुप्पी से। माँ अब धीरे चलने लगी थी। पहले यह दिखाई नहीं देता था। क्योंकि घर उसकी गति से चलता था। अब अनिरुद्ध ध्यान देने लगा था। ध्यान हमेशा देर से आता है।

माँ के हाथ अनिरुद्ध को हमेशा याद रहते थे। खुरदरे। काम से घिसे हुए। उँगलियाँ मोटी। नाखून छोटे। यह हाथ कभी आराम में नहीं रहते थे। हमेशा कुछ न कुछ कर रहे होते थे। सुबह आटा गूँधते। दोपहर सब्ज़ी काटते। शाम बर्तन धोते। रात कपड़े तह करते। अनिरुद्ध ने एक बार माँ के हाथ पकड़े थे।

"माँ, तुम्हारे हाथ थके नहीं?"

माँ ने मुस्कुराकर कहा था।

"हाथ नहीं थकते। मन थकता है।"

उस दिन अनिरुद्ध को कुछ समझ आया था। काम शरीर से नहीं, मन से होता है। और मन जब थक जाए, तो हाथ भी रुक जाते हैं। जब कुछ बदल चुका होता है। माँ सीढ़ियाँ अब एक-एक करके चढ़ती थी। पहले वह गिनती नहीं करती थी। अब रुकती थी। एक पल। फिर अगला कदम। अनिरुद्ध पीछे खड़ा रहता। कुछ नहीं कहता। कहना उसे भारी लगता था। माँ पीछे मुडकर कभी नहीं देखती थी। उसे पता था। कोई साथ है। पटना की पुरानी सीढ़ियाँ ऐसी ही होती हैं।

ऊँचाई कम। चौड़ाई अनिश्चित। समय ने उन्हें धीरे-धीरे घिस दिया है। माँ उन्हीं सीढ़ियों की तरह थी। बहुत इस्तेमाल में। लेकिन अब भी मज़बूत। सुबह की आवाज़ अब थोड़ी बदल गई थी। "उठ गया?" इसमें अब थोड़ा रुकाव होता था। जैसे सुनने की उम्मीद। अनिरुद्ध अब तुरंत जवाब देता। "हाँ।" यह अब सूचना नहीं था। यह आश्वासन था। माँ रसोई में अब ज़्यादा देर खड़ी नहीं रहती थी। वह बीच-बीच में बैठ जाती। स्टूल पर। पुराना स्टूल। जिसकी एक टाँग थोड़ी हिलती थी। माँ ने कभी इसे बदला नहीं। हिलती चीज़ें उसे परिचित लगती थीं। अनिरुद्ध ने एक दिन कहा था।

"नया ले लेते हैं।"

माँ ने देखा था। मुस्कुराई थी।

"यह अभी चल रहा है।"

चलना उसके लिए हमेशा काफ़ी रहा था। पटना के दुकानदार भी ऐसे ही होते हैं। पुरानी दुकान। पुरानी तराज़ू। लेकिन हिसाब ठीक।

एक शाम माँ बरामदे में बैठी थी। यह अजीब था। माँ कभी बरामदे में नहीं बैठती थी। वह जगह पिता की थी। अनिरुद्ध पास आया।

"माँ?"

माँ ने उसकी तरफ देखा। आँखों में कुछ था। पानी नहीं। लेकिन कुछ था।

"बैठ।"

माँ ने कहा। अनिरुद्ध बैठ गया। पिता की कुर्सी पर नहीं। ज़मीन पर। माँ ने बाहर देखा। सड़क की तरफ। गली की तरफ। कहीं और की तरफ।

"मैं भी तुम्हारी उम्र में खिड़की से देखती थी।"

माँ ने कहा।

"अपने माँ-बाप के घर में। गाँव में।"

अनिरुद्ध चुप रहा। माँ कभी अपने बारे में नहीं बोलती थी। यह पहली बार था।

"वहाँ खिड़की से खेत दिखते थे। हरे। पीले। मौसम के साथ रंग बदलते थे।"

माँ रुकी। फिर बोली।

"यहाँ खिड़की से दीवार दिखती है।"

अनिरुद्ध ने कुछ नहीं कहा। क्या कहता?

"लेकिन दीवार भी ठीक है।" माँ ने कहा। "कम से कम कुछ तो दिखती है।"

यह वाक्य अनिरुद्ध के भीतर गहरे उतर गया। माँ उठी। रसोई की तरफ गई।

"खाना बनाना है।"

बस। बातचीत खत्म। लेकिन वह शाम अनिरुद्ध को हमेशा याद रही। पहली बार उसने माँ को एक अलग इंसान की तरह देखा था। एक औरत जो कभी लड़की थी। जिसके अपने सपने थे। अपनी खिड़कियाँ थीं।

माँ बीमार कभी नहीं पड़ती थी। या शायद पड़ती थी। लेकिन कहती नहीं थी।

एक बार अनिरुद्ध ने देखा। माँ का हाथ काँप रहा था। चाय का गिलास उठाते हुए।

"माँ, तबीयत ठीक है?"

"हाँ। बस ठंड लग गई।"

जून का महीना था। गर्मी इतनी कि साँस लेना मुश्किल। ठंड कहाँ से लगती। लेकिन अनिरुद्ध ने कुछ नहीं कहा। कुछ झूठ इतने पुराने हो जाते हैं कि सच बन जाते हैं। माँ ने चाय पी। काम पर लग गई। हाथ का काँपना रुक गया।

या छुप गया। अनिरुद्ध ने उस दिन तय किया। वह माँ का ध्यान रखेगा। बिना बताए। बिना दिखाए। क्योंकि माँ कभी अपना ध्यान नहीं माँगती। माँ अब नाम लेकर कम बोलती थी। वह काम के नाम लेती थी।

"पानी दे देना।"

"दरवाज़ा देख लेना।"

इन वाक्यों में कोई आदेश नहीं था। इनमें जिम्मेदारी थी। धीरे-धीरे वह जिम्मेदारी अनिरुद्ध के हाथ में आ रही थी। बिना बताए। बिना घोषणा के। एक दिन माँ थोड़ा ज़्यादा थक गई थी। दोपहर में। गर्मी उस दिन कुछ ज़्यादा ही थी। पटना की दोपहर ऐसी ही होती है। हवा चलती है। लेकिन काम की नहीं होती। माँ चारपाई पर लेट गई। दिन में। यह दुर्लभ था। अनिरुद्ध पास बैठा। कुछ बोला नहीं। माँ ने आँखें बंद करके कहा।

"थोड़ी देर।"

यह अनुमति नहीं थी। यह स्वीकार था। उस दिन घर कुछ घंटों के लिए रुक गया। बर्तन नहीं बजे। रसोई शांत रही। खिड़की से धूप सीधी फर्श पर गिरी। अनिरुद्ध ने पहली बार महसूस किया। घर माँ के बिना कैसा लगता है। यह डर नहीं था। यह रिक्तता थी। माँ शाम तक उठ गई। फिर सब जैसा का तैसा। लेकिन अनिरुद्ध के भीतर कुछ बदल गया था। वह अब माँ की आवाज़ सिर्फ़ सुनता नहीं था। वह उसे सहेजने लगा था। जैसे कोई धीरे-धीरे समझता है। कि कुछ चीज़ें हमेशा एक जैसी नहीं रहेंगी। माँ अब कभी-कभी कुछ भूल जाती थी। छोटी बातें। किस दिन कौन आएगा। किसको क्या कहना था। फिर खुद ही हँस देती।

"दिमाग़ अब पहले जैसा नहीं।"

यह शिकायत नहीं थी। यह स्वीकार था। अनिरुद्ध कुछ नहीं कहता। वह बस याद रख लेता। याद रखना अब उसकी भूमिका बन रही थी। एक शाम माँ बरामदे में बैठी थी। सूरज डूब रहा था। पटना की शाम धीरे नारंगी होती है। फिर सीधी अँधेरी। माँ ने कहा।

"दिन कितनी जल्दी चला जाता है।"

अनिरुद्ध ने पहली बार यह वाक्य उससे सुना। माँ हमेशा दिन को थामती थी। आज वह उसे जाने दे रही थी। माँ की आवाज़ अब थोड़ी काँपती थी। बहुत नहीं। बस इतना कि अनिरुद्ध समझ जाए। वह वहीं है। लेकिन अब उसे सुनना होगा। एक रात माँ सो गई। बिना "खाना खाया?" पूछे। घर कुछ देर तक जागता रहा। अनिरुद्ध ने खुद से कहा। यह शुरुआत है। अंत नहीं। माँ की आवाज़ अब धीरे-धीरे स्मृति बनने लगी थी। लेकिन यह खोना नहीं था। यह स्थान बदलना था। घर से। उसके भीतर। और जब वह शहर के बीच खड़ा होता। भीड़ में। शोर में। तो अचानक वह आवाज़ उभर आती। "ध्यान रखना।" अनिरुद्ध रुक जाता। एक पल। बस इतना ही काफ़ी होता। एक दिन अनिरुद्ध घर से थोड़ा दूर रहने लगा। दूरी अचानक नहीं आई। वह धीरे-धीरे आदत बनी। पहले देर से लौटना। फिर कभी-कभी रुक जाना। फिर किसी और कमरे में सो जाना। माँ ने कुछ नहीं पूछा। उसने दूरी को नाम नहीं दिया। नाम दूरी को कठोर बना देते हैं। पटना दूरी को धीरे स्वीकार करता है। यह शहर छूटता नहीं। यह पीछे-पीछे चलता रहता है। अनिरुद्ध जब नए कमरे में पहली बार सोया। तो छत अलग लगी। हवा अलग लगी। आवाज़ें बहुत तेज़ लगीं। यह पटना की आवाज़ें नहीं थीं। यह अजनबी शहर की आवाज़ें थीं। रात लंबी हो गई। नींद टुकड़ों में आई। उसी रात उसे माँ की आवाज़ याद आई। पूरी नहीं। बस एक लहजा। जैसे नींद के पास खड़ी हो। "सो जा।" अनिरुद्ध ने आँखें बंद कीं। पहली बार कमरे ने उसे नहीं थामा। उसने खुद को थामना पड़ा। सुबह अलार्म से आई। तेज़। निर्दयी। इस आवाज़ में कोई आदत नहीं थी। कोई अपनापन नहीं था। अनिरुद्ध उठा। कमरा उसे देख नहीं रहा था। यह एक जगह थी। घर नहीं। नहाते समय पानी बहुत ठंडा लगा। माँ ऐसे पानी में नहाने नहीं देती थी। वह पहले बाल्टी भरती। फिर थोड़ा ठहरती। अनिरुद्ध ने उस ठहराव को याद किया। और एक पल रुक गया। यह ठहराव अब उसकी ज़िम्मेदारी थी। काम दिन भर उसे घेरे रहा। लोग। फाइलें। रास्ते। लेकिन बीच-बीच में उसका मन घर लौट जाता। उस रसोई में। उस चूल्हे के पास। उस आवाज़ के पास। शाम को उसने चाय बनाई। पहली बार खुद के लिए। चाय ठीक बनी। लेकिन स्वाद अधूरा था। कप नया था। किनारे सही थे। फिर भी कुछ टूटा हुआ लग रहा था। अनिरुद्ध ने समझा। यह गिलास की कमी नहीं है। यह आदत की कमी है। माँ अब दूर थी। लेकिन उसकी आवाज़ दूरी नहीं मानती थी। वह हर दिन किसी न किसी पल में आ जाती। बस एक वाक्य। कभी

"खाना खा लिया?" कभी "पानी पी लेना।" ये वाक्य अब बाहर से नहीं आते थे। वे अंदर से उभरते थे। पटना अब उसके लिए नक्शे में एक शहर नहीं था। वह आवाज़ों का एक समूह था। झाड़ू की खरखराहट। मंदिर की घंटी। गंगा की हवा। और बीच में माँ की आवाज़। जब वह छुट्टी में घर लौटा। तो घर पहले जैसा नहीं लगा। या शायद वह पहले जैसा नहीं रहा। माँ दरवाज़े पर खड़ी थी। आवाज़ वही थी। लेकिन उसमें अब कमज़ोरी थी।

"आ गया?"

अनिरुद्ध ने पहली बार इस सवाल को जाँच की तरह सुना। उसने सिर हिलाया। शब्द नहीं निकले। घर अब छोटा लग रहा था। या शायद वह बड़ा हो गया था। रात को माँ ने खाना परोसा। हाथ थोड़ा काँप रहा था। अनिरुद्ध ने कुछ नहीं कहा। कहना दोनों को कमज़ोर कर देता। खाने के बाद माँ ने धीरे से कहा।

"अब थोड़ा कम बोला करूँगी।"

यह वाक्य किसी घोषणा जैसा नहीं था। यह तैयारी थी। अनिरुद्ध ने उसी रात नींद में रोने की कोशिश की। लेकिन आँसू नहीं आए। कुछ दुख रोने से परे होते हैं। सुबह माँ ने वही पूछा।

"उठ गया?"

लेकिन आवाज़ अब दरवाज़े तक नहीं आई। वह रसोई से आधी राह में रुक गई। अनिरुद्ध खुद चलकर उसके पास गया। और पहली बार कहा।

"हाँ। मैं उठ गया हूँ।"

यह अब जवाब नहीं था। यह स्थिति थी। कुछ दिन बाद अनिरुद्ध फिर शहर लौट गया। इस बार पीछे देखकर। माँ दरवाज़े पर नहीं आई। उसकी आवाज़ भी नहीं आई। लेकिन अनिरुद्ध जानता था। वह अब उसके भीतर पूरी तरह आ चुकी है। माँ की आवाज़ अब घर की पहली आवाज़ नहीं थी। वह उसके जीवन की आख़िरी लय थी। जब कुछ समझ नहीं आता। जब सब बहुत तेज़ हो जाता। तो वह आवाज़ आती। धीमी। स्थिर।

"ध्यान रखना।"

और वह ध्यान रखता। इतना। बाकी कहाँ। धीरे-धीरे अनिरुद्ध ने यह समझ लिया। माँ की आवाज़ अब उसे जगाने नहीं आती। वह उसे चलाने आती है। सुबह अब अलार्म से होती थी। लेकिन दिन अलार्म से शुरू नहीं होता था। दिन उस क्षण से शुरू होता था जब वह खुद से पूछता था। आज कैसे चलना है। माँ यह सवाल कभी नहीं पूछती थी। वह इसका जवाब हर दिन देती थी। अपने रहने से। अनिरुद्ध अब किसी नए शहर में चलता था। सड़कें चौड़ी थीं। लोग तेज़ थे। समय सीधा था। लेकिन उसके भीतर एक धीमी चाल चलती रहती थी। वह भीड़ में रुक जाता। जब कोई गिरता। वह जल्दी नहीं करता। जब कोई पीछे रह जाता। यह उसका स्वभाव नहीं था। यह उसकी माँ की आवाज़ थी। एक दिन ऑफिस से लौटते समय उसने देखा। एक बूढ़ी औरत बस स्टॉप पर खड़ी थी। बस कब की आ चुकी थी। सब चढ़ चुके थे। वह पीछे रह गई थी। अनिरुद्ध ने कुछ नहीं सोचा। वह बस रुक गया। ड्राइवर से बोला।

"एक मिनट।"

यह उसका वाक्य नहीं था। यह उसकी माँ की लय थी। औरत चढ़ी। कुछ नहीं बोली। सिर्फ़ देखा। अनिरुद्ध ने नज़र हटा ली। माँ भी ऐसे ही देखती थी। बिना धन्यवाद माँगे। घर अब उसके लिए एक जगह नहीं रहा। वह एक स्थिति बन गया। जहाँ वह ठहर सकता था। जहाँ वह तेज़ नहीं होना चाहता था। रात जब थकान बहुत भारी होती। तो वह खुद से एक ही वाक्य कहता। "खाना खा लेना।" यह उपदेश नहीं था। यह ख़याल था। माँ अब सपनों में नहीं आती थी। वह जागते समय आती थी। निर्णयों में। रुकने में। छोड़ने में। एक बार उसने किसी को तेज़ आवाज़ में जवाब दिया। तुरंत। फिर रुका। बिना चाहे। भीतर कुछ खिसका। कोई नहीं बोला। लेकिन आवाज़ आई। धीमी। "ऐसे नहीं।" अनिरुद्ध चुप हो गया। माफी माँगी। यह कमज़ोरी नहीं थी। यह दिशा थी। समय अब तेज़ चलता था। माँ धीरे-धीरे कम बोलती गई। फिर एक दिन बोलना बंद हो गया। घर से। फोन से। लेकिन उस दिन अनिरुद्ध टूट नहीं गया। क्योंकि वह तैयार था। माँ ने उसे धीरे-धीरे अपनी आवाज़ सौंप दी थी। जैसे कोई दीया किसी और हाथ में दे देता है। अब जब वह रात में रुकता। और दिन की भागदौड़ पीछे छूट जाती। तो एक मौन उभरता। उस मौन में कोई चेहरा नहीं था। कोई शब्द नहीं थे। बस एक दिशा थी। कि कहाँ नहीं जाना है। कहाँ धीरे चलना है। कहाँ रुकना है। माँ की

आवाज़ अब उसके भीतर घर बन चुकी थी। एक ऐसा घर जो कभी बंद नहीं होता। जिसमें दरवाज़े नहीं होते। सिर्फ़ जगह होती है। साथ की। और कुछ साथ अगर जीवन में बन जाए। तो आदमी कभी अकेला नहीं रहता। यहीं यह कथा पूरी होती है। माँ अब आवाज़ नहीं है। वह लय है। और लय जब अंदर बस जाए। तो जीवन कभी बिखरता नहीं। बस धीरे-धीरे चलता रहता है।

४ पिता की खाँसी

पिता की खाँसी घर की दूसरी स्थायी आवाज़ थी। पहली माँ की आवाज़। दूसरी यह खाँसी। यह खाँसी अचानक नहीं आती थी। यह धीरे-धीरे उभरती थी। जैसे शरीर पहले अनुमति माँगता हो। फिर खुद ही उत्तर दे देता हो। अनिरुद्ध जब छोटा था तो इस खाँसी से डरता था। डर बीमारी का नहीं था। डर अचानकपन का था। अब डर नहीं लगता था। लेकिन एक अलग तरह की चिन्ता हमेशा रहती थी। यह खाँसी बीमारी की नहीं थी। यह उम्र की थी। थकान की थी। और उन बातों की थी जो कभी कही नहीं गईं। पिता सुबह सबसे पहले बाहर निकलते थे। अख़बार लेने। यह उनकी ज़रूरत नहीं थी। यह उनकी आदत थी। अब अख़बार मोबाइल पर भी पढ़ा जा सकता था। लेकिन पिता मोबाइल पर ख़बर नहीं पढ़ते थे। वे काग़ज़ की आवाज़ सुनना चाहते थे। पन्ना पलटने की। स्याही की हल्की-सी गंध। सुबह की पहली सैर उनके लिए अख़बार तक जाती थी। अनिरुद्ध कई बार बिस्तर पर लेटे-लेटे सुनता था। दरवाज़ा खुलने की आवाज़। फिर सीढ़ियों पर धीमे कदम। फिर खाँसी। एक। दो। फिर शांति। यह खाँसी उसके लिए घड़ी जैसी थी। अगर यह आवाज़ न आती तो दिन अजीब लगता। पिता कम बोलते थे। बहुत कम। लेकिन जो बोलते थे वह फालतू नहीं होता था। उनके शब्द सीधे होते थे। जैसे कभी घुमाने की आदत ही न रही हो। "चाय।" बस इतना। माँ समझ जाती थी। "कृपया।" कभी नहीं। "थोड़ी।" कभी नहीं। शब्दों की बचत पिता की आदत थी। शायद नौकरी की वजह से। या ज़िंदगी की। पिता सरकारी दफ़्तर में काम करते थे। अब सेवानिवृत्त। सेवानिवृत्ति एक शब्द है। असल में वह धीरे-धीरे गायब होना है। पहले आपकी फ़ाइलें कम होती हैं। फिर आपकी ज़रूरत। फिर आपकी आवाज़। पिता ने इस बदलाव को बिना शिकायत स्वीकार कर लिया था। या शायद उन्होंने कभी शिकायत करना सीखा ही नहीं।

अनिरुद्ध ने उन्हें कभी खुलकर हँसते नहीं देखा। हल्की मुस्कान। हाँ। लेकिन खुली हँसी। नहीं। जैसे हँसी भी नाप-तोल कर की जाती हो। घर में पिता की एक कुर्सी थी। बरामदे के पास। वही उनकी जगह थी। सुबह अख़बार के साथ। दोपहर आँखें मूँदकर। शाम चुपचाप। कुर्सी कभी इधर-उधर नहीं की

जाती थी। जैसे उसका स्थान तय हो। और उसके साथ पिता का भी। अनिरुद्ध जब उस कुर्सी को देखता तो उसे स्थिरता दिखती। लेकिन अब उसे उस स्थिरता में थकान भी दिखने लगी थी। पिता की पीठ थोड़ी झुक गई थी। कंधे अब पहले जैसे सीधे नहीं रहते थे। लेकिन उनकी चाल अब भी संयमित थी। वे तेज़ नहीं चलते थे। धीरे भी नहीं। बस ज़रूरत के अनुसार। पटना के पुराने मोहल्लों में ऐसे लोग बहुत हैं। जो चलते नहीं। वे निभाते हैं। अनिरुद्ध को याद था। जब पहली बार बैंक का नोटिस आया था। पिता ने उसे चुपचाप मेज़ पर रख दिया था। कुछ नहीं कहा। माँ ने देखा। कुछ नहीं पूछा। घर उस दिन बहुत शांत था। उस शांति में पिता की खाँसी और साफ़ सुनाई दे रही थी। अनिरुद्ध उस दिन कमरे में बंद रहा। पिता ने दरवाज़ा नहीं खटखटाया। उन्होंने उसे बुलाया नहीं। शायद वे जानते थे। कुछ लड़ाइयाँ अंदर लड़ी जाती हैं। और उनमें हस्तक्षेप उल्टा पड़ता है। उस शाम पिता ने बस इतना कहा था।

"देखना पड़ेगा।"

इस वाक्य में कोई योजना नहीं थी। कोई आश्वासन नहीं। बस एक अवसाद। कि स्थिति यहाँ तक आ चुकी है। पटना की सुबह पिता के लिए अख़बार से आगे नहीं जाती थी। वह चाय की दुकान तक रुक जाती थी। वह दुकान किसी नाम से नहीं जानी जाती थी। वह कोने पर थी। बस इतना ही काफ़ी था। पिता वहाँ हर सुबह कुछ देर खड़े रहते थे। बैठते नहीं थे। बैठना उनके लिए घर की चीज़ थी। दुकान पर खड़े रहना उनका तरीका था दुनिया में शामिल होने का। चाय काँच के गिलास में आती थी। गिलास कभी पूरी तरह साफ़ नहीं होता था। लेकिन पिता कभी शिकायत नहीं करते थे। शिकायत उनके लिए समय की बर्बादी थी। चाय धीरे पी जाती थी। जैसे गरम चीज़ों से जलने का कोई अधिकार न हो। दुकान पर लोग बोलते थे। राजनीति। महँगाई। बीमारी। पिता सुनते थे। बीच में खाँसी आती थी। फिर चुप्पी। लोग खाँसी पर ध्यान नहीं देते थे। पटना में खाँसी अकेली नहीं होती। हर उम्र अपनी-अपनी आवाज़ लेकर चलती है। पिता घर लौटते थे। अख़बार अब पूरी तरह पढ़ा नहीं होता था। कुछ पन्ने बस मुडे हुए रहते थे। जैसे ज़रूरी ख़बरें पहले ही पता हों। घर में पिता अख़बार मेज़ पर रखते थे। सीधे नहीं। थोड़ा तिरछा। यह उनकी एक छोटी-सी अव्यवस्था थी। अनिरुद्ध इसे कई बार सीधा करता था। फिर करना छोड़ दिया। कुछ चीज़ें जैसी हैं वैसी ही

रहने देनी चाहिए। पिता कभी टीवी के सामने ज़्यादा देर नहीं बैठते थे। ख़बरें उन्हें उत्तेजित नहीं करती थीं। वे उन्हें थका देती थीं।

पिता खिड़की के पास ज़्यादा देर बैठते थे। खिड़की उनके लिए देखने की जगह नहीं थी। वह सोचने की जगह थी। वहाँ से गली दिखती थी। साइकिल। रिक्शा। पैदल चलते लोग। पिता सबको एक ही नज़र से देखते थे। कोई खास नहीं। कोई गैर नहीं। अनिरुद्ध ने कई बार सोचा। पिता इतना कम क्यों बोलते हैं। फिर उसे समझ आया। वे बोलने से पहले तौलते थे। और अक्सर शब्द हल्के पड़ जाते थे। पिता रात में जल्दी बिस्तर पर चले जाते थे। सोते नहीं थे। बस लेट जाते थे। लेटना उनके लिए दिन से अलग होना था। नींद बाद में आती थी। खाँसी बीच-बीच में आती रहती थी। हर बार अनिरुद्ध जागता नहीं था। लेकिन हर बार उसे पता चल जाता था। यह जानना कभी-कभी जागने से ज़्यादा भारी होता है। एक रात पिता छत पर चले गए थे। यह असामान्य था। छत पटना के घरों में दिन की जगह होती है। रात की नहीं। अनिरुद्ध ने धीरे से पीछा किया। छत पर हवा थोड़ी चल रही थी। पिता किनारे खड़े थे। हाथ जेब में। आसमान धूसर था। शहर अब भी जाग रहा था। दूर रेल की सीटी सुनाई दी। पिता ने कुछ नहीं कहा। फिर खाँसी आई। लंबी। अनिरुद्ध ने पहली बार देखा। पिता खाँसी को दबाने की कोशिश नहीं कर रहे थे। वे उसे आने दे रहे थे। जैसे अब लड़ने की ज़रूरत नहीं। खाँसी थमी। पिता ने बस इतना कहा।

"ठंडी हवा है।"

यह मौसम की बात नहीं थी। यह समय की बात थी। अनिरुद्ध चुप रहा। चुप रहना उसने पिता से सीखा था। छत पर कुछ देर दोनों खड़े रहे। फिर पिता नीचे चले गए। अनिरुद्ध वहीं रुक गया। उसे छत की ठंडक अच्छी लगी। उसे पता था। कुछ ठंडक अब पिता के लिए ज़्यादा हो गई है। अगले दिन पिता थोड़ा देर से उठे। यह पहली बार नहीं था। लेकिन इस बार अनिरुद्ध ने ध्यान दिया। माँ कुछ नहीं बोली। उसकी चुप्पी अब ज़्यादा लंबी हो रही थी। घर चल रहा था। लेकिन गति धीमी थी। पिता ने नाश्ता कम किया। आधा। अनिरुद्ध ने कुछ नहीं कहा। कहना स्थिति को और स्पष्ट कर देता। और कुछ बातें स्पष्ट नहीं होनी चाहिए। पिता दोपहर में सो गए। दिन में। यह बहुत बड़ी घटना थी। पटना की दोपहर नींद के लिए कठोर होती है। गर्मी। शोर। रोशनी। फिर भी पिता सो गए। अनिरुद्ध

कमरे के बाहर बैठा रहा। पंखा धीरे चल रहा था। खाँसी नहीं आई। यह और भारी था। कभी-कभी आवाज़ का न होना ज़्यादा डराता है। शाम को पिता उठे। चेहरा थका हुआ। लेकिन नज़र अब भी सीधी। उन्होंने कुछ नहीं कहा। अनिरुद्ध ने चाय रख दी। पिता ने ले ली। बस। इस "बस" में पूरा रिश्ता था। समय धीरे-धीरे पिता के घर में अपनी जगह बदल रहा था। पहले वह घड़ी में रहता था। अब वह शरीर में रहने लगा था। पिता अब समय को देखते नहीं थे। वे उसे महसूस करते थे। सुबह अगर खाँसी देर से आती तो दिन अपने आप लंबा हो जाता। अगर खाँसी जल्दी आती तो दिन संभलकर चलता। अनिरुद्ध ने यह बिना किसी शिक्षा के सीख लिया था। यह पिता की अदृश्य विरासत थी। पटना ऐसी ही विरासतों का शहर है। यहाँ लोग अपनी बातें कहकर नहीं सौंपते। वे उन्हें रहकर सिखाते हैं। पिता ने कभी उसे यह नहीं बताया। कि आदमी को कितना झुकना चाहिए। कितना रुकना चाहिए। लेकिन उनकी चाल यह हर दिन सिखाती थी। पिता अब घर से कम निकलते थे। अख़बार कभी-कभी अनिरुद्ध ले आता। पिता अख़बार पूरा नहीं पढ़ते थे। वे बस उसे खोलकर रख लेते थे। जैसे दुनिया को पास रखना चाहते हों। लेकिन उसमें उलझना नहीं। बरामदे में बैठे हुए पिता अक्सर खाली सामने देखते रहते। वह खालीपन दरअसल खुली जगह थी। जहाँ उनका पूरा जीवन धीरे-धीरे बैठ रहा था। अनिरुद्ध ने एक दिन पूछ लिया।

"कुछ सोच रहे हो?"

पिता ने कुछ देर कुछ नहीं कहा। फिर खाँसी आई। छोटी। थकी हुई। फिर उन्होंने कहा।

"सब देख लिया।"

यह गर्व नहीं था। यह थकान भी नहीं थी। यह समापन का वाक्य था। अनिरुद्ध उस वाक्य को उस दिन पूरी तरह नहीं समझ पाया। समझ हमेशा देर से आती है। एक शाम बिजली चली गई। पटना में यह कोई खबर नहीं होती। घर अँधेरे में आ गया। माँ ने दीया जला दिया। पिता कुर्सी पर बैठे रहे। खाँसी उस अँधेरे में और साफ़ सुनाई दी। अनिरुद्ध को अचानक डर लगा। खाँसी का नहीं। उस दिन का जब यह आवाज़ नहीं होगी। उस डर ने उसे बड़ा कर दिया। बिना बताए। उस रात पिता ने पहली बार एक पुरानी बात कही। बहुत छोटी।

"हमारे पिता भी ऐसे ही खाँसते थे।"

बस। इतिहास इतनी ही जगह लेता है। अनिरुद्ध को समझ आ गया। खाँसी सिर्फ़ बीमारी नहीं है। यह एक पीढ़ी की आवाज़ है। जो एक शरीर से दूसरे शरीर में स्थान बदलती है। पिता ने उस रात और कुछ नहीं कहा। लेकिन उन्होंने बहुत कुछ दे दिया। अनिरुद्ध अब जब अपने गले में हल्की खराश महसूस करता। तो घबराता नहीं। वह रुक जाता। पानी पीता। और धीरे-धीरे साँस लेता। यह उसका पिता से मिला सबसे बड़ा उपहार था। रुकना। संभलना। और आवाज़ को पूरी तरह न दबाना। पिता धीरे-धीरे कमज़ोर नहीं हो रहे थे। वे बस हल्के हो रहे थे। जैसे दुनिया का भार अब अनिरुद्ध के कंधों पर सरक रहा हो। एक दिन पिता ने अपनी कुर्सी थोड़ी पीछे कर दी। यह बहुत छोटी बात थी। लेकिन घर ने इसे महसूस किया। कुर्सी अब खिड़की से थोड़ी दूर थी। पिता अब सीधे बाहर नहीं देखते थे। वे अंदर देखते थे। अनिरुद्ध ने कुछ नहीं कहा। क्योंकि कुछ बदलाव स्वीकार माँगते हैं। शब्द नहीं। रात फिर आई। खाँसी फिर सुनाई दी। लेकिन इस बार अनिरुद्ध जागा नहीं। वह जानता था। कुछ आवाज़ें अब उसके भीतर सुरक्षित हैं। वे उसे जगाने नहीं आएँगी। वे उसे चलना सिखाएँगी। कुछ आवाज़ें धीरे-धीरे कम नहीं होतीं। वे अपनी जगह बदल लेती हैं। पिता की खाँसी भी ऐसी ही थी। पहले वह घर में गूँजती थी। अब वह अनिरुद्ध के अंदर ठहरने लगी थी। घर अब वैसा ही था। दीवारें। दरवाज़े। बरामदा। लेकिन आवाज़ों की क्रमबद्धता बदल गई थी।

माँ की आवाज़ अब थोड़ी देर से आती थी। पिता की खाँसी कभी-कभी छूट जाती थी। और जब कुछ छूटने लगे तो घर उसे पहचान लेता है। पटना ऐसे ही छूटने का शहर है। यहाँ बहुत कुछ बिना घोषणा गायब होता है। एक दुकान जो कल थी। आज सिर्फ़ शटर है। एक पेड़ जो हर शाम छाया देता था। आज बस ठूँठ है। लोग यहाँ अभाव को आवाज़ नहीं बनाते। वे उसे आदत बना लेते हैं। पिता भी अब अपनी खाँसी को आदत बना रहे थे। वे उसे दबाते नहीं थे। बस थोड़ा टाल देते थे। जैसे किसी वाक्य को बीच में छोड़ दिया जाता है। अनिरुद्ध ने एक दिन ध्यान दिया। पिता अब खाँसने के बाद पानी नहीं पीते थे। पहले वे ज़रूर पीते थे। अब वे बस रुक जाते थे। रुकना अब उनका इलाज था। घर इस रुकने को समझता था। माँ कुछ नहीं कहती थी। वह बस गिलास पास रख देती थी। जैसे

संभावना साथ रख रही हो। एक शाम अनिरुद्ध पिता के साथ बरामदे में बैठा था। सड़क पर ठेला गुज़र रहा था। लिट्टी की महक हवा में घुली थी। पटना शाम को ऐसे ही खुलता है। धीरे। बिना दिखावे। पिता ने एक लिट्टी ले ली। पूरा नहीं खाया। बस थोड़ा सा। फिर रुक गए। अनिरुद्ध ने कुछ नहीं कहा। खाना यहाँ संवाद नहीं होता। यह स्थिति होती है। पिता ने अचानक पूछ लिया।

"अब कमरा कैसा लगता है?"

यह कमरे का सवाल नहीं था। यह अनिरुद्ध का सवाल था। उसने कुछ देर सोचा। फिर कहा।

"रुकने देता है।"

पिता ने सिर हिलाया। जैसे सही शब्द मिल गया हो। खाँसी नहीं आई। यह उस शाम का सबसे बड़ा संकेत था। कुछ दिन ऐसे ही गुज़र गए। फिर एक सुबह पिता नहीं उठे। ऐसा नहीं कि वे उठ नहीं सके। वे बस लेटे रहे। जैसे आज उठना ज़रूरी न हो। माँ ने कुछ नहीं कहा। अनिरुद्ध ने कुछ नहीं पूछा। घर ने सब समझ लिया। उस दिन खाँसी नहीं आई। और यह सबसे तेज़ आवाज़ थी। पटना में जब कुछ नहीं होता तो लोग और ध्यान से देखते हैं। पड़ोस चुप था। रेडियो बंद था। सड़क धीमी थी। पिता ने आँखें खोलीं। देखा। और बस देखा। अनिरुद्ध उनके पास बैठ गया। बिना कुछ बोले। यह अब ज़रूरी नहीं था। खाँसी नहीं आई। लेकिन उसकी जगह एक मौन आ गया। और यह मौन भारी नहीं था। यह पूरा था। पिता ने आँखें बंद कीं। यह सोना नहीं था। यह ठहरना था। अनिरुद्ध ने उस क्षण समझ लिया। कुछ आवाज़ें मरती नहीं। वे अपनी ज़रूरत पूरी कर लेती हैं। पिता की खाँसी अब अनिरुद्ध की चाल में थी। उसके रुकने में। उसके सोचने में। उसके चुप रहने में। घर अब वैसा ही था। लेकिन आवाज़ों की गिनती बदल चुकी थी। पहली माँ की आवाज़। दूसरी अब अनिरुद्ध की साँस। और बीच में एक मौन। जो पिता का था। मौन जब स्मृति बनता है तो वह आवाज़ की तरह नहीं लौटता। वह आदत की तरह रह जाता है। पिता अब कम बोलते थे। खाँसी कभी कभी आती थी। और कभी-कभी नहीं। लेकिन अनिरुद्ध ने महसूस किया। अब खाँसी के आने-जाने से घर का दिन तय नहीं होता था। घर अब उस इंतज़ार में जी रहा था जो कभी पूरा नहीं होता। पटना इंतज़ार का शहर है। यहाँ लोग घाट पर

बैठते हैं। नदी को देखते हैं। और उससे कुछ नहीं माँगते।वे बस उसके बहने का इंतज़ार करते हैं। पिता अब गंगा की तरह थे। धीमे। गहरे। और अपनी ही धारा में। एक सुबह अनिरुद्ध ने पिता को खिड़की के पास देखा। वे खड़े नहीं थे। वे बैठे थे। कुर्सी थोड़ी पीछे थी। खिड़की पूरी खुली नहीं थी। आधी खुली। जैसे पिता अब बाहर को नहीं अंदर को देख रहे हों। गंगा दूर नहीं थी। लेकिन यहाँ से दिखती नहीं थी। फिर भी उसकी नमी हवा में थी। पिता ने धीरे से कहा।

"हवा बदली है।"

यह मौसम की बात नहीं थी। यह जीवन की थी। अनिरुद्ध ने सिर हिलाया। अब उसके उत्तर लंबे नहीं होते थे। वे बस मौजूद होते थे। एक दिन पिता ने अपनी पुरानी फाइल निकाली। सरकारी काग़ज़। पीले पड़ चुके। किनारों से टूटते हुए। उन्होंने उन्हें मेज़ पर रखा। और कुछ नहीं कहा। अनिरुद्ध ने फाइल को नहीं खोला। कुछ काग़ज़ खोलने से भारी हो जाते हैं। पिता ने बस उँगली रखी। एक जगह। जैसे कह रहे हों। यहाँ से आगे तुम। यह वसीयत नहीं थी। यह स्थानांतरण था। रात उस दिन जल्दी आ गई। पटना की सर्द रातें ऐसी ही होती हैं। बिना चेतावनी। माँ ने रजाई निकाली। पिता ने मना नहीं किया। यह उनका पहला मौन स्वीकार था। खाँसी उस रात नहीं आई। लेकिन अनिरुद्ध जागता रहा। वह दीवार के पास बैठा रहा। वही दीवार जो दो कमरों को जोड़ती थी। उस दीवार में अब कोई आवाज़ नहीं थी। लेकिन एक स्मृति धड़क रही थी। सुबह माँ की आवाज़ आई। थोड़ी डरी हुई।

"चाय?"

यह पहली बार था। जब माँ ने पूछा। पिता ने धीरे से कहा।

"थोड़ी।"

यह एक शब्द नहीं था। यह समझौता था। दिन अब घर में धीरे चलता था। कोई जल्दी नहीं थी। कोई लक्ष्य नहीं था। बस साथ था। पिता अब बरामदे में कम बैठते थे। वे अक्सर कमरे में ही रहते थे। कमरा अब उनके लिए दुनिया बन गया था। अनिरुद्ध उस कमरे में जब जाता तो धीमे चलता। जैसे मौन को डरा देगा। एक शाम पिता ने अचानक कहा।

"सब ठीक है।"

यह आश्वासन नहीं था। यह विदा नहीं था। यह स्थिति की स्वीकृति थी। उस रात अनिरुद्ध ने एक सपना देखा। पिता चल रहे हैं। धीरे। लेकिन बिना रुके। खाँसी नहीं है। लेकिन चाल में वही संयम है। सुबह जब उसकी आँख खुली तो खाँसी नहीं सुनाई दी। और अब यह खालीपन नहीं था। यह पूर्णता थी। पिता अब आवाज़ नहीं थे। वे स्मृति नहीं थे। वे दिशा थे। और जब पिता दिशा बन जाएँ तो बेटा कभी भटकता नहीं। वह बस धीरे चलता है। ठीक उसी तरह जैसे पटना की सुबह। धुंध में। बिना शोर। बिना घोषणा। बस चलती हुई। घर अब पहले जैसा नहीं था। लेकिन टूटा हुआ भी नहीं था। वह बस थोड़ा शांत हो गया था। जैसे किसी ने रेडियो धीमे कर दिया हो। माँ अब सुबह उसी समय उठती थी। लेकिन उसकी चाल धीमी हो गई थी। रसोई अब कम बोलती थी। बर्तनों की खटखट अब संकेत बन गई थी। अनिरुद्ध इन संकेतों को पढ़ने लगा था। घर अब शब्दों से नहीं संकेतों से चलता था। पटना भी ऐसा ही शहर है। यहाँ घंटियाँ कम और आहटें ज़्यादा होती हैं। सुबह गंगा दूर बहती है। लेकिन उसकी नमी हर गली में मौजूद रहती है। अनिरुद्ध कभी-कभी छत पर चला जाता। वहाँ से शहर पूरा नहीं दिखता। बस उसका मिज़ाज दिखता है। धुआँ। धूप। धुंध। सब एक साथ। उसे याद आता। पिता भी ऐसे ही देखते थे। पूरा नहीं। बस ज़रूरी। घर के अंदर कमरे अब कमरे नहीं रहे थे। वे यादों की परतें बन गए थे। पिता का कमरा सबसे शांत था। वहाँ अब खाँसी नहीं थी। लेकिन हवा अब भी रुककर घूमती थी। अनिरुद्ध जब उस कमरे में जाता तो घड़ी नहीं देखता। समय वहाँ दीवारों में अटका था। माँ कभी-कभी उस कमरे का दरवाज़ा खोल देती। बिना अंदर जाए। बस हवा के लिए। जैसे कह रही हो। कुछ बंद नहीं किया गया है। अनिरुद्ध समझ गया था। घर अब किसी एक आवाज़ से नहीं चलता। वह तीनों से बना है।

माँ की लय। पिता का मौन। और उसकी चलती साँस। एक दिन पड़ोस का लड़का पूछ बैठा। "अंकल अब नहीं दिखते?" अनिरुद्ध ने कुछ नहीं कहा। वह बस मुस्कराया। यह मुस्कान उत्तर नहीं थी। स्वीकृति। बिना शब्द। पटना ऐसी ही मुस्कानों से बना है। यहाँ लोग दुख को घोषित नहीं करते। वे उसे जीते हैं। घर अब अनिरुद्ध से कुछ माँगता नहीं था। वह बस उसे जगह देता था। रुकने की। सोचने की। और धीरे-धीरे चलने की। एक शाम माँ ने खिड़की पूरी खोल दी। यह

पहली बार था। हवा तेज़ आई। लेकिन घर नहीं हिला। अनिरुद्ध ने सोचा। अब घर तैयार है। आवाज़ों के बिना भी खड़ा रहने के लिए। पिता कहीं गए नहीं थे। वे दीवारों में थे। चाल में थे। निर्णयों में थे। और उस मौन में थे जो अब डराता नहीं था। घर अब एक कहानी नहीं था। वह एक स्थिति था। जिसमें अनिरुद्ध खुद को पूरी तरह रख सकता था। और जब आदमी किसी जगह खुद को रख सके। तो वह घर हो जाता है। यहीं यह कथा ठहरती है। चलना अब अनिरुद्ध की बारी है। लेकिन पीछे कुछ छूट नहीं रहा। घर अब आवाज़ नहीं। घर अब दिशा है। और दिशा जब घर से मिल जाए। तो रास्ते अपने आप मिल जाते हैं।

५ बैंक का नोटिस

कुछ काग़ज़ हाथ में आते ही रुक जाते हैं। वे चलने नहीं देते। वे वज़न नहीं डालते। वे मतलब डालते हैं। अनिरुद्ध ने पहली बार उस काग़ज़ को देखते ही समझ लिया था। यह काग़ज़ नहीं है। यह समय है। मेज़ घर की सबसे पुरानी चीज़ थी। लकड़ी अब चिकनी नहीं रही थी। उस पर उँगलियों के निशान नहीं थे। सालों के रहने के निशान थे। चाय हमेशा उसी जगह रखी जाती थी। गोल दाग अब लकड़ी का हिस्सा बन चुके थे। स्याही का एक पुराना धब्बा अब किसी गलती की तरह नहीं लगता था। वह एक याद था। काग़ज़ उन सबके बीच अकेला पड़ा था। साफ़। सीधा। बिना किसी माफ़ी के। उस पर तारीख़ थी। तारीख़ काग़ज़ की सबसे खतरनाक चीज़ होती है। क्योंकि तारीख़ इंतज़ार नहीं करती। अनिरुद्ध ने काग़ज़ उठाया। उँगलियाँ अपने आप धीमी हो गईं। जैसे त्वचा से पहले अंदर कुछ छू गया हो। काग़ज़ हद से ज़्यादा साफ़ था। इतना साफ़ कि आँखें चुभने लगीं। उस पर लिखे शब्द बिलकुल सीधे थे। कोई घुमाव नहीं। कोई संकोच नहीं। शब्द कठोर नहीं थे। वे निर्णायक थे। अनिरुद्ध ने एक पंक्ति पढ़ी। फिर दूसरी। फिर तीसरी। हर पंक्ति समझ में आ रही थी। लेकिन दिमाग़ उन्हें एक साथ नहीं रख पा रहा था। जब सच्चाई बहुत साफ़ होती है तो सोच फिसलती है। यह काग़ज़ यह नहीं कह रहा था कि सब खत्म है। यह यह कह रहा था कि अब समय कम है। समय जब कम होता है तो मन फैल जाता है। अनिरुद्ध ने काग़ज़ वापस मेज़ पर रखा। सीधे। उसी जगह। उसने तह नहीं किया। तह करना मानो समस्या को छोटा करना होता है। और यह समस्या छोटी नहीं थी।

शाम धीरे-धीरे कमरे में उतर रही थी। पटना की शाम हमेशा जल्दी नहीं आती। वह धूप को धीरे छोड़ती है। रोशनी पीली होती जाती है। हवा अब ठंडी नहीं रहती। उसमें नमी घुल जाती है। जैसे बारिश खुद को याद दिला रही हो। अनिरुद्ध कुर्सी पर बैठ गया। पीठ मेज़ की तरफ। काग़ज़ आँखों के सामने नहीं था। लेकिन वह पूरे भीतर था। कुछ देर वह बस बैठा रहा। कुछ नहीं किया। यह उसकी आदत नहीं थी। लेकिन आज उसके पास और कुछ था भी नहीं। रसोई से बर्तनों की आवाज़ आई। आज वे तेज़ नहीं थे। जैसे हाथ भी सोच रहे हों।

अनिरुद्ध जानता था। माँ देख चुकी है। माँ हमेशा पहले देखती है। चेहरे। खर्च। और खतरे। वह कुछ नहीं कहेगी। माँ सीधे सवाल नहीं पूछती। वह जगह देती है। लेकिन वह जगह अकेली होती है। बरामदे में पिता बैठे थे। अख़बार गोद में था। खुला नहीं था। यह उनका सोचने का तरीका था। अनिरुद्ध ने उनकी तरफ देखा। पिता ने नज़र उठाई। एक पल। बस एक पल। कुछ कहा नहीं गया। लेकिन बहुत कुछ रुक गया। यह साफ़ नहीं था कि पिता ने काग़ज़ देखा है या नहीं। और दोनों बातें डराने वाली थीं। रात धीरे-धीरे घर में भर गई। खाना मेज़ पर आया। तीन थालियाँ। कोई बात नहीं। अनिरुद्ध ने एक निवाला लिया। फिर दूसरा। स्वाद महसूस नहीं हुआ। खाना अब ज़रूरत नहीं था। वह एक रस्म था। माँ ने कुछ नहीं पूछा। पिता ने भी नहीं। लेकिन दोनों जानते थे। घर में एक काग़ज़ आ चुका है। और अब सब कुछ उसके आसपास घूमेगा। सु

बह पटना धीरे खुलता है। यह घड़ी से नहीं खुलता। यह गली की पहली आवाज़ से खुलता है। दूधवाले की घंटी। चाय की पहली भाप। साइकिल की चरमराहट। अनिरुद्ध ने दरवाज़ा धीरे खोला। घर पीछे रुक गया। सड़क आगे चल रही थी। धूल हवा में उठी हुई थी। धूप पूरी नहीं उतरी थी। पटना की सुबह हमेशा आधी होती है। आधी नींद। आधी जाग। वह चलता रहा। पैर अपने आप रास्ता पहचानते थे। यह रास्ता उसने सैकड़ों बार चला था। लेकिन आज हर मोड़ थोड़ा लंबा था। सब्ज़ी मंडी जाग चुकी थी। टोकरी में हरी मिर्च। धनिया। भीगे टमाटर। एक औरत भाव तय कर रही थी। आवाज़ तेज़ थी। लेकिन उसके चेहरे पर थकान थी। अनिरुद्ध ने देखा। यह थकान पहचान की थी। वह बिना बोले आगे बढ़ गया। रिक्शेवाला सवारी बुला रहा था। "कचहरी।" "बोरिंग।" हर पुकार एक उम्मीद थी। अनिरुद्ध ने किसी को उत्तर नहीं दिया। आज उसके पास किराया नहीं। आज उसके पास विचार था। पुल के पास हवा थोड़ी भारी थी। गंगा दिखाई नहीं दे रही थी। लेकिन उसकी नमी मौजूद थी। नदी यहाँ दिखने से ज़्यादा रहती है। अनिरुद्ध रुका। रेलिंग पर हाथ रखा। नीचे देखा नहीं। बस ठहराव महसूस किया। नदी कभी जल्दी नहीं करती। फिर भी सब उसी पर निर्भर रहता है। उसने सोचा। काग़ज़ नदी जैसा नहीं होता। वह रोकता है। शहर चलता रहता है। घर रुक जाता है। वह चाय की दुकान पर बैठा। स्टील का गिलास। किनारा टूटा हुआ। चाय गाढ़ी। दुकानदार ने पूछा। "चीनी?" अनिरुद्ध ने सिर हिलाया। कम। डर मीठा नहीं होता।

कभी कड़वाहट ज़रूरी होती है। बगल की मेज़ पर दो आदमी धीमे बोल रहे थे। क़िस्त। ब्याज। तारीख़। शब्द वही थे। चेहरे अलग थे। अनिरुद्ध ने समझा। नोटिस किसी एक घर का नहीं। यह शहर का मौन है। चाय खत्म हुई। वह उठा। जेब में सिक्के थे। मन में गिनती। घर लौटते समय गली और भरी थी। जून का पटना किसी को माफ़ नहीं करता। धूप दीवारों में घुस जाती है। हवा रुक जाती है। गंगा भी थक जाती है। लोग कहते हैं लू चल रही है। लेकिन लू हवा नहीं होती। वह आग का सांस होती है। छत पर चढ़ना मना। सड़क पर बारह से चार तक कोई नहीं। बस कुत्ते। और मजबूर लोग। अनिरुद्ध को याद आया पिछले साल की गर्मी। तब भी ऐसा ही था। तब भी नोटिस आया था। बिजली का। फिर पानी का। अब बैंक का। नोटिस आते रहते हैं। पटना में गर्मी और नोटिस साथ-साथ चलते हैं। जैसे दोनों जानते हों कि कब किसे तोड़ना है। बाहर समोसेवाले की आवाज़ आई। "गरम गरम समोसा।" पटना में समोसा सुबह से शाम तक बिकता है। गली-गली में। स्कूल के बाहर। बस स्टॉप पर। छोटे कागज़ में लपेटा। इमली की चटनी साथ। दो रुपये से शुरू हुआ था। अब पाँच। दाम बढ़ते रहते हैं। लेकिन स्वाद नहीं बदलता। अनिरुद्ध को भूख नहीं थी। लेकिन आवाज़ सुनकर कुछ देर के लिए नोटिस भूल गया। लोग तेज़ थे। आवाज़ें स्पष्ट थीं। कोई रुककर किसी का डर नहीं देख रहा था। दुनिया कभी रुककर नहीं देखती। वह घर पहुँचा। माँ सब्ज़ी काट रही थी। चाकू एक पल रुका। फिर चल पड़ा। यही उसका उत्तर था। पिता बरामदे में बैठे थे। कुर्सी वही। पीठ थोड़ी और झुकी। अनिरुद्ध ने काग़ज़ नहीं निकाला। पिता ने नहीं माँगा। घर आज काग़ज़ से बड़ा था।

दोपहर धीरे उतरी। धूप छनकर आई। दीवार पर परछाईं सरकी। समय बिना घड़ी के चल रहा था। अनिरुद्ध अपने कमरे में आ गया। दरवाज़ा बंद किया। ताला नहीं लगाया। आज ताले की ज़रूरत नहीं थी। काग़ज़ अलमारी में रखा था। लेकिन मन में खुला हुआ। वह बिस्तर पर बैठ गया। पीठ दीवार से। यह उसका सोचने का आसन था। पहली बार उसने खुद से पूछा। यह सिर्फ़ पिता का मामला है। या अब मेरा भी। यह सवाल अब सोने नहीं देगा। शाम धीरे फिर आई। घर में आवाज़ें लौटीं। दूध चढ़ा। रेडियो कुछ देर बोला। फिर खुद चुप हो गया। आज शोर ज़रूरी नहीं था। अनिरुद्ध बरामदे में आकर बैठ गया। पहले वह खड़ा रहता था। आज बैठ गया। यह छोटा बदलाव था। लेकिन भीतर कुछ सरक

गया। पिता ने उसे देखा। कुछ कहा नहीं। लेकिन देखना काफ़ी था। अनिरुद्ध ने धीरे कहा।

"अगर..."

वाक्य रुक गया। पिता ने नज़र नहीं हटाई। ध्यान पूरा था। अनिरुद्ध ने फिर कहा।

"अगर थोड़ा और समय..."

यह योजना नहीं थी। यह संभावना थी। पिता ने खाँसी दबाई। फिर धीरे कहा।

"समय कभी पूरा नहीं मिलता।"

यह अनुभव था। सलाह नहीं। अनिरुद्ध ने सिर झुका लिया। वह बहस नहीं चाहता था। लेकिन अंदर कुछ मना कर रहा था। पहली बार। रात खाने के बाद माँ मेज़ पर बैठी रही। यह उसके लिए असामान्य था। वह हमेशा उठ जाती थी। आज नहीं उठी। उसने पिता की तरफ देखा। फिर अनिरुद्ध की तरफ। और कहा।

"देखेंगे।"

बस इतना। इस एक शब्द में डर था। आशा थी। और थोड़ा समय। अनिरुद्ध ने माँ की आवाज़ को ध्यान से सुना। यह आश्वासन नहीं था। यह साथ था। रात और गहरी हो गई। अनिरुद्ध अपने कमरे में लौटा। खिड़की पूरी खुली थी। हवा अंदर आ रही थी। गली शांत थी। कुछ लोग अब भी जाग रहे थे। कोई दरवाज़े पर बैठा था। कोई धीमे फोन पर बोल रहा था। जीवन नोटिस के बाद भी चल रहा था। अनिरुद्ध ने आँखें बंद कीं। उसने कोई फैसला नहीं किया। लेकिन एक बात साफ़ हुई। अब वह सिर्फ़ देखने वाला नहीं रहेगा। यह उसका पहला भीतरी विरोध था। शांत। बिना घोषणा के। लेकिन मज़बूत। कुछ डर बोलने से पहले ही बंट जाते हैं। वे शब्द नहीं माँगते। वे सिर्फ़ मौजूदगी माँगते हैं। घर अब वैसा नहीं था। लेकिन बदला भी नहीं था। यह बीच की स्थिति थी। सबसे असहज। सुबह फिर आई। माँ की आवाज़ फिर आई। "चाय।" बस इतना।

कोई सवाल नहीं। कोई जाँच नहीं। आवाज़ आज थोड़ी धीमी थी। जैसे दिन को धीरे उठाना चाहती हो। अनिरुद्ध ने चाय ली। गिलास वही पुराना। किनारा वही टूटा। चाय आज कुछ ज़्यादा कड़वी थी। या शायद स्वाद बदल गया था। पिता बरामदे में बैठे थे। अख़बार आज भी खुला नहीं था। वह बस गोद में रखा था। जैसे ख़बरें आज ज़रूरी नहीं। अनिरुद्ध बैठ गया। दो कुर्सियों के बीच थोड़ी दूरी थी। यह दूरी अब अजनबी नहीं थी। यह सम्मान की दूरी थी। कुछ देर दोनों चुप रहे। फिर पिता ने कहा।

"आज कचहरी जाना है।"

यह सूचना थी। अनुमति नहीं। अनिरुद्ध ने सिर हिलाया। यह सहमति नहीं थी। यह साथ था। सड़क आज कुछ ज़्यादा भीड़भरी थी। पटना दोपहर में थक जाता है। लोग फिर भी चलते रहते हैं। रिक्शा धीरे खिसक रहे थे। धूप सीधे सिर पर। हवा रुकी हुई। पिता चल रहे थे। कदम छोटे। लेकिन ठहराव के बिना। अनिरुद्ध उनके पीछे। पहली बार उसे यह चाल भारी लगी। कचहरी हमेशा गंभीर लगती है। दीवारें ऊँची। बरामदे लंबे। फाइलें मोटी। आवाज़ें दबी हुई। यह जगह भावनाओं के लिए नहीं बनी। यह काग़ज़ों के लिए बनी है। पिता ने वकील से बात की। शब्द कम थे। अर्थ ज़्यादा। अनिरुद्ध चुप रहा। कभी चुप रहना सबसे सक्रिय काम होता है। वकील ने कुछ तारीख़ें कहीं। कुछ विकल्प। कुछ चेतावनियाँ। पिता सुनते रहे। बीच में न टोका। न पूछा। अनिरुद्ध ने उनका चेहरा देखा। भाव नहीं थे। लेकिन स्वीकार था। काम निपटा। वे बाहर आए। सीढ़ियों पर बैठ गए। पसीना बह रहा था। पिता ने रुमाल निकाला। धीरे माथा पोंछा। अनिरुद्ध ने पहली बार पानी पिता को पकड़ाया। पिता ने ले लिया। बिना किसी शब्द के। यह एक नया संवाद था। शब्दों के बिना। घर लौटते समय दोनों कुछ हल्के थे। डर वही था। लेकिन अब अकेला नहीं था। माँ ने दरवाज़ा खोला। चेहरे पर सवाल नहीं था। सिर्फ़ देखना था। उसने कुछ नहीं पूछा। बस पानी रखा। खाना बनाया। घर फिर अपने ढर्रे पर चल पड़ा। शाम आई। दीवारों पर परछाइयाँ लंबी हो गईं। अनिरुद्ध अपने कमरे में आया। काग़ज़ अलमारी में था। लेकिन आज उसने उसे छुआ नहीं। डर अब छूने की चीज़ नहीं था। वह साथ चलने लगा था। खिड़की आज पूरी खुली थी। हवा गली से कहानियाँ लाती थी। किसी के हँसने की। किसी के लड़ने की। किसी के जीते रहने की। पटना रात में

थोड़ा नरम हो जाता है। दिन का शोर पीछे छूट जाता है। रह जाती है सिर्फ़ जारी रहने की जिद। अनिरुद्ध ने सोचा। शायद घर भी ऐसा ही है। जिद्दी। चुप। और टूटने से इन्कार करता हुआ। वह बिस्तर पर लेट गया। आज नींद तुरंत नहीं आई। लेकिन डरी हुई भी नहीं थी। यह एक नई नींद थी। साझा नींद। कुछ रिश्ते नाम से शुरू होते हैं। और चुप्पी में खुलते हैं। अनिरुद्ध ने पिता को हमेशा एक भूमिका में देखा था। कम बोलने वाले। समय पर उठने वाले। बिल भरने वाले। घर संभालने वाले। लेकिन उस दिन के बाद कुछ दरारें दिखने लगीं। दरारें कमज़ोरी की नहीं। दरारें इंसान होने की। सुबह फिर आई।

पटना की सुबह हमेशा एक जैसी नहीं होती। कभी धूल से भरी। कभी नमी से भारी। कभी धूप से चुभती। आज हवा कुछ साफ़ थी। सड़क पर दूधवाले की साइकिल। घंटी की पतली आवाज़। चाय की दुकान से उठती भाप। और अख़बार के पन्नों की सरसराहट। पिता आज अख़बार लेकर नहीं आए। वे बरामदे में खाली हाथ बैठे थे। यह असामान्य था। अनिरुद्ध ने ध्यान दिया। पहली बार उसने इस बदलाव को देखा। माँ रसोई में थी। चूल्हे की आँच धीमी थी। जैसे जल्दी आज ज़रूरी नहीं। अनिरुद्ध ने पिता के पास बैठने की हिम्मत की। यह हिम्मत बात करने की नहीं थी। यह सिर्फ़ पास होने की हिम्मत थी। कुछ देर दोनों बिना बोले बैठे रहे। फिर पिता ने अचानक कहा।

"आज काफ़ी गर्मी है।"

यह मौसम की बात नहीं थी। यह मन की थकान थी। अनिरुद्ध ने सिर हिलाया।

"हाँ।"

बस इतना। लेकिन इस 'हाँ' में बहुत कुछ था। स्वीकार। साथ। और थोड़ा डर। पिता ने अपने हाथ घुटनों पर रखे। हाथ अब पहले जैसे मजबूत नहीं थे। उँगलियों पर हल्की झुर्रियाँ। नाखून थोड़े पीले। अनिरुद्ध ने यह पहली बार ध्यान से देखा। उसे अचानक समझ आया। पिता कभी मजबूत नहीं थे। वे ज़रूरी थे। और ज़रूरी होना अक्सर मजबूती समझ लिया जाता है। पिता ने धीरे से कहा।

"मैंने बहुत गलतियाँ कीं।"

यह वाक्य घर में पहली बार आया था। अनिरुद्ध चौंका नहीं। कुछ बातें अंदर पहले से तैयार होती हैं। बस सुनने का मौका मिलता है।

"सब सही करने की कोशिश में।"

पिता ने आगे कहा। यह एक स्वीकारोक्ति थी। बिना अपराध बोध के। बस तथ्य की तरह। अनिरुद्ध कुछ नहीं बोला। कुछ बातें उत्तर नहीं चाहतीं। वे सिर्फ़ सुनी जाना चाहती हैं। पटना दोपहर की ओर बढ़ रहा था। सड़क पर भीड़ बढ़ रही थी। ऑटो हॉर्न बजा रहे थे। दुकानों के शटर आधे खुले। सब्ज़ीवाले आवाज़ लगा रहे थे। "भिंडी ले लो।" "टमाटर ताज़ा है।" जीवन अपनी गति से चल रहा था। घर के अंदर भी। पिता ने उठने की कोशिश की। घुटनों में हल्की जकड़न। उन्होंने ध्यान नहीं दिया। जैसे शरीर की शिकायत सुनी ही न हो। अनिरुद्ध ने बिना बोले कुर्सी थोड़ी पीछे खिसका दी। यह एक छोटा काम था। लेकिन पहली बार बराबरी का। पिता ने उसे देखा। नज़र में कुछ रुका। फिर हल्की मुस्कान। बहुत हल्की। जैसे कोई अंदर से कुछ छोड़ रहा हो। दोपहर भारी थी। माँ ने खाना समय पर रखा। दाल आज थोड़ी पतली थी। शायद ध्यान कहीं और था। पिता ने थाली पूरा किया। जैसा हमेशा करते थे। लेकिन आज थोड़ा धीरे। हर निवाले के बीच ठहराव था। अनिरुद्ध ने ध्यान दिया। पहली बार उसने अपने पिता को खाते हुए देखा। सिर्फ़ खाते हुए। भूमिका के बिना। खाने के बाद पिता अपने कमरे में नहीं गए। वे वहीं बैठे रहे। अनिरुद्ध भी। यह नया था। घर में कुछ नए रुकाव पैदा हो रहे थे। और कोई उन्हें हटा नहीं रहा था। शाम धीरे उतरी। आसमान धूसर हुआ। छत पर कबूतर बैठे। पटना की शाम हमेशा थोड़ी उदास लगती है। जैसे दिन और रात दोनों थके हों। पिता ने अचानक पूछा।

"डर लगता है?"

यह सवाल सीधा था। और भारी। अनिरुद्ध ने कुछ देर सोचा। फिर कहा।

"हाँ।"

यह उसका सबसे ईमानदार उत्तर था। पिता ने सिर हिलाया।

"मुझे भी।"

बस। इस एक वाक्य में पूरा फासला टूट गया। अब वे पिता और बेटा नहीं थे। दो डरते हुए आदमी थे। एक ही बरामदे में। एक ही शाम में। माँ दूर से देख रही थी। उसने कुछ नहीं कहा। कुछ पल इतने नाज़ुक होते हैं कि शब्द उन्हें तोड़ देते हैं। रात आई। अनिरुद्ध अपने कमरे में गया। आज दीवार उसे कम भारी लगी। खिड़की आज शांत थी। बाहर पटना धीरे सो रहा था। अनिरुद्ध ने सोचा। शायद यह सिर्फ़ बैंक का मामला नहीं। शायद यह पिता को पिता से आदमी बनने का समय है। और उसे बेटे से साथी बनने का। वह लेट गया। नींद आज थोड़ी गहरी थी। डर अब भी था। लेकिन अकेला नहीं। निर्णय कभी अचानक नहीं आते। वे घर के कोनों में धीरे-धीरे जमा होते हैं। जैसे धूल। जिसे देखा नहीं जाता। लेकिन जो हर चीज़ पर बैठ जाती है। सुबह फिर आई। पटना की सुबह आज कुछ भारी थी। हवा में नमी थी। गंगा की तरफ से उठती हल्की-सी सीलन। सड़क पर ऑटो धीमे थे। लोग तेज़ थे। सब अपने-अपने समय से भाग रहे थे। अनिरुद्ध उठा। कमरे में एक पल खड़ा रहा। आज कमरा उससे कुछ कह नहीं रहा था। वह चुप था। और यह चुप्पी सवाल की नहीं थी। यह स्वीकार की थी। रसोई से माँ की आवाज़ आई।

"नमक ख़त्म हो गया है।"

यह सूचना थी। लेकिन इसके पीछे एक संकेत था। कि कुछ पूरा हो चुका है। और कुछ अब लाना पड़ेगा। पिता आज अख़बार लेकर आए। लेकिन खोला नहीं। वे बरामदे में बैठे। कुर्सी थोड़ी चरमराई। अनिरुद्ध ने सुना। आज हर आवाज़ उसे स्पष्ट लग रही थी। पिता ने अख़बार घुटनों पर रखा। और धीरे से कहा।

"कल फिर जाना पड़ेगा।"

यह बैंक की बात थी। लेकिन उसमें थकान थी। अनिरुद्ध ने पूछा नहीं। कहाँ। किसके साथ। कितनी देर। क्योंकि निर्णय अब बातों से आगे जा चुके थे। माँ चाय ले आई। चाय आज थोड़ी कम मीठी थी। या शायद अनिरुद्ध को ऐसा लगा। माँ ने चाय रखते हुए बस इतना कहा।

"आज मैं भी चलूँगी।"

यह वाक्य घर में नया था। माँ अक्सर ऐसी जगहों पर नहीं जाती थी। बैंक। दफ़्तर। काग़ज़। वह घर की औरत थी। लेकिन आज घर उसके साथ चलने वाला था। पिता ने कुछ नहीं कहा। बस सिर हिलाया। यह सहमति नहीं थी। यह मान लेना था। कि अब यह अकेले का मामला नहीं। अनिरुद्ध ने माँ की तरफ देखा। उसकी आँखों में डर नहीं था। बस साफ़ इच्छा थी। कि जो भी हो सामने से हो। दोपहर पटना की धीमी थी। सूरज बादलों में अटका था। सड़क पर सब्ज़ीवाले आज कम चिल्ला रहे थे। जैसे शहर भी थोड़ा संयम में हो। बैंक आज और सख़्त लग रहा था। काँच और ज़्यादा ठंडा। काउंटर के पीछे चेहरे और ज़्यादा बेजान। माँ ने पहली बार उस जगह कदम रखा। उसके हाथ साड़ी के पल्लू में अटके थे। लेकिन उसकी पीठ सीधी थी। पिता ने नोटिस आगे बढ़ाया। आज उस काग़ज़ में डर कम था। क्योंकि अब तीन लोग उसे देख रहे थे। क्लर्क ने फिर वही आँकड़े बोले। संख्याएँ आज भी ठंडी थीं। लेकिन माँ ने बीच में पूछ लिया।

"कोई रास्ता?"

ये दो शब्द थे। लेकिन उसमें पूरी संभावना थी। क्लर्क थोड़ा रुका। पहली बार। उसने फिर कुर्सी से पीठ हटाई। कुछ सोचा। फिर कहा।

"अर्ज़ी दे सकते हैं।"

बस। यह कोई समाधान नहीं था। लेकिन एक दरवाज़ा था। घर वापस लौटा। आज चुप्पी और हल्की थी। माँ ने रसोई में चूल्हा जलाया। जैसे सब सामान्य हो। लेकिन अब सामान्यता एक कोशिश थी। रात आई। अनिरुद्ध अपने कमरे में बैठा। खिड़की आज पूरी खुली थी। गली में लोग बात कर रहे थे। कोई हँस रहा था। कोई झगड़ रहा था। जीवन अब भी चल रहा था। और यह सबसे बड़ी सांत्वना थी। अनिरुद्ध ने अपने आप से कहा। निर्णय हो चुका है। भले काग़ज़ पर न हो। भले शब्दों में न हो। लेकिन घर अब पीछे नहीं हटेगा। वह लेट गया। नींद आज धीरे आई। लेकिन आई। और कभी-कभी यही काफ़ी होता है। आगे बढ़ना हमेशा चलना नहीं होता। कभी-कभी यह कुर्सी से उठना होता है। कभी खिड़की से पीछे हटना। कभी चुप रहकर बोलना। अनिरुद्ध आज कुछ अलग जगा। न जल्दी। न देर। बस जागा। कमरे में रोशनी पहले से थोड़ी ज़्यादा थी। जैसे दिन उसके लिए थोड़ा ठहर गया हो। माँ रसोई में थी। लेकिन आज

उसकी आवाज़ कम थी। काम चल रहा था। बोलना नहीं। पिता बरामदे में नहीं थे। यह असामान्य था। अनिरुद्ध ने घर को ध्यान से देखा। घर आज कुछ पूछ नहीं रहा था। यह सबसे अजीब बात थी। वह रसोई में गया। माँ सब्ज़ी काट रही थी। हाथ तेज़ थे। आँखें कहीं और। अनिरुद्ध ने धीरे से कहा।

"मैं कुछ देखूँ?"

यह वाक्य भारी था। माँ ने चाकू रोका। बस एक पल। फिर कहा।

"देख लो।"

न रोका। न पूछा। यह अनुमति नहीं थी। यह भरोसा था। अनिरुद्ध बाहर निकल आया। पटना दोपहर में और ज्यादा असली लगती है। धूप सीधी। सड़कों पर धूल। दुकानों के शटर आधे खुले। चाय की दुकान पर भीड़। लोग बोलते हुए भी चुप। हर किसी के भीतर कुछ चल रहा था। अनिरुद्ध ने पहली बार खुद को भीड़ का हिस्सा महसूस किया। पहले वह देखने वाला था। आज वह चलने वाला था। वह कोचिंग की तरफ नहीं गया। आज उसे वहाँ कुछ नहीं मिलना था। वह पुराने पुस्तकालय की तरफ मुडा। पटना का पुस्तकालय शांत रहता है। यहाँ शांति माँगी नहीं जाती। मिल जाती है। पुरानी लकड़ी की मेज़ें। धूल भरी अलमारियाँ। अख़बारों की गंध। अनिरुद्ध ने एक कोना चुना। बैठ गया। आज उसने पढ़ने के लिए नहीं बैठा। वह सोचने आया था। उसने पहली बार काग़ज़ निकाला। नोटिस नहीं। खाली काग़ज़। कलम थोड़ी हिचकिचाई। फिर चल पड़ी। उसने कुछ योजनाएँ नहीं लिखीं। उसने डर लिखे। एक-एक करके। लिखने पर डर छोटा नहीं हुआ। लेकिन साफ़ हो गया। अनिरुद्ध ने लिखते हुए समझा। वह पिता की जगह नहीं ले सकता। लेकिन उनके साथ चल सकता है। यह सोच नई थी। घर लौटते समय उसकी चाल धीमी नहीं थी। भारी भी नहीं। सिर्फ़ स्थिर थी। माँ ने देखा। कुछ नहीं कहा। पिता ने शाम को पूछा।

"कहाँ गया था?"

यह जाँच नहीं थी। यह स्वीकार था। अनिरुद्ध ने कहा।

"सोचने।"

पिता ने पहली बार हँसने की कोशिश की। पूरी नहीं आई। लेकिन वह मौजूद थी। रात फिर आई। खिड़की आधी खुली। हमेशा की तरह। लेकिन आज अनिरुद्ध बीच में नहीं था। वह एक कदम आगे था। छोटा कदम। लेकिन अपना। वह जानता था। यह शुरुआत है। और शुरुआत हमेशा धीमी होती है। घर अक्सर हमें नहीं देखता। हम घर को देखते हैं। दीवारें। छत। दरवाज़े। लेकिन कभी-कभी घर हमें देखने लगता है। उस दिन अनिरुद्ध ने यह महसूस किया। सुबह माँ की आवाज़ आई। पहले जैसी। लेकिन आज उसमें हल्का सा ठहराव था। "उठ गया?" अनिरुद्ध ने जवाब दिया। "हाँ।" यह हाँ आज थोड़ा साफ़ था। कमरे की हवा आज अलग थी। न हल्की। न भारी। जैसे कमरा खुद सुन रहा हो। अनिरुद्ध ने बिस्तर साफ़ किया। यह उसकी आदत नहीं थी। लेकिन आज उसने ऐसा किया। चादर सीधी हुई। तकिया सही जगह। कमरा कुछ पल चुप रहा। फिर मानो स्वीकार कर लिया। पिता बरामदे में बैठे थे। अख़बार आज पूरा खुला था। यह संकेत था। कुछ लिखा जाएगा। या कुछ छूटेगा। अनिरुद्ध वहाँ बैठ गया। बिना पूछे। यह पहली बार था। पिता ने नज़र उठाई। फिर अख़बार नीचे रखा।

"आज बैंक फिर चलेंगे।"

यह आदेश नहीं था। यह साझेदारी थी।

अनिरुद्ध ने सिर हिलाया। उसके भीतर डर उभरा। लेकिन भागा नहीं। घर अब उसका इंतज़ार नहीं कर रहा था। घर उसके साथ चलने को तैयार था। पटना की दोपहर धीमी होती है। यहाँ समय भागता नहीं। वह घिसटता है। बैंक फिर वही। लाइन। काँच। काउंटर। लेकिन आज अनिरुद्ध पीछे नहीं खड़ा था। वह पिता के बगल में था। यह स्थान छोटा था। लेकिन महत्वपूर्ण। क्लर्क ने पिता को देखा। फिर अनिरुद्ध को। एक क्षण रुका। जैसे कुछ जोड़ रहा हो। उसने आवाज़ बदली। थोड़ी धीमी। थोड़ी संभली हुई। काग़ज़ इधर-उधर हुए। तारीख़ बदली। राशि वही रही। लेकिन समय थोड़ा खिसक गया। यह जीत नहीं थी। लेकिन हार भी नहीं। बाहर निकलते समय पिता ने कुछ नहीं कहा। अनिरुद्ध भी चुप था। लेकिन चुप्पी अब दोनों की थी। घर लौटकर माँ ने पूछा।

"हो आए?"

यह सवाल आज हल्का था। अनिरुद्ध ने कहा।

"हाँ।"

माँ ने दाल में पानी डाला। थोड़ा। जैसे समय में थोड़ी गुंजाइश डाल रही हो। शाम आई। पटना की शाम अचानक नहीं आती। वह धीरे-धीरे छतों पर बैठती है। पीपल की छाया लंबी होती है। गली थोड़ी चुप हो जाती है। अनिरुद्ध खिड़की के पास खड़ा था। आज वह बीच में नहीं था। वह थोड़ा अंदर था। कमरा उसे देख रहा था। जैसे पहली बार कह रहा हो। अब तुम यहाँ रुक सकते हो। अनिरुद्ध ने आँखें बंद कीं। डर अब भी था। लेकिन वह अकेला नहीं था। घर उसके साथ खड़ा था। और कभी-कभी इतना काफ़ी होता है। भविष्य कभी सीधे सामने नहीं आता। वह हमारे कंधे के पीछे खड़ा रहता है। अनिरुद्ध ने आज पहली बार मुड़कर उसे देखा। कमरे में दोपहर फैल चुकी थी। पटना की दोपहर धूप से नहीं। धैर्य से भरी होती है। छतों पर कबूतर बैठे थे। न हिलते। न उड़ते। जैसे समय को देख रहे हों। अनिरुद्ध मेज़ के पास बैठा था। नोटिस अलमारी में था। लेकिन उसकी परछाईं मेज़ पर पड़ी थी। वह किताब खोलता। बंद करता। फिर दोबारा खोलता। पन्ने आज उसे पहचान नहीं रहे थे। अक्षर वही थे। अर्थ बदल गया था। पढ़ाई अब एक रास्ता नहीं थी। वह एक संभावना बन गई थी। और संभावनाएँ डराती हैं। अनिरुद्ध ने कुर्सी पीछे सरकाई। खिड़की के पास गया। गली अब जाग चुकी थी। सब्ज़ीवाला ठेला धकेल रहा था। आवाज़ खींची हुई। "भिंडी ले लो।" एक लड़की छत पर कपड़े सुखा रही थी। हवा कपड़ों से बात कर रही थी। अनिरुद्ध ने सोचा। इन सबके बीच मेरा भविष्य कहाँ है। कहीं नौकरी की सूची में। कहीं कर्ज़ के काग़ज़ में। या इसी खिड़की के सामने। उसने पहली बार अपने आप से पूछा। क्या मैं यहीं रहना चाहता हूँ। या यहीं खड़ा रह गया हूँ। यह सवाल नई तरह का था। यह डर से नहीं आया था। यह थकान से आया था। पिता अपने कमरे से निकले। धीमे। उनके कदम अब घर में गिने जाते थे। अनिरुद्ध ने उन्हें देखा। पिता ने खिड़की की तरफ नज़र डाली। फिर कहा।

"हवा अच्छी है।"

बस इतना। अनिरुद्ध ने सिर हिलाया। यह हवा की बात नहीं थी। यह खुलापन था। पिता ने कुर्सी खींची। बैठ गए। कुछ काग़ज़ उनके हाथ में थे। नोटिस नहीं। कुछ पुराने दस्तावेज़। जमीन के। पेंशन के। जैसे वे अपना भविष्य पहले ही छाँट चुके हों। अनिरुद्ध ने पहली बार महसूस किया। पिता डरते नहीं हैं।

वे स्वीकार करते हैं। यह अंतर उसने आज समझा। शाम धीरे-धीरे घर में घुसी। माँ रसोई में थकी हुई दिखी। लेकिन उसने थकान दिखाई नहीं। उसने रोटी थोड़ी मोटी बनाई। जैसे कल लंबा हो। खाने की मेज़ पर आज कुछ बोला गया। पिता ने कहा।

"तू सोच।"

माँ ने कहा।

"हम हैं।"

अनिरुद्ध ने कुछ नहीं कहा। लेकिन उसके भीतर कुछ जुड गया। यह भविष्य का पहला ढांचा था। डर से नहीं। साथ से बना हुआ। रात आई। पटना की रात हमेशा पूरी तरह काली नहीं होती। कहीं न कहीं पीली रोशनी जलती रहती है। अनिरुद्ध छत पर गया। यह उसका पुराना ठिकाना था। जब कमरा छोटा पड़ जाए। शहर वहाँ से और छोटा दिखता है। लेकिन आसमान बड़ा हो जाता है। उसने आसमान की तरफ देखा। तारे कम थे। लेकिन मौजूद थे। जैसे कह रहे हों। पूरा न सही। लेकिन कुछ तो होगा। अनिरुद्ध ने गहरी साँस ली। यह पहली साँस थी जो डर के बाद आई थी। और पहली बार उसे हल्का लगा। शहर कभी नक़्शा नहीं होता। वह आदत होता है। अनिरुद्ध आज पटना को चलकर देख रहा था। न घूमने के लिए। न निकलने के लिए। बस चलने के लिए। सड़क सुबह से गरम थी। धूप सीधे सर पर। लेकिन हवा अब भी चल रही थी। बेली रोड पर बसें रुकती थीं। लोग उतरते थे। फिर फैल जाते थे। जैसे शहर उन्हें निगल लेगा। अनिरुद्ध भी उतरा। भीड़ में घुला। लेकिन खोया नहीं। उसने दुकानों को देखा। पुरानी किताबों की दुकान। धूल में लिपटे शीर्षक। कोई दस साल पुराना। कोई अभी भी नया। अनिरुद्ध रुका। एक किताब उठाई। पन्ने पीले थे। लेकिन शब्द अब भी ज़िंदा। उसने किताब वापस रखी। आज खरीदना ज़रूरी नहीं था। देखना काफ़ी था। पटना की गलियाँ सीधी नहीं। वे मुडती हैं। और हर मोड़ कुछ छुपाता है। एक चाय की दुकान। दो बेंच। तीन लोग। एक ही कहानी। अनिरुद्ध बैठ गया। चाय आई। गाढ़ी। मीठी नहीं। जैसी यहाँ पी जाती है। पास बैठा आदमी बोला।

"कितने साल से यहीं है।"

यह दुकान की बात थी। लेकिन शहर की भी। अनिरुद्ध ने सिर हिलाया। यह उसकी बात भी थी। घंटाघर की घंटी बजी। आवाज़ दूर तक गई। लौटकर नहीं आई। जैसे शहर कुछ कहकर चुप हो गया हो। अनिरुद्ध ने घाट की तरफ रुख किया। गंगा दिखी। धीमी। भरी हुई। पानी आज शांत था। लेकिन उसके भीतर कितनी यादें बह रही थीं। लोग सीढ़ियों पर बैठे थे। कोई पूजा कर रहा था। कोई चुप था। कोई बस पानी देख रहा था। अनिरुद्ध ने पैर सीढ़ी पर रखे। बैठ गया। पानी को देखा। उसने सोचा। शहर भी नदी जैसा होता है। ऊपर से शांत। अंदर सब चलता रहता है। उसके पास एक बूढ़ा बैठा था। चेहरा धूप से कठोर। आँखें नरम। उसने बिना देखे कहा।

"सब यहीं से गुज़रते हैं।"

अनिरुद्ध ने पूछा नहीं। वह जानता था। यह बात सबके लिए थी। शाम होने लगी। आरती की तैयारी। घंटियाँ। धूप। आवाज़ें आपस में टकरातीं। फिर एक हो जातीं। अनिरुद्ध ने हाथ जोड़ने नहीं सीखे। वह बस खड़ा रहा। देखता रहा। शहर आज उससे कुछ माँग नहीं रहा था। वह बस उसे अपना बना रहा था। वापसी में उसने अपने घर की गली पहचानी। वही पीली लाइट। वही दीवार। लेकिन आज वह रास्ता नया लगा। क्योंकि अनिरुद्ध थोड़ा नया था। घर दूर से दिखा। न छोटा। न बड़ा। बस वही। और आज वह काफ़ी था। माँग अक्सर शोर करती है। चाह हाथ फैलाती है। अनिरुद्ध आज कुछ नहीं माँग रहा था। यह उसके लिए नया था। सुबह फिर वैसी ही आई। माँ की आवाज़। चाय की भाप। पिता की खाँसी। सब जगह पर। लेकिन अनिरुद्ध के भीतर आज कोई सूची नहीं थी। न आज करना है। न कल बनना है। न कहाँ पहुँचना है। वह बस उठा। कमरे में दो कदम चला। खिड़की आज आधी नहीं थी। न पूरी खुली। न पूरी बंद। वह बस खुली थी। जैसे उसने भी निर्णय छोड़ दिया हो। अनिरुद्ध ने खुद से कहा। आज कुछ नहीं सोचूँगा। यह वादा नहीं था। अनुमति। खुद को दी हुई। पटना आज धीमी नहीं थी। लेकिन तेज़ भी नहीं। बाज़ार खुल रहे थे। सब्ज़ी सज रही थी। दूध उबल रहा था। हर चीज़ अपनी जगह पर। अनिरुद्ध बिना घड़ी देखे निकल गया। उसके कदम आज कहीं नहीं जा रहे थे। वे बस चल रहे थे। एक पुराना मंदिर दिखा। दिवारें काली। घंटी धीमी। वह रुका। अंदर नहीं गया। बस बाहर खड़ा रहा। देवता से आज कुछ नहीं माँगा। यह भी एक प्रार्थना थी। थोड़ा

आगे एक सरकारी स्कूल। बच्चे शोर कर रहे थे। कोई भाग रहा था। कोई रो रहा था। कोई हँस रहा था। अनिरुद्ध ने उन्हें देखा। कुछ पल के लिए अपना बचपन देखा। वह भी ऐसा ही था। बिना योजना। बिना डर। बस दिन में खोया हुआ। उसे आज उस खोने की याद आई। और यह याद हल्की थी। दोपहर में वह घर लौटा। माँ ने पूछा।

"भूख है?"

यह सवाल आज बहुत सीधा था। अनिरुद्ध ने कहा।

"थोड़ी।"

माँ ने थाली रखी। कम नहीं। ज़्यादा नहीं। जितनी ज़रूरत। पिता ने खाना धीरे खाया। जैसे हर निवाला गिन रहे हों। अनिरुद्ध ने पहली बार खाना बिना सोचे खाया। न स्वाद नापा। न समय। बस खाया। शाम आई। आसमान धूसर। हवा चलती हुई। अनिरुद्ध छत पर गया। आज तारे नहीं दिखे। लेकिन अँधेरा पूरा नहीं था। उसने खुद से कुछ नहीं पूछा। न अब क्या। न क्यों मैं। न कब तक। वह बस खड़ा रहा। शहर उसके आस-पास था। घर उसके पीछे था। और वह दोनों के बीच नहीं था। वह उनके साथ था। रात आई। नींद धीरे आई। कोई निर्णय साथ नहीं लायी। लेकिन शांति लायी। और कभी-कभी यही सबसे बड़ा उत्तर होता है। स्वीकार कभी तुरंत नहीं होता। वह पहले अंदर जगह माँगता है। अनिरुद्ध आज उस जगह को खुला छोड़ रहा था। सुबह घर फिर जागा। माँ रसोई में थी। पिता बरामदे में नहीं। वे अपने कमरे में थे। यह आज सामान्य था। अनिरुद्ध ने पहली बार यह सामान्यपन बिना जाँचे स्वीकार किया। वह पिता के कमरे के दरवाज़े के पास रुका। खटखटाया नहीं। आज ज़रूरत नहीं लगी। स्वीकार कभी-कभी दूरी से होता है। अनिरुद्ध रसोई में बैठ गया। माँ ने सब्ज़ी चलाते हुए कहा।

"आज सब्ज़ी महँगी है।"

यह शिकायत नहीं थी। यह सूचना थी। अनिरुद्ध ने कहा।

"कल मैं देख लूँगा।"

यह वादा नहीं था। यह भागीदारी थी। माँ ने कुछ नहीं कहा। लेकिन सब्ज़ी थोड़ी धीमी आँच पर चली गई। यह उसका स्वीकार था। अनिरुद्ध बाहर निकल गया। आज पटना उसके लिए अजनबी नहीं था। लेकिन पूरी तरह अपना भी नहीं। यही स्वीकार का बीच होता है। वह डाकघर के पास रुका। पुरानी इमारत। पीली दीवारें। लंबी खामोशी। काउंटर पर एक बूढ़ा कर्मचारी। धीमी आँखें। अनिरुद्ध ने एक फॉर्म उठाया। भरा नहीं। बस पढ़ा। स्वीकार कभी हस्ताक्षर नहीं माँगता। वह समझ माँगता है। दोपहर को वह घर लौटा। पिता अब बरामदे में थे। अख़बार फिर घुटनों पर। अनिरुद्ध वहाँ बैठ गया। दोनों कुछ देर चुप। फिर पिता ने कहा।

"कुछ ठीक नहीं होता।"

यह निराशा नहीं थी। यह साफ़गोई थी। अनिरुद्ध ने कहा।

"लेकिन कुछ चलता रहता है।"

यह आशा नहीं थी। यह स्वीकार था। पिता ने पहली बार उसकी तरफ लंबे देखा। फिर कहा।

"ठीक है।"

बस इतना। और उस एक शब्द में कई साल समा गए। शाम धीरे घर में घुसी। माँ ने चूल्हा बंद किया। आज वह थोड़ी देर बैठी। अनिरुद्ध ने यह देखा। और कुछ नहीं कहा। स्वीकार कभी शोर नहीं करता। रात आई। खिड़की खुली थी। गली में आवाज़ें कम थीं। कुत्ते भी आज शांत थे। अनिरुद्ध ने अपने आप से कहा। सब जैसा है वैसा रह सकता है। और मैं भी। यह वाक्य हल्का नहीं था। लेकिन सच्चा था। वह लेट गया। नींद आज कोई सपना नहीं लाई। लेकिन एक ठहराव लायी। और यहीं से स्वीकार शुरू होता है। रात अब पूरी हो चुकी थी। घर सो रहा था। लेकिन घर थका नहीं था। थकान आज नाम बदल चुकी थी। वह स्वीकार कहलाती थी। अनिरुद्ध छत को नहीं देख रहा था। वह अपने भीतर देख रहा था। वहाँ अब अफरा-तफरी नहीं थी। वहाँ एक धीमी कतार थी। सोचों की। यादों की। जिम्मेदारियों की। सब एक-दूसरे के पीछे चल रहे थे। कोई भाग नहीं रहा था। कोई धक्का नहीं था। यही सबसे बड़ा बदलाव था। खिड़की से आती

हवा आज उससे कुछ माँग नहीं रही थी। वह बस चल रही थी। जैसे कह रही हो। मैं यहीं हूँ। तू भी यहीं रह। अनिरुद्ध ने आँखें बंद कीं। यह भागना नहीं था। यह ठहरना था। और ठहरना आज हार नहीं था। यह उसकी पहली सहमति थी। ज़िंदगी के साथ। बिना शर्त। बिना नक्शे। बस चलते रहने की। दूर किसी कमरे में पिता खाँसे। हल्की सी। फिर शांति। रसोई से कोई आवाज़ नहीं आई। माँ सो चुकी थी। घर पूरे वजन के साथ टिका हुआ था। अनिरुद्ध ने महसूस किया। वह अब अकेला नहीं है। डर अब उसका निजी मामला नहीं रहा। वह साझा हो चुका था। और साझा चीज़ें कम चुभती हैं।

नींद धीरे आयी। बिना आवाज़। बिना वादा। बस अपने समय पर। जैसे ज़िंदगी आती है। और यह खंड यहीं रुक गया। क्योंकि अब भागने की ज़रूरत नहीं थी। क्योंकि अब रुकना भी एक रास्ता था। गली कभी सिर्फ़ रास्ता नहीं होती। कभी वह चाल बन जाती है। कभी साँस। कभी दबाव। पटना में बहुत सी गलियाँ हैं। कुछ पुरानी हैं। कुछ नई। कुछ टूटी हुई। कुछ थकी हुई। लेकिन कोचिंग की गली अलग होती है। वह शहर से नहीं बनती। वह उम्मीद से बनती है। अनिरुद्ध के लिए यह गली घर से निकलते ही शुरू हो जाती थी। दरवाज़ा बंद होते ही। चप्पल की पहली आवाज़ के साथ। सुबह का समय होता। पटना की सुबह। न पूरी तरह जागी हुई। न पूरी तरह सोई हुई। सड़क पर दूध वालों की साइकिल। सब्ज़ी वालों की पुकार। ऑटो का खाँसता हुआ इंजन। लेकिन गली इन सब से अलग रहती। वह अपना समय रखती। गली सँकरी थी। इतनी सँकरी कि कंधे खुद सिमट जाते। इतनी सँकरी कि सोच भी धीरे चलती। दो लोग आमने-सामने आते तो किसी एक को रुकना पड़ता। रुकना यहाँ कमजोरी माना जाता था। लेकिन हर कोई यहीं रुकता था। दुकानें दोनों तरफ थीं। छोटी। भरी हुई। जैसे उनमें भी जगह की कमी हो। फोटो कॉपी की दुकान। जहाँ मशीन से ज़्यादा आवाज़ सपनों की थी। चाय की दुकान। जहाँ चाय से ज़्यादा उबाल बातचीत में था। समोसे। सस्ते। तेल में डूबे हुए। जैसे समय में डूबे हुए हों। हर दुकान पर पोस्टर था। एक-सा। चेहरे अलग। नज़र एक-सी। नाम। रैंक। साल। दीवारें पढ़ाई कर रही थीं। या शायद दबाव सिखा रही थीं। जब अनिरुद्ध पहली बार इस गली में आया था, उसने आसमान नहीं देखा था। यहाँ आसमान दिखाई नहीं देता। छज्जे बहुत पास होते हैं। तारें और पास। आसमान यहाँ एक अनुमान होता है। एक संभावना। गली में चलते हुए हर कोई तेज़ चलता था। जैसे रुकने से कुछ छूट

जाएगा। जैसे ठहरने से कोई देख लेगा। अनिरुद्ध भी तेज़ चलता था। यह उसकी चाल नहीं थी। यह गली की चाल थी। गली अपनी गति थोप देती है। धीमे लोग यहाँ टिक नहीं पाते। कोचिंग के बाहर हमेशा भीड़ रहती। सुबह।

दोपहर। शाम। चेहरे अलग होते। लेकिन आँखों में एक-सी चीज़ होती। जल्दी। जल्दी किसी चीज़ की। किसी भी चीज़ की। अनिरुद्ध भीड़ में खड़ा होता। कभी किसी से टकराता। कभी खुद को समेटता। यह समेटना दिन में कई बार होता। जैसे वह खुद को छोटा करता जा रहा हो। कक्षा ऊपर थी। सीढ़ियाँ सँकरी। रेलिंग पर हाथ अपने आप चला जाता। रेलिंग चिकनी थी। हज़ारों हाथों से चमकी हुई। हर हाथ एक कहानी था। हर हथेली एक डर। कक्षा में घुसते ही हवा बदल जाती। पंखे। शोर। और एक आवाज़। जो रुकती नहीं थी। अनिरुद्ध कुर्सी पर बैठ जाता। पीठ सीधी। नज़र आगे। यह बैठना सीखा हुआ था। सुनना भी। लेकिन समझना अब टूटने लगा था। नाम पुकारे जाते थे। रैंक। हर नाम पर हलचल। किसी की पीठ सीधी। किसी की नज़र झुकी। अनिरुद्ध अपना नाम सुनता। लेकिन उसके साथ कुछ नहीं होता। बस एक चुप्पी। यह सबसे अजीब प्रतिक्रिया थी। ब्रेक में गली और भर जाती। चाय की दुकान शोर से काँपती। गिलास टकराते। चम्मच बोलते। सवाल हवा में तैरते।

"कितना हुआ?" "कट ऑफ़?" "इस बार?"

जवाब कहीं नहीं होते। अनिरुद्ध चाय लेता। गिलास हाथ में। लेकिन पीता नहीं। गली उसे धक्का देती। चलो। आगे। वह फिर चल पड़ता। पोस्टर अब चुभने लगे थे। हर चेहरे में सवाल था। तुम कहाँ हो। गली पूछती नहीं थी। वह दिखाती थी। और दिखाना कभी-कभी पूछने से ज़्यादा भारी होता है। एक दिन अनिरुद्ध रुका। बीच गली में। यह जानबूझकर था। भीड़ पीछे से धक्का दे रही थी। कोई झुँझलाया। कोई गाली बुदबुदाया। लेकिन वह रुका रहा। यह उसका छोटा-सा विद्रोह था। बिना नारे के। गली कुछ सेकंड डगमगाई। फिर रास्ते ढूँढ लिए गए। अनिरुद्ध ने फिर चलना शुरू किया। लेकिन अब चाल अलग थी। अब वह गली पर नहीं चल रहा था। वह खुद को खोज रहा था। दोपहर पटना में अलग तरह से आती है। वह आती नहीं। वह चढ़ जाती है। सिर पर। छज्जों पर। तारों पर। गली दोपहर में और सँकरी हो जाती है। जैसे धूप भी जगह माँग रही हो। धूप सीधे नहीं गिरती। वह टकराकर गिरती है। थकी हुई। चिढ़ी हुई। गली की हवा

रुक जाती है। यहाँ पंखे नहीं चलते। यहाँ सिर्फ़ लोग चलते हैं। अनिरुद्ध को दोपहर की कक्षाएँ सबसे भारी लगती थीं। सुबह में आशा होती थी। शाम में थकान। दोपहर बीच में फँसी रहती थी। न आगे। न पीछे। कक्षा में चेहरे कम हो जाते थे। नंबर बढ़ जाते थे। बोर्ड भरता जाता था। सूत्र। रेखाएँ। तीर। इतनी तेज़ी से। कि समझ पीछे छूट जाए। अनिरुद्ध लिखता रहता। कलम रुकती नहीं थी। लेकिन लिखना अब समझना नहीं था। यह सिर्फ़ मौजूद रहने का प्रमाण था। शिक्षक बोलते रहते। लगातार। उनकी आवाज़ नहीं रुकती। रुकना यहाँ कमजोरी माना जाता था। जो रुकता वह पीछे रह जाता। अनिरुद्ध यह जानता था। फिर भी वह कभी-कभी रुक जाता था। उसकी नज़र खिड़की खोजती थी। कक्षा में एक खिड़की थी। ऊपर। छोटी।

उससे आसमान का बस एक टुकड़ा दिखता था। नीला नहीं। अक्सर धूसर। अनिरुद्ध उसी टुकड़े को देखता रहता। उसे पूरा आसमान नहीं चाहिए था। बस यह जानना चाहता था कि वह अब भी वहाँ है। ब्रेक में गली फिर भर जाती। चाय की दुकान हिल जाती। गिलास भरते। खाली होते। चाय यहाँ स्वाद के लिए नहीं थी। वह समय काटने के लिए थी। और डर दबाने के लिए। अनिरुद्ध एक कोने में खड़ा रहता। पीठ दीवार से लगी। दीवार पीछे हो तो आदमी कम-से-कम पीछे से नहीं हारता। बातें चारों ओर उछलतीं।

"आज टेस्ट है।" "उसने पूरा कर लिया।" "उसका हो जाएगा।"

ये तथ्य नहीं थे। ये आशंकाएँ थीं। एक-दूसरे को डराने की। या खुद को बहलाने की। अनिरुद्ध इन बातों में शामिल नहीं होता था। वह सुनता था। और सुनकर और चुप हो जाता था। एक दिन किसी ने पूछा।

"तू कुछ बोलता क्यों नहीं?"

सवाल सीधा था। अनिरुद्ध ने जवाब नहीं दिया। क्योंकि उसके पास तैयार जवाब नहीं था। वह बोलने की तैयारी में कभी रहा ही नहीं। बोलना यहाँ रणनीति था। अनिरुद्ध रणनीति नहीं बनाता था। वह बस जी रहा था। शाम को गली और गहरी हो जाती। रोशनी पीली पड़ जाती। पोस्टर और उभर आते। पुराने हटते नहीं थे। नए उन पर चिपक जाते थे। जैसे सफलता भीड़ में दबकर और मोटी हो जाती हो। अनिरुद्ध हर पोस्टर नहीं देखता था। लेकिन हर पोस्टर उसे देख लेता

था। उसकी चाल। उसका धीमा होना। सब दर्ज होता था। एक दिन फिर रुका। हमेशा की तरह। बिना पूछे। इस बार कम देर के लिए नहीं। यह रुकना अब हाथ नहीं काँपते थे। यह जाँच थी। गली ने शोर बढ़ाया। जैसे चेतावनी दे रही हो। लेकिन अनिरुद्ध ने चलना शुरू किया। धीरे। इतना धीरे कि वह अपनी चाल सुन सके। कक्षा में उस दिन वह सबसे पीछे बैठा। पहले वह बीच में बैठता था। पीछे कभी नहीं। पीछे बैठना यहाँ हार माना जाता था। आज उसने यह हार स्वीकार की। और अजीब बात यह थी कि उसे हल्का लगा। पीछे बैठकर वह सब देख पा रहा था। चेहरे। हाथ। पसीना। आँखों की घबराहट। आगे बैठकर यह सब नहीं दिखता था। पीछे बैठकर भीड़ आकार लेने लगी। और आकार समझ में आने लगे। शाम जब वह गली से निकला तो उसने पीछे नहीं देखा। आज ज़रूरत नहीं थी। गली अब उसके पीछे नहीं चल रही थी। वह अभी भी वहीं थी। लेकिन पकड़ ढीली थी। उस दिन शिक्षक कुछ ज़्यादा देर तक बोले। शब्द तेज़ थे। जैसे समय से लड़ रहे हों। अनिरुद्ध पीछे बैठा था। अब बोर्ड पूरा नहीं दिखता था। लेकिन कक्षा पूरी दिख रही थी। यह पहली बार था। शिक्षक एक नाम बोले। फिर दूसरा। फिर तीसरा। हर नाम पर प्रतिक्रिया। कोई सीधा बैठ गया। कोई मुस्कुरा दिया। कोई और झुक गया। अनिरुद्ध का नाम नहीं आया। पहले यह उसे चुभता था। आज नहीं। आज वह खुद को सूची से बाहर महसूस कर रहा था। और यह अपमान नहीं था। यह मुक्ति थी। शिक्षक अचानक रुके। पीछे देखा। नज़र अनिरुद्ध पर ठहर गई। यह संयोग नहीं था। पीछे बैठना नज़र में आ ही जाता है।

"तुम।"

एक शब्द। अनिरुद्ध ने सिर उठाया।

"पीछे क्यों बैठे हो?"

सवाल सरल था। लेकिन उसके पीछे पूरा तंत्र खड़ा था। कक्षा चुप हो गई। वह चुप्पी जो सबका ध्यान खींच लेती है। अनिरुद्ध कुछ पल रुका। यह रुकना डर से नहीं था। यह सोच से था। फिर उसने धीरे से कहा।

"यहाँ से सब दिख रहा है।"

शिक्षक कुछ नहीं बोले। कक्षा में हल्की हलचल हुई। कुछ हँसी। कुछ फुसफुसाहट। शिक्षक ने नज़र हटाई। बोर्ड की ओर मुड गए। कोई डाँट नहीं। कोई भाषण नहीं। बस आगे बढ़ गए। अनिरुद्ध समझ गया। यह टकराव नहीं था। यह स्वीकृति भी नहीं थी। यह अनदेखा करना था। और अनदेखा किया जाना कभी-कभी सबसे बड़ा स्थान देता है। ब्रेक में गली हमेशा की तरह शोर में थी। लेकिन आज अनिरुद्ध शोर में खो नहीं रहा था। वह चल रहा था। लेकिन गति अपनी थी। एक लड़का उसके साथ चलने लगा। पहले वे सिर्फ़ आमने-सामने देखते थे। आज साथ चल रहे थे। कुछ देर दोनों चुप। चुप्पी में कुछ अनकहा। फिर उसने पूछा।

"थक नहीं जाता?"

यह सवाल शरीर का नहीं था। अनिरुद्ध ने कहा।

" जाता हूँ।"

"फिर?"

"फिर रुक जाता हूँ।"

यह जवाब उसने पहली बार किसी को दिया था। लड़का चुप हो गया। फिर बोला।

"यहाँ रुकने नहीं देते।"

अनिरुद्ध ने हल्की-सी मुस्कान दी।

"इसलिए थोड़ा चलना पड़ता है।"

दोनों चाय की दुकान तक पहुँचे। भीड़ अब भी थी। लेकिन आज अनिरुद्ध भीड़ का हिस्सा नहीं था। वह उसके बगल में था। चाय गर्म थी। लेकिन जलाने वाली नहीं। पहली बार उसे चाय का स्वाद आया। शाम कक्षा खत्म हुई। गली धीरे धीरे खाली होने लगी। पोस्टर अब भी थे। लेकिन अब वे घूर नहीं रहे थे। या शायद वह उन्हें देख नहीं रहा था। अनिरुद्ध गली के मुहाने पर रुका। पीछे देखा। यह आदत नहीं थी। यह विदाई नहीं थी। यह पहचान थी। यह वह जगह थी जहाँ

उसने दौड़ना सीखा। और यहीं उसने रुकना भी सीखा। वह मुड़ा। घर की ओर चल पड़ा। गली पीछे रह गई। पूरी तरह नहीं। बस इतनी कि वह साथ न चले। पकड़ ढीली हो गई थी। गली के बाहर सड़क थी। सीधी नहीं। लेकिन खुली। यह गली जैसी नहीं थी। यहाँ चलने की जल्दी नहीं थी। ऑटो खड़े थे। कुछ खाली। कुछ आधे भरे। एक पान की दुकान। लाल थूक के निशान। दीवार पर समय की परतें। पटना की यह सड़क पुरानी बातें जानती थी। वह चुप रहती थी। अनिरुद्ध ने यहाँ कदम धीमे किए। यह धीमापन कमज़ोरी नहीं था। यह पहली बार उसकी अपनी गति थी। उसने सिर उठाया। आसमान दिख रहा था। पूरा नहीं। लेकिन पर्याप्त। धूसर था। बिना रंग का। लेकिन खुला था। खुलापन रंग नहीं पूछता। वह जगह देता है। पीछे गली थी। शोर। पोस्टर। दबाव। आगे सड़क थी। अधूरी। अनिश्चित। लेकिन खुली। अनिरुद्ध चला। बिना दिशा के। चलना अब किसी मंज़िल के लिए नहीं था। चलना बस चलने के लिए था। भीड़ पीछे छूटती गई। आवाज़ें पतली होती गईं। उसके कान पहली बार खुद की साँस सुन रहे थे। घर की ओर मुड़ते समय उसकी चाल थकी हुई नहीं थी। सोचती हुई थी। दरवाज़ा खुला। घर वही था। माँ की आवाज़। रसोई से आती। तेल और हल्दी की गंध। पिता की खाँसी। अख़बार पलटने की आवाज़। पंखे की चरमराहट। सब कुछ जैसा था। लेकिन आज वह इन आवाज़ों से भाग नहीं रहा था। वह इनके साथ चल रहा था। कमरे में आया। बैग नीचे रखा। बैग भारी नहीं लगा। शायद इसलिए कि उसके भीतर कुछ हल्का हो गया था। खिड़की आधी खुली थी। हमेशा की तरह। आज उसने उसे पूरा नहीं खोला। पूरा बंद भी नहीं किया। आधा अब आदत नहीं था। आधा अब चुनाव था। वह कुर्सी पर बैठ गया। कुछ नहीं किया। बस बैठा रहा। यह बैठना हार नहीं था। यह समझ का पहला आकार था। उसने खुद से कुछ कहा नहीं। लेकिन महसूस किया। दौड़ हर किसी के लिए नहीं होती। और रुकना हर किसी की हार नहीं होता। गली अब उसके भीतर नहीं चल रही थी। वह स्मृति बन रही थी। एक अनुभव। एक दबाव। जिससे वह बाहर आ चुका था। शाम धीरे रात में बदली। अनिरुद्ध ने लाइट जलाई। फिर बंद कर दी। आज अँधेरा डराने वाला नहीं था। वह घेर नहीं रहा था। वह बस साथ था। रात गहरी हुई। शहर की आवाज़ें पतली पड़ गईं। दूर कहीं ट्रेन की सीटी। जैसे कोई याद शहर को चीरती हुई निकल रही हो। अनिरुद्ध बिस्तर पर लेटा। नींद तुरंत नहीं आई। आज नींद को जल्दी नहीं थी। उसके भीतर एक खालीपन था। यह

खालीपन डरावना नहीं था। यह शोर नहीं करता था। यह बस था। जैसे कोई कमरा जिसमें फर्नीचर हटा दिया गया हो। पहली बार उसे अपने भीतर इतनी जगह दिखी।

सुबह हुई। पटना की सुबह। हल्की। धुंधली। धूप ने धीरे से दरवाज़ा खटखटाया। अनिरुद्ध उठा। आज जल्दी नहीं थी। न देर भी नहीं थी। वह गली के लिए निकला। लेकिन आज गली उसे नहीं खींच रही थी। वह बस रास्ते में थी। दुकानें खुल रही थीं। शटर की आवाज़। चाय अभी उबल रही थी। पोस्टर वही थे। लेकिन आज वे चुप थे। या शायद उसने सुनना छोड़ दिया था। गली आज भी सँकरी थी। भीड़ आज भी तेज़ थी। लेकिन अनिरुद्ध अब उनसे अलग था। वह बीच में नहीं था। वह किनारे भी नहीं था। वह बस अपने साथ था। कक्षा पहुँचा। वही सीढ़ियाँ। वही रेलिंग। हाथ फिर फिसला। लेकिन अब उस चमक में उसका डर नहीं था। वह पीछे बैठा। फिर से। यह अब घोषणा नहीं थी। यह स्थिति थी। शिक्षक आए। बोले। नाम पुकारे। अनिरुद्ध ने सुना। लेकिन अब हर शब्द उसके भीतर जगह माँगकर नहीं घुस रहा था। कुछ शब्द रुक गए। कुछ निकल गए। उसने पहली बार यह तय किया कि क्या रखना है। ब्रेक में वह गली में गया। चाय ली। पी। आज वह दीवार से नहीं लगा। वह बीच में खड़ा हुआ। भीड़ उसके चारों ओर बह रही थी। वह बह नहीं रहा था। एक लड़का फिर पास आया। कुछ नहीं कहा। बस खड़ा रहा। खामोशी अब अटपटी नहीं थी। वह साझी थी। शाम हुई। कक्षाएँ खत्म। गली खाली नहीं हुई। लेकिन अनिरुद्ध भर चुका था। वह रुका। पोस्टरों की तरफ देखा। पहली बार उन्हें गौर से। चेहरे। नंबर। रैंक। अब वे उसे नहीं पूछ रहे थे तुम कहाँ हो। अब वह जानता था। वह यहाँ है। और यह पर्याप्त है। वह मुड़ा। घर की तरफ चला। गली पीछे रह गई। इस बार और दूर। पूरी तरह नहीं। लेकिन निर्णायक रूप से। घर पहुँचा। वही आवाज़ें। वही गंध। लेकिन आज वे बोझ नहीं थीं।

वे आधार थीं। खिड़की फिर आधी खुली थी। उसने उसे छुआ। यह आधापन अब कमी नहीं था। यह संतुलन था। वह बैठा। चुप। दौड़ अब भी थी। दुनिया में। लेकिन उसके भीतर नहीं। अब वह तय करेगा कब चलना है। कितना चलना है। और कब रुकना है। गली अब आदत नहीं थी। वह कहानी थी। और हर कहानी की तरह वह भी यहीं खत्म नहीं होती। बस यहीं ठहरती है। पटना कभी

चुप नहीं होता। वह बस आवाज़ें बदलता है। सुबह साइकिल। दोपहर ऑटो। शाम मोटरसाइकिल। रात में कुत्तों की भौंक। और कहीं दूर से आती शादी की बैंड की आवाज़। अनिरुद्ध अब इन आवाज़ों को अलग-अलग सुन पा रहा था। पहले वे एक शोर थीं। अब वे परतें थीं। वह कोचिंग से लौटते हुए अक्सर थोड़ा घूम लेता। बिना वजह। बिना लक्ष्य। पार्क के पास से। पुरानी कॉलोनियों के बीच से। जहाँ घर एक-दूसरे से चिपके हुए थे। जहाँ छतों पर कपड़े सूखते थे। जहाँ लोग अब भी शाम को दरवाज़े के बाहर कुर्सी डालकर बैठते थे। यह इलाका कोचिंग की गली जैसा नहीं था। यहाँ कोई तेज़ नहीं चलता था। यहाँ लोग रुककर बात करते थे। अनिरुद्ध को यह रुकना अभी भी अटपटा लगता था। लेकिन अब डर नहीं लगता था। एक बार वह एक सब्ज़ी वाले के पास रुका। बैंगन। आलू। टमाटर। सब मिट्टी से सने। सब्ज़ी वाला धीरे-धीरे तौल रहा था। जैसे समय उसके पास भरपूर हो। अनिरुद्ध ने पहली बार महसूस किया। तेज़ चलना सिर्फ़ आदत है। और आदतें बदली जा सकती हैं। कुछ दिन बाद वह फिर उसी गली में गया। आज कोई कक्षा नहीं थी। कोई टेस्ट नहीं। बस गली थी। दुकानें वही थीं। पोस्टर वही थे। लेकिन आज उनका असर नहीं था। अनिरुद्ध धीरे चला। इतना धीरे कि उसने दीवारों को देखा। पुरानी दरारें। उखड़ा हुआ प्लास्टर। इन दीवारों ने कितनी पीठें देखी होंगी। कितने सपनों का भार इन्होंने उठाया होगा। चाय की दुकान पर वही आदमी था। उसने देखा। पहचाना।

"आज क्लास नहीं?"

सवाल सामान्य था। अनिरुद्ध ने कहा।

"नहीं।"

बस इतना। चाय आई। भाप उठी। आज वह दीवार से नहीं लगा। वह सामने खड़ा रहा। भीड़ आई। भीड़ गई। गली चलती रही। लेकिन अनिरुद्ध अब उसका हिस्सा नहीं था। वह साक्षी था। यह भूमिका उसे नई लगी। हल्की लगी। एक लड़का भागता हुआ आया। पसीने से भरा। आँखों में डर। अनिरुद्ध ने खुद को उसमें देखा। कुछ साल पहले। कुछ महीने पहले। शायद कुछ दिन पहले। गली वही थी। लेकिन वह नहीं। यह अंतर शांत था। कोई घोषणा नहीं। कोई विद्रोह नहीं। बस एक बदलाव। अनिरुद्ध अब भी पढ़ता था। यह भ्रम नहीं था।

लेकिन अब पढ़ाई दौड़ नहीं थी। वह किताब खोलता। बंद करता। कभी एक पन्ना। कभी दस। अब वह नंबर नहीं गिनता था। वह वाक्य गिनता था। जो रुकते थे। जो भीतर जाते थे। बाकी छूट जाते थे। पहले यह डरावना होता। अब स्वाभाविक था। उसने समझा। हर ज्ञान हर किसी के लिए नहीं होता। और हर तरीका हर किसी के लिए नहीं होता। यह समझ उसकी पहली असली पढ़ाई थी। माँ ने एक दिन पूछा।

"आजकल कम थका हुआ लगता है?"

यह चिंता थी। जिज्ञासा नहीं। अनिरुद्ध ने जवाब नहीं दिया। वह मुस्कुरा दिया। पिता ने अख़बार मोड़ा। कुछ नहीं कहा। यह चुप्पी पहले भारी होती थी। अब सहज थी। घर ने उससे सवाल पूछना कम कर दिया था। या शायद वह सुनने लगा था। गली खत्म नहीं हुई। वह कभी खत्म नहीं होती। वह बस अपने भीतर से निकल जाती है। अब जब अनिरुद्ध किसी सँकरी जगह से गुजरता, वह जानता था। यह रास्ता है। आदत नहीं। दौड़ विकल्प है। अनिवार्यता नहीं। रुकना हार नहीं। यह निर्णय है। शहर चलता रहा। पटना वही रहा। भीड़। पोस्टर। शोर। लेकिन उनके बीच एक आदमी था। जो अब अपनी चाल पहचान चुका था। यहीं कहानी पूरी नहीं होती। लेकिन यहीं वह स्थिर हो जाती है। जैसे साँस अंदर जाकर कुछ देर रुकती है। फिर अपने आप बाहर निकलती है।

६ बरामदा

पिता बरामदे में बैठे थे। कुर्सी वही थी। जगह वही थी। अख़बार खुला हुआ नहीं था। बस मोड़ा हुआ था। जैसे पढ़ा जा चुका हो, या पढ़ने का मन न रहा हो। अनिरुद्ध रुका। उसने आवाज़ नहीं दी। पिता ने भी नहीं देखा। दोनों जानते थे कि दूसरा मौजूद है। यह जानना काफी था। या काफी समझा गया।

"कब तक?"

पिता ने पूछा। सवाल अधूरा था। लेकिन समझ पूरा था। अनिरुद्ध ने जवाब नहीं दिया। इस बार चुप्पी आदत नहीं थी। यह गणना थी। पिता ने अख़बार को मेज़ पर रखा। धीरे। जैसे आवाज़ से डरते हों।

"तुम समझते हो मैं नहीं जानता?"

यह गुस्सा नहीं था। यह थकान थी। पहली बार अनिरुद्ध ने देखा--- पिता सिर्फ़ सहारा नहीं थे। वे भी किसी चीज़ को टाले हुए थे। उनकी आँखों में एक पुरानी लड़ाई थी। एक ऐसी लड़ाई जो कभी जीती नहीं गई, बस थमी हुई थी। बरामदे में हवा नहीं थी। शाम थी। लेकिन ठहराव ज़्यादा था।

"तुम्हें रुकना आता है,"

पिता बोले,

"लेकिन यह नहीं आता कि रुकना कब ख़त्म होता है।"

यह बात नई नहीं थी। लेकिन पहली बार यह आरोप लगी। अनिरुद्ध के भीतर कुछ सिकुड़ा। वह पिता की आँखों में अपना भविष्य देख रहा था। वही थकान। वही स्वीकार। वही अधूरापन। अनिरुद्ध कुछ कह सकता था। लेकिन नहीं कहा। और यह चुप्पी इस बार सही नहीं थी। यह भागना था। बचपन की उस आदत में लौट जाना जहाँ चुप रहने से सब ठीक हो जाता था। पिता खड़े हुए। धीरे। कमर सीधी नहीं हुई।

"मैं भी रुका था,"

उन्होंने कहा,

"तुम्हारी उम्र में। और आज तक उसका हिसाब चुका रहा हूँ।"

यह स्वीकार नहीं था। यह चेतावनी थी।अनिरुद्ध ने पहली बार पिता को पूरा देखा। उनके हाथों पर समय की लकीरें। उनकी पीठ पर झुकाव। उनकी आँखों में वह गहरी समझ जो बिना बोले सब कह देती है। यह वह आदमी था जिसने अपने सपने किसी और के लिए छोड़े थे। और अब वह उसी कीमत को अपने बेटे में दोहराते देख रहा था।अनिरुद्ध ने सिर हिलाया। पहली बार। सिर्फ़ सुनने के लिए नहीं । गलत होने के लिए। उसने महसूस किया कि वह पिता से बहस नहीं कर सकता। क्योंकि पिता सही थे। और सही होने का दर्द झूठ से कहीं ज़्यादा गहरा होता है। उस शाम अनिरुद्ध अपने कमरे में गया और देर तक खिड़की से बाहर देखता रहा। पहली बार उसे अपनी चुप्पी कायरता लगी। पहली बार उसने समझा कि रुकना हमेशा बुद्धिमानी नहीं होती। कभी-कभी वह भागने का सबसे शांत तरीका होता है। बरामदा खाली नहीं था। लेकिन हल्का हो गया था। कुछ बातें कहने के बाद ही जगह बनती हैं। और कुछ बातें न कहने से भारी हो जाती हैं। अनिरुद्ध ने उस रात नींद में भी पिता की आवाज़ सुनी। "कब तक?" यह सवाल अब उसका अपना सवाल बन चुका था।

७ कक्षा

कक्षा कभी सिर्फ़ चार दीवारों का नाम नहीं होती। कभी वह आदमी को छोटा करती है। कभी बड़ा। और कभी वह बस उसे दिखा देती है। पटना की कक्षाएँ अक्सर यही करती हैं। वे कुछ नहीं बदलतीं। वे बस उजागर कर देती हैं। अनिरुद्ध अब कक्षा में बैठकर खुद को बदलते हुए नहीं देखता था। वह खुद को खुलते हुए देखता था। वह पीछे बैठता था। यह कोई संकेत नहीं था। कोई संदेश नहीं। ज़रूरत। या बहाना। पीछे बैठने से बोर्ड धुँधला दिखता था। चॉक की लकीरें साफ़ नहीं रहती थीं। कभी आधी मिट जातीं। कभी एक-दूसरे पर चढ़ जातीं। लेकिन चेहरे साफ़ दिखते थे। अत्यंत साफ़। यह अजीब था। जो चीज़ पहले सबसे ज़रूरी लगती थी, वह अब धुँधली हो रही थी। और जो चीज़ कभी नहीं पढ़ाई गई थी, वह अब स्पष्ट हो रही थी। चेहरे। कक्षा में बैठे हुए चेहरे पाठचक्रम का हिस्सा नहीं होते। लेकिन वही सबसे सच्चा पाठ होते हैं। एक लड़का आगे बैठा था। उसकी पीठ हर पाँच मिनट में सीधी हो जाती थी। जैसे कोई अदृश्य डोरी उसे खींच रही हो। यह महत्वाकांक्षा नहीं थी। यह डर था।

एक लड़की दूसरी पंक्ति में थी। वह लगातार लिख रही थी। रुकती नहीं थी। लिखते-लिखते उसकी उँगलियाँ थक जाती थीं, लेकिन वह नहीं रुकती थी। यह मेहनत नहीं थी। यह घबराहट थी। पीछे की पंक्ति में एक लड़का आँखें बंद करके बैठा था। किताब खुली थी। लेकिन उसकी साँसें तेज़ थीं। वह भीतर कहीं और था। यह आलस्य नहीं था। यह हार थी। अनिरुद्ध इन सबको देखता था। पहले वह खुद को इनमें खोजता था। अब वह खुद को इनमें पहचानता था। और फिर अलग कर लेता था। यह अलग करना आसान नहीं था। यह अभ्यास से आया था। हर दिन थोड़ा। हर कक्षा में थोड़ा। शिक्षक बोलते रहते थे। उनकी आवाज़ में एक जल्दी होती थी। जैसे उन्हें भी कहीं पहुँचना हो। जैसे समय उनके पीछे दौड़ रहा हो। पहले अनिरुद्ध इस जल्दी में खुद को दोषी मानता था। अब वह समझ गया था — यह उसकी जल्दी नहीं है। सूत्र वही थे। परिभाषाएँ वही। उदाहरण भी वही। लेकिन अब वे आदेश नहीं थे। वे प्रस्ताव थे। जो भीतर टिके, वे रह गए। जो नहीं टिके, वे जाने दिए गए। यह पहली बार था जब पढ़ाई में छोड़ना

शामिल हुआ था। कक्षा में सवाल पूछा गया। कमरे की हवा बदल गई। हर कोई अचानक सीधा हो गया। हाथ उठने लगे। कुछ झिझक के साथ। कुछ आत्मविश्वास के साथ। अनिरुद्ध का हाथ नहीं उठा। पहले यह डर था। अब यह निर्णय था। उसे उत्तर आता था। लेकिन उत्तर देना अब प्राथमिकता नहीं थी। वह जान चुका था — हर उत्तर बोलना ज़रूरी नहीं। कुछ उत्तर आदमी के भीतर ज्यादा सुरक्षित रहते हैं। घंटी बजी। कक्षा टूटी। लोग उठे। बैग टकराए। कुर्सियाँ खिसकीं। शोर लौटा। अनिरुद्ध धीरे उठा। वह जल्दी नहीं कर रहा था। वह देर भी नहीं कर रहा था। वह ठीक समय पर था। दरवाज़े पर पहुँचकर उसने पीछे देखा। कक्षा खाली थी। लेकिन हवा में कुछ बचा हुआ था।

एक ठहराव। वह इसे साथ ले गया। बाहर गली थी। कोचिंग की गली। पोस्टर वही थे। चेहरे वही। रैंक वही। लेकिन अब वे उसे नहीं खींच रहे थे। वह गली में चल रहा था। गली उसके भीतर नहीं चल रही थी। यह फर्क छोटा नहीं था। यह फर्क निर्णायक था। चाय की दुकान पर भीड़ थी। गिलास खनक रहे थे। चम्मच टकरा रहे थे। बातें वही थीं। कट-ऑफ। रैंक। सिलेक्शन। अनिरुद्ध रुका नहीं। न भागा। बस आगे बढ़ गया। मुख्य सड़क पर ऑटो तेज़ चल रहे थे। रिक्शे धीरे। पटना की सड़कें हमेशा विरोधाभास से भरी होती हैं। तेज़ और धीमे का मिश्रण। एक बूढ़ा आदमी सड़क पार कर रहा था। लोग हॉर्न बजा रहे थे। वह नहीं घबराया। वह अपने समय में चल रहा था। अनिरुद्ध ने उसे देखा। और समझा — हर कोई दौड़ में नहीं होता। घर की गली शांत थी। यहाँ पोस्टर नहीं थे। यहाँ तुलना नहीं थी। माँ रसोई में थीं। तेल की गंध। रोटी की आहट।

"हाथ धो ले।"

बस इतना। यह दुनिया की सबसे सुरक्षित भाषा थी। कमरे में खिड़की आधी खुली। अब यह आधापन अधूरापन नहीं था। यह संतुलन था। अनिरुद्ध कुर्सी पर बैठा। कुछ नहीं किया। और यही सबसे बड़ा काम था। रात गहरी होने लगी थी। पटना की रात कभी अचानक नहीं गिरती। वह दिन से धीरे-धीरे खिसकती है। पहले दुकानों की आवाज़ें बदलती हैं। फिर सड़कों पर रोशनी का रंग। फिर लोगों की चाल। अनिरुद्ध अपने कमरे में था। खिड़की अब भी आधी खुली थी। हवा अंदर आ रही थी। धूल के साथ। शहर की गंध के साथ। दूर कहीं ट्रेन की सीटी

सुनाई दी। लंबी। खींची हुई। जैसे शहर को याद दिला रही हो कि बाहर भी रास्ते हैं। अनिरुद्ध बिस्तर पर बैठा रहा। लेटने की जल्दी नहीं थी। सोने की मजबूरी भी नहीं। आज दिन उसके भीतर घूम रहा था। लेकिन शोर नहीं कर रहा था। पहले दिन ऐसे घूमते थे तो बेचैनी होती थी। आज नहीं। आज दिन अपने आप को दोहरा नहीं रहा था। वह बस मौजूद था। माँ की आवाज़ आई।

"लाइट बंद कर देना।"

एक सामान्य वाक्य। लेकिन उसमें भरोसा था। अनिरुद्ध ने लाइट बंद की। कमरा अँधेरे में डूबा। यह अँधेरा पहले उसे असहज करता था। आज नहीं। आज अँधेरा बस रोशनी की अनुपस्थिति था। डर नहीं। वह लेटा। आँखें बंद कीं। नींद आने में समय लगा। लेकिन जब आई तो बिना संघर्ष के आई। सुबह हुई। पटना की सुबह। न पूरी तरह साफ़। न पूरी तरह धुंधली। दूध वालों की साइकिल की घंटी। अख़बार फेंकने की आवाज़। कहीं पास से आती मंदिर की घंटी। अनिरुद्ध उठा। आज भी वही दिनचर्या थी। लेकिन भीतर कुछ बदला हुआ था। नहाते समय पानी ठंडा लगा। लेकिन चौंकाया नहीं। आईने में देखा। चेहरा वही था। लेकिन आँखों में वह जल्दबाज़ी नहीं थी। वह कपड़े पहनकर बाहर निकला। घर की दहलीज़ लाँघते समय उसने रुककर नहीं सोचा। पहले वह हर सुबह खुद को तैयार करता था। आज वह बस निकला। गली पार की। मुख्य सड़क पर आया। पटना की सड़कें सुबह अलग होती हैं। वे अभी पूरी तरह जागी नहीं होतीं। ऑटो वाले सुस्त होते हैं। चाय की दुकानें अभी-अभी खुलती हैं। अनिरुद्ध पैदल चला। आज उसने ऑटो नहीं लिया। यह कोई निर्णय नहीं था। यह बस हुआ। चलते हुए उसने लोगों को देखा। एक आदमी दुकान का शटर उठाता हुआ। उसकी पीठ झुकी हुई। लेकिन हाथों में आदत थी। एक औरत बाल्टी लेकर नल की तरफ जाती हुई। चेहरे पर नींद। कदमों में नियमितता। एक लड़का स्कूल की वर्दी में। बैग से बड़ा। कदम छोटे। अनिरुद्ध ने महसूस किया। ये सब लोग किसी रैंक में नहीं थे। किसी सूची में नहीं थे। फिर भी इनका चलना पूरा था। कोचिंग की गली सामने आई। वही सँकरापन। वही पोस्टर। वही दीवारें। लेकिन अब उसने गली को देखा। पहले वह बस गुजरता था। आज उसने दीवारों की दरारें देखीं। पोस्टरों के नीचे पुराने पोस्टरों के कोने। कितनी परतें थीं। कितनी बार सफलता की परिभाषा बदली होगी। गली में भीड़ थी। वही तेज़ चाल। वही टकराहट।

अनिरुद्ध भी चल रहा था। लेकिन उसकी चाल अब गली की नहीं थी। कक्षा पहुँचा।

सीढ़ियाँ चढ़ीं। रेलिंग पर हाथ रखा। चिकनाहट वही थी। हज़ारों हाथों की स्मृति। कक्षा में गया। पीछे बैठा। अब यह जगह उसकी आदत बन रही थी। शिक्षक आए। पढ़ाना शुरू किया। आज आवाज़ में थोड़ी थकान थी। अनिरुद्ध ने यह देखा। पहले वह शिक्षक को सिर्फ़ आवाज़ समझता था। अब वह एक आदमी देख पा रहा था। जो रोज़ एक ही बात थोड़े अलग शब्दों में कहता है। बीच में एक सवाल पूछा गया। इस बार अनिरुद्ध ने हाथ उठाया। बिना सोचे। शिक्षक ने देखा। इशारा किया। अनिरुद्ध खड़ा हुआ। उत्तर दिया। धीरे। बिना दिखावे के। उत्तर पूरा नहीं था। लेकिन ईमानदार था। शिक्षक ने सिर हिलाया। बोर्ड की ओर मुड गए। कोई प्रतिक्रिया नहीं। लेकिन अनिरुद्ध के भीतर कुछ स्थिर हुआ। यह सही-गलत का सवाल नहीं था। यह उपस्थित होने का था। कक्षा आगे बढ़ी। घंटी बजी। अनिरुद्ध उठा। आज वह जल्दी नहीं निकला। कक्षा खाली होने लगी। शोर फिर आया। वह कुछ पल रुका। अब यह रुकना उसकी ज़रूरत बन रहा था। बाहर गली थी। शोर वही। लेकिन अनिरुद्ध अब उस शोर को अपने भीतर नहीं ले जा रहा था। वह गली से निकला। मुख्य सड़क पर आया। आज वह सीधे घर नहीं गया। वह थोड़ा चला। बिना दिशा के। पटना में बिना दिशा चलना आसान नहीं होता। हर सड़क किसी न किसी जगह ले जाती है। वह पुराने मोहल्ले की तरफ मुड़ा। जहाँ मकान पास-पास थे। छज्जों से कपड़े लटक रहे थे। छोटे-छोटे पौधे। एक बूढ़ी औरत दरवाज़े पर बैठी थी। मटर छीलती हुई। उसने अनिरुद्ध को देखा। कुछ नहीं कहा। अनिरुद्ध ने उसके हाथों को देखा। वे हाथ किसी परीक्षा में नहीं लिखे थे। लेकिन उन्होंने पूरा जीवन लिखा था।

वह आगे बढ़ गया। घर लौटा। दरवाज़ा खोला। माँ रसोई में थीं। पिता कमरे में। सब कुछ जैसा था। लेकिन अनिरुद्ध अब वैसा नहीं था। वह कमरे में गया। खिड़की के पास खड़ा हुआ। आधी खुली। आधी बंद। आज उसने उसे छुआ नहीं। बस देखा। और यह पर्याप्त था। अनिरुद्ध खिड़की के पास खड़ा रहा। बाहर शाम ढल रही थी। धीरे। बिना घोषणा के। पटना की शाम अक्सर ऐसी ही होती है। वह दिन से लड़ती नहीं। वह बस उसे हटा देती है। सामने वाली छत पर एक लड़का पतंग समेट रहा था। डोर उलझी हुई। हाथों में खरोंच। पतंग अब उड़

नहीं रही थी। फिर भी वह उसे सावधानी से समेट रहा था। यह दृश्य अनिरुद्ध को देर तक दिखता रहा। कभी-कभी जो खत्म हो जाता है वह तुरंत छोड़ा नहीं जाता। कमरे में हल्की-सी रोशनी थी। बल्ब पीला। थका हुआ। अनिरुद्ध कुर्सी पर बैठा। बैठने का कोई उद्देश्य नहीं था। वह बस बैठा। पहले ऐसे बैठने से बेचैनी होती थी। अब ऐसे बैठना अपने आप में एक काम था। उसने किताब उठाई। खोली। एक पन्ना पढ़ा। फिर दूसरा। तीसरे पन्ने पर रुक गया। वाक्य ठीक था। लेकिन भीतर नहीं गया। उसने किताब बंद कर दी। यह हार नहीं थी। यह अस्वीकार भी नहीं था। यह पहचान थी। हर चीज़ हर समय अपने लिए नहीं होती। रात का खाना तैयार था। माँ ने आवाज़ दी। अनिरुद्ध उठा। हाथ धोए। नल से गिरता पानी एक सा था। पहले वह इसी आवाज़ में अपने विचार दबाता था। आज विचार खुद ही धीमे थे। खाने की मेज़ पर सब बैठे। पिता ने पूछा।

"आज पढ़ाई ठीक रही?"

यह सवाल जाँच नहीं था। यह औपचारिकता भी नहीं थी। यह एक पुल था। अनिरुद्ध ने कहा।

"हाँ।"

बस इतना। और यह पर्याप्त था। पहले वह या तो बहुत बोलता था। या बिल्कुल नहीं। अब वह बीच में था। खाने के दौरान टीवी चल रहा था। ख़बरें। शहर की। राज्य की। पटना का नाम कई बार आया। कभी पुल के संदर्भ में। कभी ट्रैफ़िक के। कभी किसी आंदोलन के। अनिरुद्ध ने सुना। लेकिन खुद को उन घटनाओं में फँसाया नहीं। वह जानता था। हर शहर हर आदमी से एक ही तरह का हिसाब नहीं माँगता। खाने के बाद वह फिर कमरे में गया। बिस्तर पर लेटा। नींद फिर तुरंत नहीं आई। लेकिन इस बार नींद का न आना समस्या नहीं था। वह छत की तरफ देखता रहा। पंखे की परछाईं घूमती रही। हर चक्कर में वही आकृति। अनिरुद्ध को लगा जैसे दिन भी कुछ ऐसा ही कर रहा है। हर दिन वही ढाँचा। लेकिन हर चक्कर में थोड़ा-सा अलग। यही फर्क अदृश्य होता है। और वही सबसे असरदार। रात गहरी हुई। आवाज़ें कम हो गईं। दूर कहीं ट्रेन की आवाज़। अनिरुद्ध ने पहली बार उस आवाज़ को रास्ते की तरह सुना। पहले वह उसे दूरी की तरह सुनता था। सुबह फिर आई। पटना की सुबह कभी नई नहीं

लगती। वह बस फिर से शुरू होती है। अनिरुद्ध उठा। आज शरीर में वह भारीपन नहीं था। न उत्साह। न अनिच्छा। बस एक तटस्थता। वह तैयार हुआ। घर से निकला। आज उसने चप्पल पहनकर कोचिंग जाने का फैसला किया। यह छोटा निर्णय था। लेकिन नया था। सड़क पर धूल ज़्यादा थी। चप्पल में पैर साफ़ महसूस हो रहे थे। उसे अच्छा लगा। पर किसकी कीमत पर। कभी-कभी असुविधा आदमी को ज़्यादा सतर्क बनाती है। गली आई। पोस्टर वही। लेकिन आज उसने हर पोस्टर को एक व्यक्ति की तरह देखा। कोई मुस्कुराता हुआ। कोई कठोर। कोई जरूरत से ज़्यादा आत्मविश्वासी। उसे समझ आया। हर तस्वीर किसी एक पल की होती है। और पल पूरा जीवन नहीं होते। कक्षा पहुँचा। आज वह थोड़ा आगे बैठा। पीछे नहीं। बीच में। यह बदलाव अचानक नहीं था। यह ज़रूरी था। वह जानना चाहता था कि क्या वह अब भी बीच में रह सकता है। कक्षा शुरू हुई। शिक्षक ने नया विषय लिया। अनिरुद्ध ने ध्यान दिया। ध्यान का मतलब पूरी तरह समझना नहीं था। ध्यान का मतलब मौजूद रहना था।

बीच में एक सवाल पूछा गया। अनिरुद्ध ने इस बार हाथ नहीं उठाया। यह डर नहीं था। यह चयन था। पीछे से किसी ने उत्तर दिया। गलत था। शिक्षक ने ठीक किया। कक्षा आगे बढ़ी। अनिरुद्ध ने इस दृश्य को बिना प्रतिक्रिया के देखा। पहले वह खुद को उस लड़के की जगह रखता। आज उसने खुद को बाहर रखा। यह दूरी ठंडक नहीं थी। यह संतुलन था। घंटी बजी। ब्रेक हुआ। गली फिर भरी। अनिरुद्ध चाय की दुकान तक गया। आज उसने चाय मँगाई। खुद के लिए। पहले वह चाय को समय काटने के लिए पीता था। आज उसने चाय का स्वाद लिया। चाय गरम थी। बहुत गरम नहीं। चीनी थोड़ी ज़्यादा थी। उसे कोई आपत्ति नहीं हुई। दुकान के बाहर दो लड़के तेज़-तेज़ बात कर रहे थे। रैंक। मार्क्स। कट-ऑफ़। अनिरुद्ध ने उनकी बातों को अपने भीतर नहीं आने दिया। यह अभ्यास था। चाय खत्म हुई। उसने पैसे दिए। दुकानदार ने बिना देखे पैसे रख लिए। यह भरोसा था। ऐसा भरोसा जो रोज़ के व्यवहार से बनता है। कक्षा फिर शुरू हुई। अनिरुद्ध फिर बीच में बैठा। आज उसे बोर्ड ठीक दिख रहा था। चेहरे भी। यह संयोजन पहले संभव नहीं था। अब था। दिन बीता। शाम आई। अनिरुद्ध सीधे घर नहीं गया। वह गंगा की तरफ नहीं गया। वह भीड़ की तरफ नहीं गया। वह बस एक लंबी सड़क पर चलता रहा। सड़क के दोनों ओर पेड़ थे। उनकी छाया लंबी हो रही थी। अनिरुद्ध ने पहली बार अपने कदमों की आवाज़ सुनी। यह

आवाज़ न तेज़ थी। न धीमी। बस नियमित। उसे लगा यही वह लय है जिसे वह कई दिनों से खोज रहा था। घर लौटा। खिड़की अब पूरी खुली थी। यह नया था। उसने खुद भी नोटिस किया। कुछ स्थितियाँ अपने आप बदलती हैं। जब आदमी तैयार हो जाता है। वह खिड़की के पास खड़ा रहा। आज उसे बाहर देखने की जल्दी नहीं थी। और भीतर लौटने की ज़रूरत भी नहीं। वह वहीं था। बीच में। और यही उस दिन की सबसे सच्ची जगह थी। खिड़की पूरी खुली थी। यह छोटा बदलाव था। लेकिन अनिरुद्ध इसे अनदेखा नहीं कर पाया। कुछ स्थितियाँ घोषणा करके नहीं बदलतीं। वे बस एक दिन अलग दिखने लगती हैं। बाहर से शाम की ठंडी हवा आ रही थी। दिन की गर्मी अब भी दीवारों में अटकी हुई थी।

पटना की गर्मी एक दिन में नहीं जाती। वह धीरे-धीरे इमारतों से निकलती है। अनिरुद्ध ने खिड़की के बाहर देखा। सामने की छत पर एक बुज़ुर्ग आदमी चारपाई बिछा रहा था। उसकी चाल धीमी थी। लेकिन हाथों में एक अभ्यास था। चारपाई सही जगह पर रखी गई। तकिया जमाया गया। यह तैयारी किसी परीक्षा के लिए नहीं थी। यह रात के लिए थी। अनिरुद्ध को यह दृश्य देर तक अपने भीतर बैठा रहा। पहले वह सिर्फ़ मंज़िल देखता था। अब उसे तैयारी दिखने लगी थी। वह कमरे से बाहर निकला। छत की तरफ। छत पर कुछ कपड़े सूख रहे थे। दिन के पसीने के बाद। आसमान ऊपर था। पूरा नहीं। लेकिन खुला। पटना का आसमान कभी बहुत साफ़ नहीं होता। उसमें हमेशा थोड़ी धूल रहती है। लेकिन वही धूल उसे परिचित बनाती है। अनिरुद्ध ने छत की रेलिंग पर हाथ रखा। लोहे की ठंडक हथेली में फैल गई। उसे अच्छा लगा। पर किसकी कीमत पर। कुछ अनुभूतियाँ आदमी को वर्तमान में खींच लाती हैं। रात उतर रही थी। आसपास के घरों में लाइटें जलने लगीं। कहीं पीली। कहीं सफ़ेद। हर रोशनी एक अलग जीवन का संकेत थी। अनिरुद्ध देर तक खड़ा रहा। यह खड़ा रहना थकाने वाला नहीं था। पहले खड़ा रहना बेचैनी लाता था। अब खड़ा रहना ठहराव देता था। वह नीचे उतरा। कमरे में आया। बिस्तर पर बैठा। आज उसने मोबाइल नहीं उठाया। यह कोई नियम नहीं था। यह बस हुआ। वह लेटा। आँखें बंद कीं। नींद आने से पहले उसके मन में कोई सूची नहीं घूम रही थी। न अगले दिन का टेस्ट। न पिछले दिन की गलती। यह नया था। नींद आई। बिना संघर्ष के। सुबह फिर आई। पटना की सुबह हमेशा एक जैसी लगती है। लेकिन वह होती नहीं। हर सुबह पिछली रात से थोड़ी अलग होती है। अनिरुद्ध उठा। आज शरीर हल्का लग

रहा था। यह ऊर्जा नहीं थी। यह बोझ का कम होना था। वह नहाया। ठंडा पानी। पहले ठंडा पानी उसे चिढ़ाता था। आज वह जगा रहा था। आईने में देखा। चेहरा वही। लेकिन आँखों में एक ठहराव था। वह तैयार हुआ। घर से निकला। आज माँ ने कुछ नहीं पूछा। यह पूछना भूलना नहीं था। यह भरोसा था। पिता ने सिर्फ़ सिर हिलाया। अनिरुद्ध बाहर निकला। सड़क पर सुबह की हलचल थी। दूध के डिब्बे। सब्ज़ी की ठेलियाँ। स्कूल जाते बच्चे। हर कोई अपने समय में चल रहा था। अनिरुद्ध ने यह दृश्य ध्यान से देखा। पहले वह खुद को इन सबसे अलग मानता था। अब वह खुद को इसी में देख पा रहा था। कोचिंग की गली आज भी वही थी। सँकरी। भरी हुई। लेकिन आज उसने गली को एक जगह की तरह देखा। पहले वह उसे एक प्रक्रिया मानता था। गली में एक नया पोस्टर लगा था। चेहरा नया। नाम नया। लेकिन आँखों में वही पुरानी चमक। अनिरुद्ध ने उस चेहरे को देखा। फिर उसके नीचे लगे पुराने पोस्टर को। पुराना चेहरा आधा ढका हुआ। सफलता यहाँ एक-दूसरे को ढकती हुई चलती है। वह आगे बढ़ गया। कक्षा पहुँचा। आज वह पीछे नहीं बैठा। आज वह दूसरी पंक्ति में बैठा। यह परिवर्तन दिखाने के लिए नहीं था। यह देखने के लिए था। बोर्ड साफ़ दिख रहा था। चेहरे भी। अनिरुद्ध ने दोनों को एक साथ देखा। यह पहले संभव नहीं था। शिक्षक आए। आज आवाज़ में कुछ सख़्ती थी। शायद दिन अच्छा नहीं था। या शायद दबाव ज़्यादा था। अनिरुद्ध ने इस सख़्ती को अपने ऊपर नहीं लिया। यह भी एक नई आदत थी। पढ़ाना शुरू हुआ। बीच में एक उदाहरण आया। इस बार अनिरुद्ध ने उसे समझने की कोशिश नहीं की। वह उसे अपने भीतर बैठने दे रहा था। कुछ बातें दबाव में नहीं समझ आतीं। वे समय माँगती हैं। घंटी बजी। ब्रेक हुआ। गली फिर शोर से भर गई। अनिरुद्ध बाहर आया। आज उसने दीवार के पास खड़े होना चुना। पीठ दीवार से लगी। पहले यह सुरक्षा थी। अब यह सुविधा थी। वह लोगों को आते-जाते देख रहा था। कुछ चेहरे थके हुए। कुछ उत्साहित। कुछ दोनों के बीच। उसे लगा यही वास्तविक स्थिति है। बीच में होना। एक लड़का उसके पास आकर रुका।

"आज सवाल समझ में आया?"

सवाल सीधा था। अनिरुद्ध ने कहा।

"आया।"

"पूरा?"

अनिरुद्ध रुका। फिर कहा।

"अभी नहीं।"

यह स्वीकार पहले मुश्किल होता। आज सहज था। लड़का कुछ पल चुप रहा। फिर बोला।

"मुझे भी।"

और चला गया। अनिरुद्ध ने इस छोटे संवाद को महत्त्व दिया। यह साझा असमझ किसी भी साझा सफलता से ज़्यादा सच्ची थी। ब्रेक खत्म हुआ। कक्षा फिर शुरू। अनिरुद्ध वापस गया। आज वह न पूरी तरह सक्रिय था। न पूरी तरह निष्क्रिय। वह मौजूद था। यह मौजूद रहना अब उसकी सबसे बड़ी क्षमता बन रही थी। दिन धीरे-धीरे बीता। शाम आई। आज अनिरुद्ध घर जल्दी लौट आया। रास्ते में एक मंदिर के बाहर लोग बैठे थे। आरती की आवाज़। घंटी की ध्वनि। अनिरुद्ध रुका नहीं। वह जानता था। हर आस्था हर दिन अपने लिए नहीं होती। घर पहुँचा। माँ ने सब्ज़ी काटते हुए उसे देखा।

"आज जल्दी?"

अनिरुद्ध ने कहा।

"हाँ।"

बस इतना। कमरे में आया। खिड़की अब भी खुली थी। आज उसने उसे बंद नहीं किया। न पूरा। न आधा। बस जैसी थी वैसी रहने दी। वह कुर्सी पर बैठा। आज बैठना किसी निर्णय से नहीं आया। यह अपने आप हुआ। वह देर तक बैठा रहा। उसने अपने भीतर कोई बेचैनी नहीं पाई। न उत्साह। न निराशा। बस एक स्थिर स्थिति। उसे लगा यही वह जगह है जहाँ से आगे बढ़ा जा सकता है। बिना भागे। बिना रुकने के डर से। शाम धीरे रात में बदल गई। अनिरुद्ध अब भी बैठा था। वह जानता था। कल फिर गली होगी। कक्षा होगी। शोर होगा। लेकिन अब उसके पास एक जगह थी। अपने भीतर। जहाँ वह हर दिन लौट सकता था। रात पूरी तरह उतर चुकी थी। पटना की रात कभी गहरी नहीं होती। वह बस फैल

जाती है। आसपास के घरों से टीवी की आवाज़ें आ रही थीं। कहीं सीरियल। कहीं समाचार। अनिरुद्ध कमरे में अकेला था। लेकिन अकेलापन नहीं था। यह फर्क वह अब पहचानने लगा था। पहले अकेला होना एक कमी लगता था। आज यह एक स्थिति थी। वह बिस्तर पर लेटा। छत को देखता रहा। पंखा घूम रहा था। हर चक्कर में एक-सी आवाज़। उसे लगा जैसे मन भी कुछ दिनों से ऐसे ही घूम रहा है। लेकिन अब उस घूमने में घबराहट नहीं थी। यह स्थिर घूमना था। नींद देर से आई। लेकिन आई। सुबह हुई। पटना की सुबह अक्सर आवाज़ से शुरू होती है। आज भी वही था। दूध वाले की पुकार। सब्ज़ी वाले का ठेला। स्कूल बस का हॉर्न। अनिरुद्ध उठा। आज कोई योजना नहीं थी। कोई सूची नहीं। बस एक दिन था। वह तैयार हुआ। घर से निकला। माँ ने पीछे से कुछ नहीं कहा। यह चुप्पी अनदेखी नहीं थी। यह भरोसा थी। सड़क पर हलचल बढ़ चुकी थी। अनिरुद्ध पैदल चला। आज उसने गति पर ध्यान दिया। वह तेज़ नहीं चल रहा था। धीमा भी नहीं। वह अपने शरीर की गति से चल रहा था। कोचिंग की गली आई। आज उसने पहली बार गली की आवाज़ों को अलग-अलग सुना। किसी की हँसी। किसी की झुँझलाहट। किसी की फुसफुसाहट। पहले यह सब एक शोर था। अब यह परतें थीं। गली में एक लड़का दीवार से टिककर फोन पर बात कर रहा था। आवाज़ धीमी थी। लेकिन शब्द भारी।

"इस बार नहीं हुआ तो देखेंगे।"

अनिरुद्ध आगे बढ़ गया। वह जानता था। हर किसी की अपनी लड़ाई होती है। कक्षा पहुँचा। आज वह बीच की पंक्ति में बैठा। न आगे। न पीछे। यह जगह अब उसे स्वाभाविक लगने लगी थी। शिक्षक आए। पढ़ाना शुरू किया। आज आवाज़ में कम उतावलापन था। या शायद अनिरुद्ध अब उतावलापन पहचान लेता था। पाठ चलता रहा। बीच-बीच में अनिरुद्ध अपने हाथों को देखता। वे स्थिर थे। पहले हाथों में एक बेचैनी रहती थी। आज हाथ सिर्फ़ हाथ थे। कक्षा में एक सवाल आया। इस बार कई हाथ उठे। अनिरुद्ध ने थोड़ा सोचा। फिर हाथ उठाया। यह उठाना आत्मविश्वास से नहीं आया। यह स्पष्टता से आया। उत्तर दिया। आवाज़ थोड़ी धीमी थी। लेकिन रुकी नहीं। शिक्षक ने ध्यान से सुना।

"ठीक है।"

बस इतना। पहले वह इस वाक्य को कम मानता। आज वह जानता था। यह पर्याप्त है। कक्षा आगे बढ़ी। अनिरुद्ध अब हर बात पकड़ने की कोशिश नहीं कर रहा था। वह ज़रूरी बातों को रुकने दे रहा था। घंटी बजी। लोग उठे। शोर लौटा। अनिरुद्ध रुका। कक्षा खाली होने दी। यह उसका नया अभ्यास बन गया था। खाली जगह में कुछ देर रहना। वह बाहर निकला। गली में दोपहर की गर्मी थी। धूप सीधे नहीं पड़ रही थी। वह छज्जों से टकराकर नीचे आ रही थी। हवा रुकी हुई थी। अनिरुद्ध ने इस भारीपन को पहचाना। पहले वह इससे लड़ता था। आज वह इसे स्वीकार कर रहा था। चाय की दुकान पर भीड़ थी। आज वह चाय लेने नहीं रुका। यह परहेज़ नहीं था। यह ज़रूरत न होना था। वह थोड़ा आगे चला। एक संकरी सड़क की तरफ। यह सड़क कोचिंग वालों की नहीं थी। यहाँ छोटे घर थे। पुरानी दीवारें। एक दर्ज़ी दुकान के बाहर बैठा था। मशीन धीमी आवाज़ में चल रही थी। सुई ऊपर-नीचे। धागा तना हुआ। अनिरुद्ध कुछ देर खड़ा रहा। यह काम किसी रैंक से जुड़ा नहीं था। लेकिन इसमें पूरा ध्यान था। वह आगे बढ़ गया। घर की ओर। आज घर लौटते समय उसने जल्दी महसूस नहीं की। यह नया था। घर पहुँचा। माँ आँगन में थीं। कपड़े सुखा रही थीं।

"आ गया?"

अनिरुद्ध ने कहा।

"हाँ।"

कमरे में गया। खिड़की खुली थी। आज उसने बाहर देखा। सड़क पर एक बच्चा साइकिल चला रहा था। बार-बार गिरता। फिर उठता। कोई उसे देख नहीं रहा था। फिर भी वह चलता रहा। अनिरुद्ध ने यह दृश्य लंबे समय तक देखा। उसे लगा यही सीख है। बिना दर्शक के चलते रहना। शाम आई। रात फिर पास थी। अनिरुद्ध ने आज किताब खोली। कुछ पन्ने पढ़े। आज वह पढ़ रहा था। न भाग रहा था। न साबित कर रहा था। बस पढ़ रहा था। यह अंतर सूक्ष्म था। लेकिन वही असली था। रात का खाना हुआ। आज बातचीत कम थी। लेकिन असहज नहीं। खाने के बाद वह कमरे में लौटा। बिस्तर पर बैठा। उसने सोचा। कल भी कक्षा होगी। गली होगी। दबाव भी होगा। लेकिन अब उसके पास एक तरीका था। हर चीज़ को एक ही तरह से न देखने का। यह तरीका किसी ने नहीं

सिखाया था। यह रुकने से आया था। वह लेटा। नींद आई। बिना डर के। कहानी यहाँ भी खत्म नहीं होती। क्योंकि अनिरुद्ध अभी सीख रहा है। हर दिन थोड़ा। बिना घोषणा के। और यही सबसे सच्ची सीख है।

८ पहला निर्णय

फैसले अचानक पैदा नहीं होते। वे घोषणा नहीं करते। वे किसी तारीख़ पर दर्ज नहीं होते। वे धीरे-धीरे उगते हैं। जैसे ज़मीन के नीचे कोई जड़ अपना रास्ता खोजती है। अनिरुद्ध के भीतर कुछ ऐसा ही उग रहा था। उसने किसी को बताया नहीं। किसी को इशारा नहीं दिया। लेकिन भीतर कुछ खिसक चुका था। यह पहला निर्णय था। बिना नाम के। बिना भाषा के। सुबह वह उसी समय उठा। न देर से। न पहले से। माँ की आवाज़ रसोई से आई। "चाय।" अनिरुद्ध उठा। रसोई में गया। चाय वही थी। उसी पतीले से। उसी गिलास में। चीनी थोड़ी ज़्यादा। अदरक हल्की। स्वाद बदला नहीं था। लेकिन उसका ध्यान स्वाद पर नहीं था। वह अपने भीतर कुछ टटोल रहा था। जैसे जेब में कोई छोटी-सी चीज़ हो। और आप बार-बार उँगलियाँ डालकर यक़ीन करना चाहें कि वह अब भी मौजूद है। बरामदे में पिता बैठे थे। पुरानी कुर्सी। उखड़ा हुआ पेंट। अख़बार गोद में फैला हुआ। खाँसी आज हल्की थी। अनिरुद्ध ने यह नोटिस किया। पहले वह ऐसी बातों पर ध्यान नहीं देता था। अब वह छोटी बातों को देखने लगा था। छोटी बातें धीरे-धीरे बड़ी बनती हैं। घर से निकलते समय उसने जूते धीरे पहने। फीतों को ठीक से बाँधा। पहले वह जल्दबाज़ी में रहता था। अब वह समय के साथ चल रहा था। पटना की सुबह अभी पूरी तरह जागी नहीं थी। सब कुछ धीमी गति में था। गली आज उसे खींच नहीं रही थी। वह चल रहा था। लेकिन गली उसके भीतर नहीं चल रही थी। यह फर्क बहुत बारीक था। लेकिन यहीं से सब बदलता है। कोचिंग पहुँचा। सीढ़ियाँ चढ़ीं। रेलिंग हज़ारों हाथों से चिकनी हो चुकी थी। कक्षा में पहुँचा। कुर्सियाँ। बोर्ड। पंखे। सब वही था। लेकिन उसके भीतर कुछ अलग था। आज वह पीछे नहीं बैठा। आगे भी नहीं। वह बीच में बैठा। यह संयोग नहीं था। यह चयन था। बीच उसके लिए नई जगह थी। यहाँ न दबाव था। न छुपने की ज़रूरत। बस मौजूद रहना था। शिक्षक ने पढ़ाना शुरू किया। आवाज़ कमरे में फैल गई। अनिरुद्ध सुन रहा था। लेकिन हर शब्द पकड़ने की कोशिश नहीं कर रहा था। वह चुन रहा था। यह उसकी नई आदत बन रही थी। कुछ बातें रुकती थीं। कुछ आगे निकल जाती थीं। पहले वह सब रोक लेना चाहता था। आज वह सब नहीं चाहता था। ब्रेक हुआ। वह सीधे चाय की दुकान नहीं गया। वह

सीढ़ियों पर बैठ गया। सीढ़ियाँ लोगों के पैरों से घिस चुकी थीं। यह अच्छी जगह थी। यहाँ से ऊपर भी दिखता था। नीचे भी। यहीं बैठकर उसने पहली बार खुद से एक सवाल पूछा। क्या मैं यही चाहता हूँ। यह सवाल भारी नहीं था। यह शांत था। और शांत सवाल डर नहीं देते। वे सोचने की जगह देते हैं। उसने जवाब नहीं दिया। आज नहीं। फैसले जवाब से शुरू नहीं होते। वे स्वीकार से शुरू होते हैं। कक्षा खत्म हुई। वह घर की तरफ चला। आज उसने गली का पूरा चक्कर नहीं लगाया। वह बीच से मुड़ गया। छोटी बात थी। लेकिन यहीं फैसला पहली बार दिखा। घर पहुँचा। कमरा। खिड़की। वही आधी खुली। वह कुर्सी पर बैठा। कुछ देर बस बैठा रहा। फिर उसने किताब उठाई। पहली नहीं। दूसरी। जिसे वह हमेशा टाल देता था। यह भी एक फैसला था। छोटा। लेकिन साफ़। शाम उतर आई। माँ ने कुछ नहीं पूछा। पिता ने भी नहीं। घर अब उससे सवाल नहीं कर रहा था। शायद घर भी उसके भीतर आ रहे बदलाव को महसूस कर रहा था। रात सोते समय अनिरुद्ध ने अपने आप से एक बात कही। धीरे। बिना आवाज़ के। मैं अब भाग नहीं रहा। मैं चल रहा हूँ। और यही पहला फैसला था। फैसला लेने के बाद दिन अचानक आसान नहीं हो जाते। वे थोड़े भारी हो जाते हैं। अनिरुद्ध ने यह पहले ही हफ्ते में महसूस कर लिया। सुबह उठते समय अब शरीर नहीं मन भारी लगता था। नींद पूरी होती थी। लेकिन ताज़गी नहीं आती थी। यह थकान पढ़ाई की नहीं थी। यह अंदर चल रहे पुनर्गठन की थकान थी। माँ ने चाय दी। आज उसने दो बार पूछा।

"पी ले।"

अनिरुद्ध ने दोनों बार सिर हिलाया। कप उठाया। भाप देखी। चाय पीते समय उसे महसूस हुआ कि वह स्वाद अब देर से पकड़ रहा है। पहले वह जल्दबाज़ी में पी जाता था। अब हर घूँट थोड़ा रुककर उतरता था। बरामदे में पिता बैठे थे। अख़बार खुला था। पूरा नहीं। बीच से मोड़ा हुआ। खाँसी आई। एक बार। फिर रुक गई। अनिरुद्ध ने यह भी नोट किया। अब खाँसी सिर्फ़ आवाज़ नहीं थी। यह समय की उपस्थिति थी। घर से निकलते समय उसने बिना वजह घड़ी नहीं देखी। पहले वह समय से डरता था। अब वह समय को साथ लेकर चल रहा था। गली में कदम रखते ही शहर की गति बदल जाती थी। पटना की गलियाँ आदमी से उसकी चाल छीन लेती हैं। वे खुद की चाल थमा देती हैं।

आज अनिरुद्ध ने इस थोपे गए तालमेल को मानने से इनकार किया। वह अपनी गति में चला। पीछे से दो लोग टकराए। एक ने कुछ कहा। अनिरुद्ध ने सुना नहीं। या सुनना नहीं चुना। पोस्टर आज और चमकीले लग रहे थे। नए चेहरे। नई मुस्कानें। हर मुस्कान के पीछे एक कहानी थी। किसी ने सिर्फ़ एक परीक्षा पास की थी। किसी ने पूरा शहर जीत लिया था। अनिरुद्ध ने इन चेहरों को पहले जैसा नहीं देखा। अब वह जानता था। हर पोस्टर एक क्षण का जश्न होता है। जीवन क्षणों से लंबा होता है। कोचिंग पहुँचा। आज वह कक्षा में दस मिनट देर से पहुँचा। पहले यह अपराध लगता। आज यह बस एक तथ्य था। कक्षा चल रही थी। शिक्षक की आवाज़ कमरे में गूँज रही थी। अनिरुद्ध पीछे नहीं बैठा। आगे भी नहीं। वह किनारे की एक कुर्सी पर बैठ गया। यह जगह अब उसकी पहचान नहीं थी। यह उसकी सुविधा थी। बोर्ड पर सूत्र लिखा जा रहा था। अनिरुद्ध ने आज पूरा सूत्र नहीं लिखा। उसने केवल बीच की एक पंक्ति लिखी। और कलम रख दी। यह उसके लिए अब भी असहज था। पुरानी आदत अब भी हिलती-डुलती रहती थी। भीतर से एक आवाज़ आती थी। लिख। नहीं तो छूट जाएगा। अनिरुद्ध ने इस आवाज़ को पहचाना। यह डर की आवाज़ थी। उसने डर को डाँटा नहीं। उसने उसे सुना। और लिखना बंद रखा। यह तीसरा नहीं। यह चौथा छोटा फैसला था। ब्रेक हुआ। आज वह सीढ़ियों पर नहीं बैठा। वह बिल्डिंग के पीछे खड़े नीम के पेड़ के पास खड़ा रहा। पेड़ पुराना था। छाल उखड़ी हुई। पत्ते धूल से भरे। यह पेड़ किसी नक़्शे में नहीं था। लेकिन कई छात्रों के दिमाग़ में था। यहाँ लोग चुप होते थे। फोन बंद रहते थे। अनिरुद्ध ने पीठ पेड़ से लगाई। छाल की खुरदराहट पीठ में उतर गई। उसे अच्छा लगा। कुछ चीज़ें आदमी को ज़मीन से जोड़ देती हैं। एक लड़का पास खड़ा था। वह लगातार जमीन देख रहा था। फिर बोला।

"समझ नहीं आ रहा कि सही कर रहा हूँ या नहीं।"

यह सवाल शिकायत नहीं था। यह थकान का बयान था। अनिरुद्ध ने कुछ देर सोचा। फिर कहा।

"अगर गलत भी है तो भी तू ही कर रहा है।"

लड़का चुप हो गया। फिर उसने सिर हिलाया। जैसे किसी बोझ को नाम मिल गया हो। ब्रेक खत्म हुआ। अनिरुद्ध आज कक्षा में वापस नहीं गया। वह सीधे बाहर निकल आया। यह पहली बार नहीं था। लेकिन पहली बार इतना साफ़ था। सीढ़ियाँ उतरीं। गली सामने थी। वही शोर। वही दबाव। आज उसने गली को ना कहा। वह बगल की सड़क मुड गया। यह सड़क कोचिंग की नहीं थी। यहाँ छोटे घर थे। बालकनी से कपड़े टँगे थे। एक औरत दरवाज़े पर सब्ज़ी काट रही थी। एक बुज़ुर्ग पानी का घड़ा भर रहे थे। कोई जल्दी में नहीं था। अनिरुद्ध इस सड़क पर धीरे चला। यह भागना नहीं था। यह चुनना था। पुस्तकालय पहुँचा। आज वह दरवाज़े पर रुका नहीं। सीधे अंदर गया। लाइब्रेरियन ने नज़र उठाई। पहचान लिया। यह पहचान बातचीत से नहीं आई थी। यह नियमितता से आई थी। अनिरुद्ध ने वही कुर्सी चुनी। खिड़की के पास वाली। धूप सीधी नहीं आ रही थी। वह पर्दे से छनकर अंदर आ रही थी। उसने किताब खोली। आज वह विषय नहीं देख रहा था। वह भाषा देख रहा था। वाक्य कैसे चलते हैं। कैसे रुकते हैं। कैसे बिना शोर अर्थ बना लेते हैं। समय फिर गायब हो गया। यह अब अच्छा संकेत था। शाम ढलने लगी। लाइब्रेरी की घड़ी ने छह बजाए। अनिरुद्ध चौंका नहीं। वह धीरे उठा। किताब रखी। बाहर निकला। सड़क पर शाम का रंग था। पटना की शाम दिन की तरह थकी हुई होती है। लेकिन उसमें एक नरमी होती है। घर लौटा। माँ दरवाज़े पर थी। उसने सिर्फ़ देखा। कोई सवाल नहीं। यह भरोसे का नया रूप था। पिता बरामदे में थे। खाँसी आज कम थी। अनिरुद्ध उनके पास बैठ गया। बिना वजह। दोनों कुछ देर चुप रहे। फिर पिता ने कहा।

"रास्ता थोड़ा अकेला लगेगा।"

अनिरुद्ध ने सिर हिलाया। पिता ने आगे कुछ नहीं कहा। ज़रूरत नहीं थी। रात को अपने कमरे में अनिरुद्ध फिर खिड़की के पास बैठा। खिड़की आधी खुली थी। पहले की तरह। लेकिन अब यह प्रतीक नहीं थी। यह बस एक खिड़की थी। जहाँ से हवा आती थी। जहाँ से शहर दिखता था। और जहाँ से वह अपने फैसले के साथ रह सकता था। डर आज भी आया। लेकिन वह पूरी तरह हावी नहीं हुआ। डर अब एक साथी जैसा था। जो चलते समय पीछे-पीछे रहता है। अनिरुद्ध बिस्तर पर लेटा। आज थकान आई। और थकान अच्छी थी। यह बताती है कि आप कहीं पहुँचे नहीं। लेकिन चल चुके हैं। नया रास्ता पहले दिन

रास्ता नहीं लगता। वह बस एक खाली जगह लगता है। अनिरुद्ध इसी खालीपन के साथ चल रहा था। कोचिंग की गली अब भी वहीं थी। वही भीड़। वही शोर। वही पोस्टर। लेकिन अब वह हर दिन उसमें नहीं घुसता था। कभी वह सामने से लौट जाता। कभी मुहाने पर रुककर दाईं ओर मुड जाता। यह कोई नाटकीय विद्रोह नहीं था। यह धीरे-धीरे गायब होना था। पटना में गायब होना आसान नहीं होता। शहर हर किसी को देखता है। लेकिन हर किसी को पूछता नहीं। अनिरुद्ध इसी अनदेखेपन में अपनी जगह बना रहा था। सुबहें अब अलग तरह से खुलती थीं। माँ की आवाज़ वही थी। लेकिन उसके भीतर अब हड़बड़ी नहीं होती थी। चाय पीते समय वह खिड़की से बाहर देखता था। गली में स्कूल जाते बच्चे। उनकी वर्दियाँ इस्त्री की हुई। या आधी-सी। कुछ हँसते। कुछ चुप। अनिरुद्ध इन चेहरों को देखता। उसे लगता कि ये सब किसी दौड़ में नहीं हैं। ये बस चल रहे हैं। और यही सबसे प्राकृतिक अवस्था है। घर से निकलते समय अब वह हर बार बैग नहीं उठाता था। कभी-कभी वह खाली हाथ निकलता। यह पहले असंभव लगता। अब साधारण। पुस्तकालय अब उसकी दिनचर्या का हिस्सा था। वहाँ पहुँचते ही उसका शरीर ढीला पड़ जाता। जैसे कंधों से कोई भार उतर रहा हो। वहाँ कोई उससे नहीं पूछता था। क्या पढ़ रहे हो। क्यों पढ़ रहे हो। कितना हुआ। वहाँ पन्ने पूछते थे। और पन्ने जल्दी नहीं करते। अनिरुद्ध अब किताबें शीर्षक से नहीं चुनता था। वह पहला पन्ना पढ़ता। अगर भाषा ठहरती। तो किताब रुक जाती। अगर भाषा भागती। तो किताब वापस रख दी जाती। यह चयन का नया तरीका था। धीमा। लेकिन ईमानदार। दोपहर अक्सर वह पुस्तकालय से निकलकर शहर में थोड़ा चलता। पटना की दोपहर कठोर होती है। धूप सीधे नहीं पड़ती। वह दीवारों से टकराकर नीचे आती है। हवा रुक जाती है। लोग छाया खोजते हैं। अनिरुद्ध भी। कभी वह किसी पुराने पेड़ के नीचे रुकता। कभी पान की दुकान के पास। दुकानदार धीरे-धीरे उसे पहचानने लगे थे। बिना पूछे पानी का गिलास रख देते। यह शहर की धीमी स्वीकृति थी। कोचिंग से जुडे कुछ लोग अब उसे कम दिखते थे। पहले यह दूरी उसे चुभती। अब यह एक सीमा थी। और सीमाएँ ज़रूरी होती हैं। एक दिन वह कोचिंग पहुँचा। सिर्फ़ एक कक्षा के लिए। पूरा दिन नहीं। कक्षा में बैठते समय उसने खुद को देखा। वह बेचैन नहीं था। लेकिन पूरी तरह जुडा भी नहीं। यह दोनों के बीच की जगह थी। शिक्षक पढ़ा रहे थे। सूत्र वही थे। लेकिन अब वे आदेश नहीं थे। वे संभावनाएँ थीं। अनिरुद्ध कुछ

लिखता। फिर रुक जाता। रुकना अब कमजोरी नहीं था। यह चयन था। कक्षा के बाद एक लड़का उसके पास आया।

"अब कम आते हो।"

अनिरुद्ध ने सिर हिलाया।

"हाँ।"

"सब ठीक?"

यह सवाल जिज्ञासा से नहीं। चिंता से था। अनिरुद्ध ने थोड़ा सोचा। "हाँ। बस अलग।" लड़का कुछ नहीं बोला। लेकिन उसकी आँखों में एक समझ थी। शायद वह भी कुछ ऐसा ही महसूस कर रहा था। शाम को अनिरुद्ध गंगा की तरफ गया। वहाँ बहुत लोग थे। कुछ बैठे। कुछ चलते। कुछ सोचते। नदी धीरे बह रही थी। कोई जल्दी नहीं। अनिरुद्ध सीढ़ियों पर बैठ गया। पानी को देखा। उसे लगा कि निर्णय भी नदी जैसा होता है। तेज़ नहीं। लेकिन रुकता भी नहीं। घर लौटते समय अंधेरा हो गया था। माँ ने खाना परोसा। आज उसने पूछा।

"थक गया?"

अनिरुद्ध ने सच कहा।

"हाँ।"

माँ ने और रोटी रख दी। यह देखभाल थी। बिना सवाल के। पिता बरामदे में बैठे थे। आज उन्होंने अख़बार पूरी तरह मोड़ दिया। अनिरुद्ध को देखा।

"आज कहाँ गया था?"

यह पूछताछ नहीं थी। यह रुचि थी।

"नदी तक।"

पिता ने सिर हिलाया।

"अच्छा।"

रात को अपने कमरे में अनिरुद्ध फिर खिड़की के पास बैठा। आज खिड़की पूरी खुली थी। यह अपने आप हुआ था। बिना सोचे। बाहर शहर की आवाज़ें थीं। लेकिन वे अब उसके भीतर शोर नहीं करती थीं। डर आज कम आया। और जब आया तो उसने उसे पहचाना। यह डर भविष्य का नहीं था। यह पहचान खोने का डर था। वह डर जो तब आता है जब आप नई पहचान बना रहे होते हैं। अनिरुद्ध बिस्तर पर लेटा। आज नींद देर से आई। लेकिन जब आई तो गहरी थी। सुबह फिर आएगी। दिन फिर खुलेगा। और अनिरुद्ध फिर चुनेगा। हर दिन। बिना घोषणा के। बिना शोर के। निर्णय जब आदत बनने लगता है तो वह दिखाई देना बंद कर देता है। अनिरुद्ध के साथ यही हो रहा था। अब वह हर सुबह अपने आप से कोई वाक्य नहीं दोहराता था। मैं भाग नहीं रहा। मैं चुन रहा हूँ। ये वाक्य अब भीतर नहीं गूँजते थे। वे शरीर की चाल में घुल गए थे। सुबह उठना अब संघर्ष नहीं था। न उत्साह। न बोझ। बस एक क्रम। अनिरुद्ध मुस्कुराता नहीं था। लेकिन चौंकता भी नहीं था। यह घर के साथ तालमेल था। रसोई में अब वह खुद गिलास उठाता था। पहले चाय इंतज़ार करती थी। अब वह चाय तक जाता था। बरामदे में पिता बैठे होते। कभी अख़बार। कभी खाली हाथ। खाँसी अब भी आती थी। लेकिन उसमें जल्दबाज़ी नहीं थी। खाँसी अब एक लय बन गई थी। जैसे घड़ी की टिक। अनिरुद्ध इस लय को अनदेखा नहीं करता था। वह उसे सुनता था। और समय को महसूस करता था। घर से निकलते समय अब वह रास्ता नहीं चुनता था। रास्ता खुद चुन लिया जाता था। कभी कोचिंग की गली। कभी उसके बगल की सड़क। कभी सीधे पुस्तकालय। यह अनिश्चितता नहीं थी। यह लचीलापन था। पटना की सड़कें अब उसे नई लगने लगी थीं। वही धूल। वही खंभे। वही तारें। लेकिन अब वह ऊपर देखता था। तारों के बीच आसमान। पूरा नहीं। लेकिन मौजूद। पुस्तकालय अब केवल जगह नहीं था। वह समय का एक अलग रूप था। वहाँ घड़ियाँ चलती थीं। लेकिन दबाव नहीं बनाती थीं। अनिरुद्ध अब वहाँ लंबे समय तक बैठ सकता था। बिना थके। बिना घबराए। वह किताबों के बीच खुद को छोटा महसूस नहीं करता था। न ही खुद को साबित करने की कोई इच्छा होती थी। किताबें अब प्रतियोगी नहीं थीं। वे साथी थीं। दोपहर में वह शहर के छोटे हिस्सों में घूमने लगा था। ऐसे हिस्से जो नक़्शों में नहीं आते। पुराने मोहल्ले। संकरी गलियाँ। जहाँ छज्जे एक-दूसरे से बात करते थे। जहाँ लोग एक-दूसरे को नाम से जानते थे। एक नाई की दुकान। जहाँ रेडियो धीमे बजता था।

एक सिलाई की दुकान। जहाँ मशीन की आवाज़ साँस की तरह चलती थी। अनिरुद्ध इन जगहों पर रुक जाता था। देखता था। यह देखना उद्देश्यहीन था। और इसी में सबसे ज़्यादा अर्थ था। कोचिंग से जुड़े कुछ चेहरे अब उसे दूर से पहचानते थे। हाथ हिलाते। सिर हिलाते। कोई पूछता नहीं था। क्यों नहीं आए। कहाँ जा रहे हो। शायद वे भी समझ रहे थे। या शायद उन्होंने पूछना छोड़ दिया था।

एक दिन अनिरुद्ध पूरा दिन कोचिंग नहीं गया। पूरा। सुबह से शाम तक। पहले यह असंभव लगता। आज यह बस एक दिन था। वह पुस्तकालय गया। फिर घंटों पढ़ा। फिर नदी की तरफ चला। नदी आज भी धीमी थी। वही पानी। वही सीढ़ियाँ। लेकिन वह खुद अलग था। वह नदी के सामने कुछ देर खड़ा रहा। न बैठे। न सोचे। बस खड़ा रहा। यह खड़ा रहना अब बेचैनी नहीं देता था। यह स्वीकृति देता था। घर लौटा। माँ ने देखा। कुछ नहीं पूछा। रसोई में सब्ज़ी कट रही थी। चाकू की आवाज़ साफ़ थी। यह आवाज़ अब उसे घर का भरोसा लगती थी। पिता बरामदे में थे। आज उन्होंने खुद कहा।

"चाय बना दूँ?"

अनिरुद्ध ने सिर हिलाया। यह देखभाल का नया रूप था। रात को अपने कमरे में अनिरुद्ध खिड़की के पास बैठा। खिड़की अब आधी नहीं थी। कभी पूरी खुली। कभी पूरी बंद। अब यह प्रतीक नहीं थी। यह सिर्फ़ ज़रूरत के हिसाब से खुलती थी। डर अब भी आता था। लेकिन वह अब पूछता नहीं था। डर अब एक संकेत था। कि कुछ नया अभी बन रहा है। अनिरुद्ध बिस्तर पर लेटा। आज नींद जल्दी आई। थकान थी। लेकिन यह थकान भारी नहीं थी। यह दिन को पूरा करने की थकान थी। सुबह फिर आएगी। दिन फिर खुलेगा। और अनिरुद्ध फिर बिना शोर के चुनेगा। कभी चलना। कभी रुकना। और कभी सिर्फ़ होना। जब निर्णय आदत बन जाता है तो वह पहचान बदल देता है। अनिरुद्ध अब खुद को समझाने की कोशिश नहीं करता था। पहले हर सुबह एक बहस होती थी। जाऊँ या न जाऊँ। रुकूँ या भागूँ। अब सुबह सिर्फ़ सुबह होती थी। माँ की आवाज़ घड़ी से पहले आती थी।

"धूप चढ़ रही है।"

अनिरुद्ध खिड़की के पास गया। सामने छज्जे पर एक औरत कपड़े फैलाती हुई। कपड़े गीले थे। हाथ तेज़। धूप धीरे-धीरे उन पर बैठ रही थी। अनिरुद्ध ने यह दृश्य कुछ देर देखा। उसे लगा निर्णय भी ऐसे ही सूखते हैं। धीरे। हवा में। बिना छुए। रसोई में चाय अब पहले से रखी रहती थी। माँ पूछती नहीं थी। वह जानती थी कि अनिरुद्ध खुद आएगा। यह भरोसा धीरे-धीरे बना था। बरामदे में पिता बैठे थे। आज अख़बार बंद था। हाथों में बस मोड़ा हुआ। उन्होंने कहा।

"आज मौसम भारी है।"

अनिरुद्ध ने सिर हिलाया। यह बातचीत मौसम की नहीं थी। यह जीवन की स्वीकृति थी। घर से निकलते समय अब अनिरुद्ध दहलीज़ पर नहीं रुकता था। पहले वह वहीं अपने आप को समेटता था। अब वह बस बाहर निकलता था। पटना की सड़कें अब उसे पहचानने लगी थीं। पानवाले ने बिना पूछे पानी बढ़ा दिया। चायवाले ने सिर हिलाया। यह शहर की मौन पहचान थी। अनिरुद्ध अब चलते समय चेहरे गिनता नहीं था। वह हावभाव देखता था। किसी का झुका कंधा। किसी की तेज़ चाल। किसी की आँखों में अनिर्णय। वह जानता था। यह सब वह भी जी चुका है। कोचिंग की गली अब एक विकल्प थी। अनिवार्यता नहीं। कभी वह उसमें घुसता। कभी मुहाने से लौट आता। गली आज भी शोर मचाती थी। लेकिन वह शोर अब उसके भीतर नहीं जाता था। एक दिन वह सिर्फ़ देखने के लिए कक्षा में बैठा। सीखने के लिए नहीं। बस देखने के लिए। कक्षा अब उसे संरचना लगती थी। लोग। आवाज़ें। क्रम। शिक्षक बोलते थे। छात्र लिखते थे। सब कुछ चलता रहता था। अनिरुद्ध उस क्रम के बाहर बैठा था। और पहली बार उसने इस क्रम की थकान देखी। लिखते हाथ। कुर्सियों पर झुके शरीर। यह सिर्फ़ तैयारी नहीं थी। यह थकान थी। वह बीच में उठा। कोई चौंका नहीं। कोई रुका नहीं। जीवन किसी एक आदमी पर नहीं रुकता। वह सीढ़ियाँ उतरा। बाहर आया। धूप तेज़ थी। लेकिन उसे जलन नहीं हुई। वह अब धूप से भागता नहीं था। वह उसके नीचे चलता था। पुस्तकालय अब उसके लिए आश्रय नहीं था। वह एक कार्यशाला बन गया था। जहाँ वह अपने मन को धीरे-धीरे जोड़ रहा था। वह अब पूरा अध्याय एक बार में नहीं पढ़ता था। वह बीच में रुकता था। चलता था। फिर वापस आता था। यह टूटन नहीं थी। यह साँस लेने की जगह थी। शहर दोपहर में सुस्त होता था। पटना दोपहर में अपनी उम्र दिखाता है। पुरानी

इमारतें। चुप दुकानें। एक रिक्शावाला पेड़ के नीचे सोता हुआ। अनिरुद्ध इस सुस्ती को समझने लगा था। यह आलस्य नहीं था। यह जीवन का स्वाभाविक विराम था। शाम अब उसे डराती नहीं थी। पहले शाम नंबरों की याद दिलाती थी। अब शाम दिन के ख़त्म होने की सूचना थी। घर लौटते समय वह खुद को जाँचता नहीं था। आज क्या किया। क्या नहीं किया। वह बस घर लौटता था। माँ अब उसके आने पर काम तेज़ नहीं करती थी। पिता अब चुप्पी में असहज नहीं होते थे। घर अब उससे कुछ साबित नहीं करवा रहा था। एक शाम पिता ने कहा।

"ज़्यादा मत सोच।"

यह सलाह नहीं थी। अनुमति। खुद को दी हुई। रात को अनिरुद्ध अपने कमरे में लाइट बंद करके बैठा रहा। खिड़की से हवा आ रही थी। शहर बाहर था। लेकिन दबाव नहीं था। डर आज भी आया। लेकिन वह अब सवाल नहीं बनता था। वह एक याद बन गया था। कि एक समय था जब अनिरुद्ध भागता था। अब वह उस समय को पीछे छोड़ चुका था। नींद धीरे आई। बिना संघर्ष। सुबह फिर आएगी। और अनिरुद्ध फिर अपने तरीके से दिन में उतरेगा। बिना घोषणा। बिना नारे। सिर्फ़ अपने कदमों के साथ। पहचान जब बदलती है तो वह आईने में नहीं दिखती। वह दैनिक कामों में दिखती है। अनिरुद्ध अब खुद को खोजने की कोशिश नहीं करता था। वह खुद को होने देता था। सुबहें अब निर्णय की याद नहीं दिलाती थीं। वे बस सुबहें थीं। माँ की आवाज़ अब कम नहीं हुई थी। लेकिन उसकी चिंता ढीली पड़ गई थी। वह अब अनिरुद्ध के चेहरे को पढ़ने लगी थी। और चेहरा अब भागते आदमी का नहीं था। रसोई में चाय बनती थी। उसी आँच पर। उसी पतीले में। लेकिन अब उसकी आवाज़ अनिरुद्ध को जल्दी नहीं कराती थी। बरामदे में पिता बैठे होते। कभी पंखा चलाते। कभी बस कुर्सी पर हाथ रखे रहते। खाँसी अब भी आती थी। लेकिन अनिरुद्ध उससे डरता नहीं था। वह जान गया था। कुछ चीज़ें ठीक नहीं होतीं। वे बस चलती रहती हैं। घर से निकलते समय अब वह हर दिन एक ही रास्ता नहीं लेता था। कभी बाएँ। कभी दाएँ। कभी सीधे। यह अस्थिरता नहीं थी। यह स्वतंत्रता थी। पटना की गलियाँ अब उसके लिए शोर नहीं थीं। वे परतें थीं। हर मोड़ पर एक कहानी। एक चाय की दुकान जहाँ कप टूटे हुए थे। एक साइकिल मरम्मत वाला जो हर नट-बोल्ट को नाम से जानता था। एक स्कूल जहाँ घंटी की आवाज़ अब भी बच्चों को डराती थी।

अनिरुद्ध इन सबको देखता था। पहले वह इनके बीच से भागता था। अब वह इनके साथ चलता था। कोचिंग की गली अब एक स्मृति थी। वह अक्सर उसके मुहाने तक आता। भीड़ देखता। और वापस मुड़ जाता। यह पीछे हटना नहीं था। यह दूरी बनाना था।

एक दिन वह पूरा हफ्ता कोचिंग नहीं गया। पहले यह सोच उसे अपराधी बनाती। अब यह एक तथ्य थी। वह पुस्तकालय गया। हर दिन। वही कुर्सी। वही खिड़की। खिड़की से आसमान दिखता था। पूरा नहीं। लेकिन अब उसे पूरा नहीं चाहिए था। वह पढ़ता था। बीच-बीच में रुकता था। चलता था। वापस आता था। यह उसका नया अनुशासन था। जो डंडे से नहीं। समझ से चलता था। शहर दोपहर में और धीमा हो जाता था। पटना दोपहर में थकता है। अनिरुद्ध अब इस थकान से लड़ता नहीं था। वह उसके साथ बैठ जाता था। कभी गंगा के पास। कभी किसी पुराने पुल के नीचे। नदी अब उसे समाधान नहीं लगती थी। वह बस एक सतत गति थी। जैसी उसके भीतर अब चल रही थी। शाम अब उसे आकलन नहीं लगती थी। यह दिन का स्वाभाविक समापन थी। घर लौटते समय वह खुद से हिसाब नहीं करता था। आज क्या छोड़ा। क्या पाया। वह बस घर लौटता था। माँ अब उसके आने पर रुकती नहीं थी। वह काम करती रहती थी। विश्वास। या उसका बोझ। पिता अब अक्सर कुछ नहीं कहते थे। और यही सबसे ज़्यादा कहना था। रात को अनिरुद्ध खिड़की के पास बैठा रहा। आज खिड़की बंद थी। बिना किसी अर्थ के। वह बस बंद थी। और ठीक। जितना हो सकता था। क्योंकि अब खिड़कियाँ प्रतीक नहीं थीं। वे ज़रूरत थीं। जैसे चलना। जैसे रुकना। डर आज पूरी तरह नहीं गया। लेकिन वह शोर नहीं कर रहा था। वह पीछे बैठा था। जैसे कोई पुराना साथी। जो साथ चलता है। लेकिन दिशा तय नहीं करता। नींद धीरे आई। बिना संघर्ष। सुबह फिर आएगी। और अनिरुद्ध फिर दिन में उतरेगा। न नए नारे के साथ। न पुराने डर के साथ। बस अपने धीमे, साफ़ कदमों के साथ। स्वीकार जब गहरा होता है तो वह आवाज़ नहीं करता। वह दैनिक जीवन में घुल जाता है। अनिरुद्ध अब खुद को परखता नहीं था। वह खुद को रखता था। सुबह अब किसी लक्ष्य की घंटी नहीं बजाती थी। वह धीरे-धीरे खुलती थी। माँ की आवाज़ अब दरवाज़े से नहीं आती थी। वह घर के भीतर चलती हुई आती थी।

"नमक कम है।"

यह घर की चिंता थी। भविष्य की नहीं। अनिरुद्ध रसोई में थोड़ी देर खड़ा रहता। खिड़की से धूप की धार फ़र्श पर उतरती। धूप अब समय बताती थी। घड़ी नहीं। बरामदे में पिता कुर्सी खिसकाते। कभी उठते। कभी बैठे ही रहते। खाँसी आज भी आती थी। लेकिन अब उसमें घबराहट नहीं थी। अनिरुद्ध खाँसी सुनकर रुकता नहीं था। वह बस नोट करता था। घर से निकलते समय अब वह अपने आप को समेटता नहीं था। पहले वह घर की दहलीज़ पर अपने डर छोड़ता था। अब वह डर को साथ ले जाता था। और यही सबसे बड़ा बदलाव था। पटना की सड़कें अब उसे रोकती नहीं थीं। वे उसे समय देती थीं। एक ऑटो धीरे चलता। एक साइकिल झटके खाती। एक बच्चा रस्सी कूदता। अनिरुद्ध इन दृश्यों को देखता था। पहले वह देखते हुए कहीं और होता था। अब वह यहीं होता था। पुस्तकालय अब उसके लिए एक जगह नहीं थी। वह एक आदत थी। वहाँ पहुँचते ही उसका शरीर ढीला पड़ जाता। जैसे कंधों से एक नामहीन बोझ खिसक जाए। वह कुर्सी खींचता। बैठता। किताब खोलता। आज वह एक ही पन्ना कई बार पढ़ता। पहले वह पन्ने पलटता था। अब वह पंक्तियों में रहता था। वह बीच में चल देता। खिड़की तक। बाहर देखता। फिर वापस आता। यह भटकना नहीं था। यह साँस लेना था। दोपहर अब उससे कुछ नहीं माँगती थी। पहले दोपहर उसे दोषी बनाती थी। अब दोपहर बस दोपहर थी। पटना की दोपहर थकी हुई होती है। छायाएँ छोटी हो जाती हैं। आवाज़ें भारी। अनिरुद्ध किसी पुराने पेड़ के नीचे बैठ जाता। पत्तों की छाया टूटी-फूटी। लेकिन काफ़ी। शाम अब धीरे आती थी। बिना हिसाब। घर लौटते समय वह अपने भीतर सूची नहीं बनाता था। आज क्या किया। क्या नहीं। वह बस घर लौटता था। माँ अब उसके लौटने पर काम रोकती नहीं थी। वह बस उसे देख लेती थी। यह निगरानी नहीं थी। यह आश्वासन था। पिता बरामदे में अकेले बैठते। कभी अनिरुद्ध उनके पास बैठ जाता। कभी बस सामने वाली दीवार देखता। दोनों बिना बात के समय साझा करते। यह शब्दों से ज़्यादा भरोसेमंद था। एक रात पिता ने धीरे से कहा।

"हर रास्ता दिखने में साफ़ नहीं होता।"

अनिरुद्ध सिर झुका गया। यह स्वीकृति थी। रात को अनिरुद्ध अपने कमरे में अंधेरे में बैठा। खिड़की आज खुली नहीं थी। बंद भी नहीं। बस थोड़ी सी

खुली। हवा इतनी ही आई जितनी ज़रूरी थी। डर आज पूरी तरह नहीं गया। लेकिन वह अब उसके कंधे पर हाथ रखकर बैठा था। डर अब दुश्मन नहीं था। वह याद दिलाने वाला था। कि यह रास्ता आसान नहीं। लेकिन अपना है। नींद आज धीरे आई। बिना झटका। सुबह फिर आएगी। और अनिरुद्ध फिर दिन में उतरेगा। न किसी उत्तर की तलाश में। न किसी घोषणा के साथ। बस अपने ठहरते हुए कदमों के साथ। समय जब आदत में बदल जाता है तो वह दिनों को अलग-अलग नहीं करता। वे एक-दूसरे में घुलने लगते हैं। अनिरुद्ध ने यह बदलाव सबसे पहले अपने हाथों में महसूस किया। हाथ अब जल्दी नहीं करते थे। कलम उठाते समय वे पहले रुकते थे। जैसे हाथ भी पूछ रहे हों। लिखना है या छोड़ देना है। यह हिचक नहीं थी। यह सहमति थी। सुबह अब दरवाज़े से नहीं आती थी। वह खिड़की की हल्की रोशनी से कमरे में उतरती थी। अनिरुद्ध आँखें खोलता। कुछ पल छत को देखता। छत पर दरारें थीं। पुरानी। धीमी। वह इन दरारों को गिनता नहीं था। वह उन्हें पहचानता था। हर दरार किसी समय का निशान थी। जैसे उसके भीतर बनी दरारें। माँ की आवाज़ अब दूर से आती थी।

"चाय रख दी है।"

यह बुलावा नहीं था। यह उपस्थिति थी। अनिरुद्ध रसोई में गया। गिलास उठाया। आज उसने चाय पीते हुए खिड़की के बाहर देखा। सामने एक बिल्ली धूप में आड़ी पड़ी थी। न सो रही थी। न जाग रही थी। बस थमी हुई। अनिरुद्ध को यह दृश्य समझ में आया। बरामदे में पिता आज देर से बैठे थे। कुर्सी दीवार से थोड़ी दूर। जैसे वे भी बीच में बैठना सीख रहे हों। खाँसी आई। फिर रुक गई। अनिरुद्ध अब इस रुकने को महत्त्व देता था। खाँसी से ज़्यादा रुकने को। घर से निकलते समय उसने दरवाज़ा धीरे बंद किया। पहले वह धक्का देता था। अब वह संभालकर बंद करता था। पटना की सुबह अब उसे आदेश नहीं देती थी। वह संकेत देती थी। एक रिक्शा धीरे चला। एक कुत्ता सड़क के बीच सुस्ता रहा। एक दुकान अभी तक खुली नहीं थी। अनिरुद्ध इन सबके बीच चल रहा था। पहले वह इनसे अलग था। अब वह इन्हीं के साथ समय बाँट रहा था। पुस्तकालय आज थोड़ा भरा हुआ था। कुछ नए चेहरे। कुछ पुराने। अनिरुद्ध ने किसी से बात नहीं की। उसे ज़रूरत नहीं थी। वह अपनी कुर्सी पर बैठा। किताब खोली। आज उसने एक ही पंक्ति तीन बार पढ़ी। हर बार अर्थ थोड़ा बदल गया। यह भ्रम नहीं

था। यह पढ़ने का नया स्तर था। दोपहर धीरे-धीरे ढल गई। बाहर धूप की धार पतली हो गई। अनिरुद्ध उठा। पानी पिया। खिड़की से बाहर देखा। सड़क अब धीमी हो चुकी थी। शहर साँस ले रहा था। वह फिर बैठ गया। यह पहले नहीं होता था। पहले वह उठते ही निकल जाता था। अब वह वापस लौट सकता था। यह उसकी नई स्वतंत्रता थी। शाम को वह बिना योजना के चल पड़ा। कभी एक पुल की तरफ। कभी एक पुराने मोहल्ले की ओर।

पटना शाम में अपने घाव दिखाता है। उखड़ी दीवारें। झुके खंभे। लेकिन उनमें एक ज़िद होती है। खड़े रहने की। अनिरुद्ध इस ज़िद को पहचानता था। वह अब शहर से लड़ नहीं रहा था। वह उसके साथ जी रहा था। घर लौटते समय माँ दरवाज़े पर नहीं थी। वह रसोई में थी। चूल्हे की आवाज़ घर में भर रही थी। पिता बरामदे में चुप बैठे थे। अनिरुद्ध उनके पास बैठ गया। दोनों कुछ देर कुछ नहीं बोले। यह अब अजीब नहीं था। यह साझा समय था। रात को अपने कमरे में अनिरुद्ध लाइट बंद करके बैठा रहा। अंधेरा अब उसे घेरता नहीं था। वह बस मौजूद था। खिड़की से हल्की हवा आई। डर आज नहीं आया। या शायद आया भी तो उसने दस्तक नहीं दी। नींद धीरे-धीरे उतरी। बिना सवाल। सुबह फिर आएगी। और अनिरुद्ध फिर समय में घुलेगा। न किसी उत्तर के साथ। न किसी घोषणा के साथ। बस अपने धीमे, साफ़ होते कदमों के साथ। अंत हमेशा शोर से नहीं आता। कभी-कभी वह चुपचाप अपनी जगह बना लेता है। अनिरुद्ध ने किसी दिन यह तय नहीं किया कि अब सब पूरा हो गया है। वह दिन अपने आप आ गया। सुबह पहले जैसी ही थी। माँ की आवाज़। रसोई की गंध। बरामदे में पिता। कुछ भी नया नहीं था। और यही सबसे नया था। अनिरुद्ध उठा। धीरे। आज उसने खुद को जाँचने की कोशिश नहीं की। न यह पूछा कि वह सही है या नहीं। न यह सोचा कि वह कहाँ पहुँचा है। वह बस उठा। चाय पी। चाय आज भी वही थी। लेकिन अब उसमें कोई प्रतीक्षा नहीं घुली थी। बरामदे में पिता अख़बार पढ़ रहे थे। पूरी तरह। बीच से मोड़ा हुआ नहीं। खाँसी आई। फिर रुक गई। अनिरुद्ध ने कुछ नहीं कहा। पिता ने भी नहीं। कुछ बातें अब कहने की ज़रूरत नहीं रखतीं। घर से निकलते समय अनिरुद्ध दहलीज़ पर नहीं रुका। पहले यहीं वह खुद को समेटता था। अब यह जगह सिर्फ़ एक चौखट थी। न प्रतीक। न परीक्षा। पटना की सड़क आज भी अपनी गति में थी। ऑटो। साइकिल। लोग। सब अपने-अपने रास्ते पर। वह पुस्तकालय गया। वही कुर्सी। वही खिड़की। आज उसने

किताब नहीं खोली। वह बस बैठा रहा। खिड़की से आसमान दिख रहा था। पूरा नहीं। लेकिन अब उसे पूरा नहीं चाहिए था। उसने अपनी साँस सुनी। शहर की। अपनी। दोनों एक लय में।

शाम धीरे उतरी। कोई घोषणा नहीं। घर लौटते समय उसके कदम थके नहीं थे। वे स्थिर थे। माँ ने देखा। मुस्कुराई नहीं। बस रसोई में और रोटी रख दी। पिता बरामदे में बैठे थे। उन्होंने अनिरुद्ध को देखा। और सिर हिलाया। यह पूरी बातचीत थी। रात को अपने कमरे में अनिरुद्ध खिड़की के पास बैठा। खिड़की आज खुली थी। पूरी। बिना सोचे। हवा आई। शहर की आवाज़ आई। लेकिन कोई दबाव नहीं आया। डर आज नहीं आया। या शायद आया भी तो उसने जगह नहीं माँगी। अनिरुद्ध बिस्तर पर लेटा। आज थकान आई। अच्छी थकान। वह थकान जो बताती है कि आप भागे नहीं। आप चले। धीरे। अपने हिसाब से। नींद गहरी आई। बिना सवाल। सुबह फिर आएगी। दिन फिर खुलेगा। लेकिन अब कहानी खुली नहीं रहेगी। वह अपने भीतर स्थिर हो जाएगी। जैसे कोई रास्ता जो अब आपसे पूछता नहीं। बस आपको चलने देता है। एक दिन अनिरुद्ध ने कुछ कहने की कोशिश की। गलत समय पर। पिता थके हुए लौटे थे। बैंक से। चेहरे पर वही तनाव। वही चिंता की लकीरें। वही झुके कंधे। अनिरुद्ध ने सोचा यह सही समय है। बात करने का। खुलकर। सीधे।

"पापा, मैं कोचिंग छोड़ना चाहता हूँ।"

वाक्य हवा में टंग गया। पिता ने देखा। एक पल। दो पल। फिर कुर्सी पर बैठ गए। बिना कुछ कहे। माँ रसोई से निकलीं। उनकी आँखों में वह भाव था जो कहता है--- अभी नहीं। लेकिन अभी तो कह दिया था। पिता ने पानी माँगा। माँ ने दिया। अनिरुद्ध खड़ा रहा। बेवकूफ की तरह।

"बैठो।"

पिता ने कहा। आवाज़ में गुस्सा नहीं था। थकान थी। अनिरुद्ध बैठ गया।

"तुम्हें पता है आज क्या हुआ?"

पिता ने पूछा।

"नहीं।"

"बैंक ने कहा है कि अगर अगले महीने तक पेमेंट नहीं हुई तो..."

वाक्य अधूरा रहा। अनिरुद्ध को समझ आया। उसने सबसे गलत समय चुना था। जब घर पर सबसे बड़ा बोझ था, उसने अपना बोझ और डाल दिया। माँ ने चाय रखी। तीनों चुप रहे। उस रात अनिरुद्ध को नींद नहीं आई। उसने सीखा--- कहना ज़रूरी है। लेकिन कब कहना है यह उससे भी ज़्यादा ज़रूरी है। गलत समय पर सही बात भी गलत हो जाती है। अगले दिन उसने कोचिंग जाने का फैसला किया। चुपचाप। बिना किसी घोषणा के। यह हार नहीं थी। यह समझ थी। कि कभी-कभी अपनी बात पीछे रखनी पड़ती है। घर के लिए। परिवार के लिए। लेकिन उस रात की चुप्पी लंबे समय तक याद रही। वह चुप्पी जो कहती थी--- तुमने गलत किया। समय नहीं देखा। संदर्भ नहीं समझा। बस अपनी बात कही।

९ ब्रेक

ठहराव पहले अनिरुद्ध को डराता था। उसे लगता था कि रुकना पीछे जाना है। अब उसे समझ आने लगा था। ठहराव दरअसल साँस लेने की जगह है। दिन बिना घटना के गुज़रने लगे थे। न कोई बड़ी ख़बर। न कोई झटका। लेकिन यही सबसे अलग बात थी। अनिरुद्ध सुबह उठता था। बिस्तर से एकदम नहीं। पहले कुछ पल लेटे - लेटे छत देखता था। छत अब उसे खाली नहीं लगती थी। उस पर बीते दिन हल्के - हल्के चलते थे। वह घड़ी नहीं देखता था। समय अब उसे डरा नहीं रहा था। माँ की आवाज़ अब भी आती थी।

" चाय ठंडी हो जाएगी। "

यह चेतावनी नहीं थी। यह उपस्थिति थी। अनिरुद्ध धीरे उठता। पैर ज़मीन पर रखता। यह एक साधारण क्रिया थी। लेकिन अब वह हर साधारण क्रिया को महसूस करता था। रसोई में चाय रखी होती। भाप अब भी उठती थी। लेकिन अनिरुद्ध अब जल्दी नहीं पीता था। वह गिलास हथेली में लेकर कुछ पल रुकता था। जैसे हाथ और गिलास एक - दूसरे को पहचान रहे हों। माँ उसकी तरफ देखती। कुछ नहीं कहती। अब उसके देखने में जाँच नहीं होती थी। बस देखना होता था। पिता बरामदे में बैठे रहते थे। अख़बार आजकल कम खुलता था। ज़्यादा गोद में पड़ा रहता था। पिता भी ठहराव में थे। लेकिन उनका ठहराव अलग था। वह पीछे देखने का ठहराव था। अनिरुद्ध आगे देखने का ठहराव जी रहा था। दोनों एक ही घर में अलग - अलग समय में रह रहे थे। दिन धीरे - धीरे सरकता था। अनिरुद्ध कभी कोचिंग जाता। कभी नहीं। अब यह गिनती का मसला नहीं था। यह ज़रूरत का मसला था। वह अपने भीतर पूछता था। आज जाने से कुछ मिलेगा। या न जाने से। और जो उत्तर आता वही करता। यह आलस्य नहीं था। यह ईमानदारी थी। पुस्तकालय अब उसकी दिनचर्या का हिस्सा बन चुका था। वहाँ घुसते ही एक अलग चुप्पी होती थी। यह डराने वाली चुप्पी नहीं थी। यह सोचने वाली चुप्पी थी। अनिरुद्ध एक ही मेज़ चुनता था। खिड़की के पास नहीं। दीवार के पास। उसे पीठ के पीछे कुछ ठोस चाहिए था। दीवार उसे संभालती थी। वह किताब खोलता। लेकिन तुरंत पढ़ता नहीं था। पहले पन्नों को देखता था।

जैसे यह तय कर रहा हो कि आज कितनी दूर जाना है। अब वह पूरा अध्याय पढ़ लेता था। बीच में रुकता नहीं था। पहले वह महत्वपूर्ण रेखाएँ खोजता था। अब वह रेखाओं के बीच ठहरता था। यहीं उसे फ़र्क समझ में आया। ज्ञान सूचना नहीं है। वह समय माँगता है। पुस्तकालय में उसे लोग कम दिखते थे। या शायद वह उन्हें कम देखने लगा था। अब वह तुलना नहीं करता था। कौन कितनी देर पढ़ रहा है। कौन कितना आगे है। ये सवाल अब उसके नहीं रहे थे। शाम घर लौटते समय वह अक्सर पैदल चलता। बस ज़रूरत के लिए लेता था।

पैदल चलना उसके लिए एक अभ्यास बन गया था। चलते हुए सोचना। या कुछ न सोचना। दोनों अब समान थे। गली अब भी रास्ते में पड़ती थी। पोस्टर अब भी लगे थे। लेकिन अनिरुद्ध अब उनकी तरफ सीधे नहीं देखता था। वे उसके देखने के काबिल नहीं रहे थे। यह अहंकार नहीं था। यह थकान भी नहीं थी। यह अलगाव था। स्वस्थ अलगाव। घर पहुँचकर वह अपने कमरे में जाता। बैग रखता। कुर्सी खींचता। कुछ देर बैठा रहता। कुछ नहीं करता। पहले यह उसे बेचैन करता था। अब यह उसकी ज़रूरत बन गई थी। ठहराव अब उसके भीतर एक जगह बना चुका था। वह अब हर दिन खुद से पूछताछ नहीं करता था। आज क्या सही किया। क्या गलत। अब वह सिर्फ़ देखता था। और देखना भी एक काम है। एक शाम माँ उसके कमरे में आई। बिना आवाज़। वह दरवाज़े पर रुकी। अनिरुद्ध ने उसे देखा। माँ ने कुछ नहीं कहा। बस कुछ पल खड़ी रही। फिर चली गई। इस मौन में न चिंता थी। न सवाल। बस स्वीकृति थी। और स्वीकृति कभी कभी सबसे बड़ा सहारा होती है। रात धीरे - धीरे गहरी होती। पिता अब जल्दी सोने लगे थे। खाँसी अब भी आती थी। लेकिन अब उसमें हड़बड़ी नहीं थी। या शायद अनिरुद्ध ने उसे उसी तरह सुनना सीख लिया था जैसे सब कुछ। बिना घबराहट के। अपने कमरे में वह लाइट अक्सर नहीं जलाता था। अंधेरा अब खाली नहीं लगता था। वह खिड़की खोलता। आधी। हमेशा की तरह। हवा आती। न ज़्यादा। न कम। बस इतनी कि वह महसूस कर सके कि वह अकेला नहीं है। अनिरुद्ध ने एक रात खुद से यह बात स्पष्ट की। ठहराव मेरी कमजोरी नहीं है। यह मेरी तैयारी है। ठहराव अब अनिरुद्ध के लिए अकेलापन नहीं था। यह एक साथ होना था। अपने साथ। वह सुबह अब अचानक नहीं उठता था। नींद धीरे छोड़ती थी। जैसे वह भी समझ गई हो कि जल्दी अब ज़रूरी नहीं। छत पर नज़र टिकती। कोई विचार भागकर नहीं आता। कोई डर दरवाज़ा नहीं

खटखटाता। यह अजीब शांति थी। लेकिन सच्ची। रसोई में माँ काम करती रहती। बर्तन धीमे बजते। तेल हल्की आवाज़ करता। अनिरुद्ध इन आवाज़ों को पहचानने लगा था। पहले ये पृष्ठभूमि थीं। अब ये दिन की पहली सूचना थीं। पिता बरामदे में बैठे रहते। आजकल वे कम बोलते थे। या शायद अब उन्हें बोलने की ज़रूरत नहीं थी। दोनों एक - दूसरे की मौजूदगी से काम चला लेते थे। यह किसी समझौते का नतीजा नहीं था। यह समय की स्वाभाविक स्थिति थी।

अनिरुद्ध दिन में अक्सर घर पर ही रहता। कभी किताब के साथ। कभी बिना किताब के। वह अब हर समय उपयोगी दिखने की कोशिश नहीं करता था। उपयोगी होना भी कभी - कभी बोझ बन जाता है। पुस्तकालय आज वह नहीं गया। और यह उसे चुभा नहीं। वह जानता था। आज यहाँ रहना ज़रूरी है। वह कमरे में कुर्सी पर बैठा। कुछ देर दीवार देखी। दीवार अब खाली नहीं लगती थी। उस पर समय जमा हो गया था। पुराने कील। हल्की दरारें। रंग का उखड़ना। दीवार अब उससे बात करती थी। बिना शब्दों के। ठहराव ने उसकी दृष्टि बदल दी थी। अब वह हर चीज़ में प्रक्रिया देखता था। कुछ भी तुरंत पूरा नहीं होता। यह जानना उसे धैर्य देता था। शाम धीरे आई। घर में रोशनी बदली। दिन सफेदी पीली हुई। फिर नरम। अनिरुद्ध बरामदे में आ बैठा। पिता पास में थे। दोनों कुछ देर चुप रहे। यह चुप्पी अब अजीब नहीं थी। यह आराम की चुप्पी थी। पिता ने अचानक कहा।

" थोड़ा ठीक लग रहा है। "

यह किसके लिए था यह स्पष्ट नहीं था। अपने लिए। या अनिरुद्ध के लिए। अनिरुद्ध ने सिर हिलाया। यह सहमति नहीं थी। यह सुनना था। माँ चाय लेकर आई। तीन गिलास। कोई पूछताछ नहीं। कोई सलाह नहीं। बस चाय। अनिरुद्ध ने घूँट लिया। चाय आज ज़्यादा मीठी नहीं लगी। या शायद उसे अब मीठा कम चाहिए था। रात आते - आते घर पूरी तरह शांत हो गया। अनिरुद्ध अपने कमरे में लौटा। खिड़की खोली। आधी। हमेशा की तरह। बाहर गली शांत थी। पोस्टर दिख रहे थे। लेकिन अब वे दूर थे। जैसे किसी और समय के। अनिरुद्ध ने अपने भीतर एक बात स्पष्ट की। ठहराव अब मेरी पहचान नहीं है। यह मेरी ज़रूरत है। और ज़रूरत शर्म की चीज़ नहीं होती। वह बिस्तर पर लेट गया। आज नींद जल्दी आई। बिना सवाल के। बिना डर के। और यही ठहराव की सबसे बड़ी उपलब्धि

थी। ठहराव अब अनिरुद्ध के लिए एक अवस्था नहीं रहा। वह एक समझ बन चुका था। दिन अब भी बिना बड़ी घटनाओं के गुज़र रहे थे। लेकिन अब वह इन दिनों को गिन नहीं रहा था। वह उन्हें जी रहा था। सुबह फिर आई। माँ की आवाज़ फिर आई। लेकिन अब उस आवाज़ में उसके लिए कोई आदेश नहीं था। वह बस दिन का दरवाज़ा खोल रही थी। अनिरुद्ध ने आज घड़ी नहीं देखी। उसे ज़रूरत नहीं थी। समय अब उसके पीछे नहीं था। वह समय के भीतर था। रसोई में माँ ने उसकी तरफ देखा। उस नज़र में अब चिंता नहीं थी। सिर्फ़ स्वीकृति थी। जैसे वह मान चुकी हो। हर लड़ाई तेज़ नहीं होती। कुछ लड़ाइयाँ धीमी होती हैं। और वे ज़्यादा दूर ले जाती हैं। पिता बरामदे में बैठे थे। अख़बार आज पूरी तरह खुला नहीं था। लेकिन उनके हाथ अब काँप नहीं रहे थे। या शायद अनिरुद्ध ने काँपना देखना छोड़ दिया था। पिता ने अचानक कहा।

" चलते रहो। "

कोई दिशा नहीं। कोई लक्ष्य नहीं। सिर्फ़ चलना। अनिरुद्ध ने सिर हिलाया। यह आज्ञा नहीं थी। आशीर्वाद। या चुप्पी। दिन फिर अपनी गति में ढल गया। अनिरुद्ध ने आज कोचिंग नहीं जाने का निर्णय लिया। और यह अब बड़ा निर्णय नहीं था। यह बस एक दिन था। वह पुस्तकालय भी नहीं गया। वह घर पर रहा। कमरे में। खिड़की के पास। उसने किताब नहीं खोली। उसने कुछ लिखा नहीं। वह बस बैठा रहा। पहले यह उसे डराता। आज नहीं। आज यह उसे साफ़ कर रहा था। ठहराव अब उसके भीतर एक साफ़ जगह बना चुका था। जहाँ विचार आते थे। रुकते थे। और बिना चोट पहुँचाए चले जाते थे। शाम धीरे - धीरे रात में बदली। घर में लाइट जली। फिर कुछ बंद हुईं। अनिरुद्ध ने अपने कमरे की लाइट नहीं जलाई। अंधेरा अब उसके लिए खाली नहीं था। वह पर्याप्त था। खिड़की आधी खुली थी। हमेशा की तरह। लेकिन आज यह प्रतीक नहीं थी। यह बस एक खिड़की थी। जहाँ से हवा आती थी। और जहाँ से वह दुनिया को बिना दबाव देख सकता था। अनिरुद्ध ने आँखें बंद कीं। आज उसने कुछ तय नहीं किया। लेकिन कुछ साफ़ हुआ। ठहराव मेरी रुकावट नहीं है। यह मेरा आधार है। और जिसके पास आधार होता है वह अकेला नहीं गिरता। यहीं अध्याय धीरे से रुकता है। बिना शोर के। बिना निष्कर्ष के।

१० बातचीत

बातचीत हमेशा शब्दों से शुरू नहीं होती। अक्सर वह चुप्पी से शुरू होती है। अनिरुद्ध इस चुप्पी को पहचानने लगा था। ठहराव के बाद चुप्पी बदल जाती है। वह बोझ नहीं रहती। वह आमंत्रण बन जाती है। उस सुबह घर कुछ अलग था। कोई नया दृश्य नहीं था। कोई नई आवाज़ नहीं थी। फिर भी कुछ खुला हुआ था। अनिरुद्ध देर तक कमरे में बैठा रहा। खिड़की आधी खुली थी। हवा भीतर आ रही थी। लेकिन अब हवा सवाल नहीं पूछ रही थी। माँ रसोई में थी। बर्तनों की आवाज़ धीमी थी। यह थकान नहीं थी। यह प्रतीक्षा थी। अनिरुद्ध ने पहली बार यह महसूस किया। माँ आज कुछ कहना चाहती है। लेकिन वह शुरुआत नहीं करेगी। वह रसोई में गया। चाय पहले से रखी थी। गिलास वही पुराना था। लेकिन आज उसने गिलास उठाने से पहले माँ की तरफ देखा। माँ ने भी देखा। फिर नज़र हटा ली। यह नज़र हटाना टालना नहीं था। यह जगह देना था। अनिरुद्ध ने चाय पी। घूँट धीरे लिया। फिर दूसरा। फिर तीसरा। आज वह जल्दी में नहीं था। पिता बरामदे में बैठे थे। अख़बार मोड़ा हुआ था। पूरी तरह बंद नहीं। पूरी तरह खुला भी नहीं। अनिरुद्ध वहाँ गया। कुर्सी खींची। बैठ गया। यह बैठना अचानक नहीं था। पिता ने उसकी तरफ देखा। फिर सामने देखा। कुछ सेकंड बीते। यह समय भारी नहीं था।

" कुछ कहना है। "

पिता ने खाँसी दबाई। फिर बोले। यह वाक्य छोटा था। लेकिन घर में जगह घेर गया। अनिरुद्ध ने तुरंत जवाब नहीं दिया। उसने सिर हिलाया। यह संकेत था। कहिए।

" अब रोज़ नहीं जाता। "

पिता ने दोबारा नहीं देखा। उन्होंने सामने देखते हुए कहा। यह सवाल नहीं था। यह बयान भी नहीं था। यह पहचान था। अनिरुद्ध ने गहरी साँस ली। उसने झूठ नहीं सोचा। उसने सच को छोटा किया।

" चुनकर जाता हूँ। "

यह वाक्य सरल था। लेकिन यह उसका पहला खुला वाक्य था। पिता ने सिर हिलाया। उन्होंने तुरंत कुछ नहीं कहा। यह उनकी आदत थी। कुछ बातें तुरंत नहीं बोली जातीं। उन्हें बैठने दिया जाता है। माँ दरवाज़े पर आकर खड़ी हो गई। उसने बात नहीं काटी। उसने सिर्फ़ सुना।

" ठीक है। "

उन्होंने कहा। यह शब्द आदेश नहीं था। यह अनुमति नहीं थी। यह भरोसा था। माँ ने चाय का खाली गिलास उठाया। कोई टिप्पणी नहीं की। यह उसकी स्वीकृति थी। अनिरुद्ध ने महसूस किया। बातचीत पूरी नहीं हुई है। लेकिन शुरू हो गई है। कुछ बातचीत पूरी नहीं होती। वे चलती रहती हैं। वह अपने कमरे में लौटा। बैठ गया। खिड़की के पास। अब खिड़की प्रतीक नहीं थी। यह बातचीत का हिस्सा थी। शाम तक घर सामान्य था। लेकिन भीतर कुछ खुला हुआ था। रात के खाने पर कोई चर्चा नहीं हुई। यह टालना नहीं था। यह सम्मान था।

" कल जाना है। "

" शायद। "

खाने के बाद माँ ने पूछा। अनिरुद्ध ने कहा। माँ ने सिर हिलाया। कोई सवाल नहीं किया।

"अपने तरीके से। "

रात को पिता ने खाँसी दबाई। फिर बोले। बस इतना। अनिरुद्ध ने बिस्तर पर लेटते हुए सोचा। यह बातचीत शब्दों से ज़्यादा थी। यह जगह बनाने की प्रक्रिया थी। उसने आँखें बंद कीं। आज नींद भारी नहीं थी। आज नींद बातचीत के बाद आई थी। अनिरुद्ध को अब समझ आ रहा था। बातचीत हमेशा सवाल से आगे नहीं बढ़ती। कभी वह इंतज़ार से आगे बढ़ती है। अगली सुबह घर देर से जागा। या शायद सब समय पर थे। बस जल्दी नहीं थी। माँ रसोई में काम कर रही थी। आवाज़ें परिचित थीं। लेकिन आज वे उतावली नहीं थीं। अनिरुद्ध कमरे से बाहर आया। वह सीधे रसोई में गया। यह रोज़ नहीं होता था। माँ ने उसे देखा।

फिर चूल्हे की तरफ देख लिया। यह नज़र बचाना नहीं था। यह बातचीत का आमंत्रण था। अनिरुद्ध ने कहा।

" आज बाहर चला जाऊँ ? "

" कहाँ। "

माँ ने पूछा। यह सवाल दिशा नहीं पूछ रहा था। यह स्थिति समझ रहा था।

" पुस्तकालय। "

माँ ने चम्मच हिलाना रोका। फिर धीमे से कहा।

" ठीक है। "

यह ठीक है पहले जैसा नहीं था। इसमें जिज्ञासा नहीं थी। इसमें भरोसा था। अनिरुद्ध ने पहली बार यह महसूस किया। माँ अब उसके निर्णयों को रोक नहीं रही। वह उन्हें सुन रही है। वह बाहर बैठा। धूप हल्की थी। हवा सीधी आ रही थी।

पिता अख़बार लेकर आए। बैठे। फिर बोले।

" कितनी देर। "

" पता नहीं। "

यह जवाब अधूरा नहीं था। यह सच्चा था। पिता ने सिर हिलाया। उन्होंने आगे कुछ नहीं पूछा। अनिरुद्ध ने जूते पहने। आज जल्दी नहीं की। यह उसकी आदत बदलने का संकेत था। रास्ते में वह सोचता रहा। बातचीत अब बाहर भी चल रही है। वह घर की दीवारों में बंद नहीं रही। पुस्तकालय में वह बैठा। आज उसने किताब तुरंत नहीं खोली। वह कुछ देर यूँ ही बैठा रहा। उसने घर की बातों को सोचा। किसी एक वाक्य को नहीं। पूरे भाव को। यह भाव दबाव का नहीं था। यह संवाद का था। शाम को वह लौटा। घर में लाइट जली हुई थी। माँ दरवाज़े पर नहीं थी। यह भी एक बदलाव था। वह अंदर गया। पिता बरामदे में थे। उन्होंने देखा। फिर पूछा।

" थका । "

" नहीं ।

यह पहली बार था । जब वह सच में नहीं थका था । तीनों बैठे । खाने की आवाज़ें आईं । बातचीत नहीं । यह मौन असहज नहीं था । यह सुरक्षित था ।

" जो ठीक लगे वही करना । "

खाने के बाद माँ ने कहा । यह वाक्य साधारण था । लेकिन अनिरुद्ध के भीतर गूंज गया । यह आदेश नहीं था । यह अपेक्षा भी नहीं थी । विश्वास । या उसका बोझ । रात को वह अपने कमरे में गया । खिड़की आधी खुली । आज खिड़की प्रतीक नहीं बनी । आज वह सिर्फ़ हवा का रास्ता थी । अनिरुद्ध ने बिस्तर पर लेटते हुए सोचा । बातचीत अब खत्म नहीं होती । वह धीरे - धीरे चलती है । वह आँखें बंद करता है । और बातचीत भीतर जारी रहती है । अनिरुद्ध ने महसूस किया कि बातचीत अब सवालों की तरह नहीं आती । वह परिस्थितियों की तरह आती है । धीरे । बिना दस्तक के । और रुक जाती है । अगली सुबह माँ ने उसे चाय देते समय देखा । देखा और रुक गई । यह रुकना असमंजस नहीं था । यह तय करना था ।

" तू परेशान तो नहीं है । "

माँ ने कहा । यह सवाल सामान्य था । लेकिन इसमें वर्षों का डर छुपा था ।

" नहीं । "

अनिरुद्ध ने चाय का घूँट लिया । फिर कहा । यह नहीं कहना आसान नहीं था । यह निश्चय से आया था ।

" पहले आँखों में जल्दी रहती थी । अब नहीं दिखती । " माँ ने कहा ।

अनिरुद्ध ने माँ की तरफ देखा । पहली बार । बिना बचाव के ।

" अब जल्दी नहीं है । " उसने कहा ।

माँ कुछ देर चुप रही। उसकी उँगलियाँ गिलास के किनारे पर थीं। हिल नहीं रही थीं।

" डर नहीं लगता। " यह वही सवाल था। लेकिन माँ की आवाज़ में।

" लगता है। पर अब समझ में आता है। "

" क्या। "

" कि डर का होना गलत नहीं है। "

माँ ने सिर झुकाया। उसने कुछ नहीं कहा। लेकिन उसकी आँखों में हल्कापन आया। यह पहली बार था। जब माँ ने बेटे के डर को ठीक करने की कोशिश नहीं की। उसने उसे रहने दिया। दोपहर को पिता घर पर थे। यह असामान्य था। वे बरामदे में बैठे थे। बिना अख़बार के। अनिरुद्ध उनके पास गया। बैठ गया। बिना किसी वजह के। पिता ने पूछा।

" आज गया था कोचिंग ? "

" नहीं। "

"फिर कँहा गया था ?"

" जहाँ ठीक लगा। "

यह उत्तर खुला था। लेकिन ढीला नहीं था।

" तू बदल गया है। "

पिता ने गहरी साँस ली। फिर कहा। यह टिप्पणी नहीं थी। यह पहचान थी।

" नहीं, मैं साफ़ हुआ हूँ। "

अनिरुद्ध ने कहा। पिता ने उसकी तरफ देखा। फिर मुस्कुराए नहीं। लेकिन उनकी आँखों में कठोरता नहीं थी।

" ठीक है। "

उन्होंने कहा। यह शब्द फिर आया। लेकिन हर बार अलग अर्थ के साथ। शाम को घर में हल्की आवाज़ें थीं। रेडियो नहीं चला। टीवी नहीं चला। यह जानबूझकर नहीं था। यह स्वाभाविक था। माँ सब्ज़ी काट रही थी। अनिरुद्ध पास बैठा था। दोनों ने कुछ नहीं कहा।

" अगर कभी लगे कि नहीं हो रहा। "

फिर माँ ने कहा। वह रुकी। यह रुकना कठिन था।

" तो भी ठीक है। "

फिर बोली। अनिरुद्ध ने माँ की तरफ देखा। यह वाक्य उसने पहले कभी नहीं सुना था।

" मुझे पता है। "

उसने कहा। यह जवाब अहंकार से नहीं आया। यह भरोसे से आया।

" नींद ठीक से लेना। "

रात को पिता ने दरवाज़ा बंद करते समय कहा। यह सलाह नहीं थी। यह देखभाल थी। अनिरुद्ध अपने कमरे में आया। बैठा। खिड़की आधी खुली। लेकिन आज खिड़की अकेली नहीं थी। उसके साथ शब्द थे। धीमे। साफ़। उसने महसूस किया। बातचीत अब खत्म नहीं होती। वह घर का हिस्सा बन चुकी है। वह बिस्तर पर लेटा। आज सोच कम थी। और भरोसा ज़्यादा। अनिरुद्ध ने महसूस किया कि बातचीत अब किसी घटना की तरह नहीं आती। वह हवा की तरह आती है। दिखती नहीं। लेकिन असर छोड़ जाती है। घर अब पहले जैसा नहीं था। और न ही पूरी तरह बदला हुआ। वह बीच की जगह में था। यही जगह अनिरुद्ध के लिए नई थी। अब माँ उससे पूछती नहीं थी कि क्या करना है। वह बस यह देखती थी कि वह कैसे कर रहा है। यह देखना निगरानी नहीं था। यह साथ चलना था। पिता अब सलाह नहीं देते थे। वे वाक्य छोड़ देते थे। छोटे। हल्के। लेकिन टिकने वाले। एक शाम तीनों साथ बैठे थे। टीवी बंद था। रेडियो भी। कोई योजना नहीं थी।

" अब तुझे समझाने की ज़रूरत नहीं पड़ती। "

माँ ने अचानक कहा। यह वाक्य शिकायत नहीं था। यह स्वीकार था। अनिरुद्ध ने कुछ नहीं कहा। वह समझ गया था। या समझने का नाटक किया।

" अब तू अपनी बात कह लेता है। "

पिता ने कहा। यह तारीफ़ नहीं थी। यह पहचान थी।

" क्योंकि अब सुनने वाले हैं। "

अनिरुद्ध ने कहा। घर कुछ पल के लिए चुप हो गया। यह चुप्पी भारी नहीं थी। यह स्थिर थी। उस रात अनिरुद्ध देर तक जागा नहीं। वह जल्दी सो गया। बिना सोच को पकड़े। खिड़की आधी खुली। लेकिन आज वह खुली इसलिए थी क्योंकि हवा चाहिए थी। कोई प्रतीक नहीं। कोई संकेत नहीं। सुबह जब वह उठा तो कुछ अलग नहीं था। फिर भी सब कुछ अलग था। अब वह अकेला नहीं था। क्योंकि उसने बोलना सीख लिया था। और घर ने सुनना। बातचीत अब समाप्त नहीं होती। वह आधार बन जाती है। और आधार पर खड़ा आदमी डर से नहीं गिरता। घर के बाहर की दुनिया कभी इंतज़ार नहीं करती। वह वैसे ही रहती है। जैसी थी। अनिरुद्ध जब घर से बाहर निकला तो गली वही थी। वही मोड़। वही दुकानों की कतार। वही आवाज़ें। कुछ भी बदला नहीं था। सिर्फ़ देखने वाला बदल गया था। पहले वह बाहर की दुनिया में खुद को ढूँढता था। अब वह खुद के साथ बाहर निकल रहा था। सड़क पर चलते हुए उसे लोगों की चाल दिखी। तेज़। थोड़ी झुकी हुई। कहीं पहुँचने की जल्दी में। अनिरुद्ध भी चल रहा था। लेकिन अब उसकी चाल उधार की नहीं थी। दुकान के बाहर खड़े लोग बातें कर रहे थे। काम की। पैसों की। भविष्य की। पहले ये शब्द उसे घेर लेते थे। अब वे सिर्फ़ आवाज़ें थे। बस स्टॉप पर भीड़ खड़ी थी। कोई मोबाइल देख रहा था। कोई सामने। कोई जमीन पर। अनिरुद्ध ने नोट किया। हर कोई कहीं और देख रहा था। कोई यहाँ नहीं था। वह भी पहले ऐसा ही था। अब नहीं। बस आई। लोग चढ़े। धक्का लगा। शब्द बोले गए। अनिरुद्ध भी चढ़ा। लेकिन उसके भीतर कोई हड़बड़ी नहीं थी। बस चली। शहर सरकने लगा। खिड़की से बाहर वही दीवारें थीं। वही पोस्टर। वही चेहरे। पहले हर पोस्टर उसे बुलाता था। अब वे बस दीवार पर चिपके काग़ज़ थे। अनिरुद्ध ने महसूस किया। बाहर की दुनिया अब भी

दबाव बनाती है। लेकिन दबाव तभी काम करता है जब भीतर जगह खाली हो। अब भीतर जगह भरी हुई थी। बातचीत से। ठहराव से। स्वीकार से।

" धीरे। "

बस से उतरते समय किसी ने धक्का दिया। पहले वह चुपचाप सह लेता था। आज उसने बस इतना कहा। आवाज़ ऊँची नहीं थी। लेकिन सीधी थी। धक्का देने वाला कुछ नहीं बोला। बस आगे बढ़ गया। अनिरुद्ध वहीं खड़ा रहा। एक पल। यह पल छोटा था। लेकिन निर्णायक। वह जान गया। बाहर की दुनिया बदलना ज़रूरी नहीं है। खुद को साफ़ रखना ज़रूरी है। वह सड़क पार करता है। सिग्नल पर रुकता है। लाल बत्ती। फिर हरी। पहले वह लाल बत्ती को कोसता था। अब वह रुकने का संकेत था। सामने कॉलेज की इमारत दिखती है। पुरानी। थोड़ी थकी हुई। यह जगह उसे पहले डराती थी। अब नहीं। वह भीतर जाता है। गलियारों में आवाज़ें गूँजती हैं। हँसी। बहस। घोषणाएँ। हर आवाज़ किसी न किसी दिशा में भाग रही है। अनिरुद्ध बस चल रहा है। कक्षा के बाहर लोग खड़े हैं। कौन सा विषय। कौन सा शिक्षक। कितना काम। पहले वह भी इन बातों में खो जाता था। अब वह सुनता है। लेकिन उसमें फँसता नहीं। कक्षा के भीतर वह बैठता है। पीछे नहीं। आगे नहीं। बीच में। यह उसकी जगह बन चुकी है। शिक्षक पढ़ाते हैं। शब्द आते हैं। जाते हैं। अनिरुद्ध कुछ लिखता है। कुछ छोड़ देता है। पहले छोड़ना अपराध लगता था। अब यह चयन है। घंटी बजती है। लोग उठते हैं। जल्दी में। अनिरुद्ध भी उठता है। लेकिन जल्दी में नहीं। बाहर निकलते समय वह एक पल रुकता है। देखता है। बाहर की दुनिया वही है। दबाव वही है। दौड़ वही है। लेकिन अब वह दौड़ का हिस्सा नहीं है। वह रास्ते का हिस्सा है। बाहर की दुनिया अब अनिरुद्ध से सवाल नहीं पूछ रही थी। वह बस अपने ढंग से मौजूद थी। कक्षा से निकलते समय एक परिचित चेहरा मिला। पहले वे सिर्फ़ नाम जानते थे। अब आँखें पहचान रही थीं।

" अब कहाँ जा रहा है। "

उसने पूछा। यह सवाल साधारण था। लेकिन पहले यह भारी लगता था।

" थोड़ा चलूँगा। "

अनिरुद्ध ने कहा। यह जवाब अधूरा नहीं था। यह स्पष्ट था। वह बाहर निकला। सड़क पर। धूप सीधी थी। धूप पहले उसे परेशान करती थी। अब वह बस मौसम थी। वह पैदल चला। बिना लक्ष्य के। बिना दिशा के। यह भटकना नहीं था। यह देखने का तरीका था। दुकानों के शीशों में अपने प्रतिबिंब दिखे। पहले वह नज़र हटा लेता था। अब वह देख लेता था। चेहरा वही था। लेकिन आँखें रुकी हुई थीं। एक चौराहे पर लोग जमा थे। किसी बात पर बहस हो रही थी। आवाज़ें तेज़ थीं। पहले वह भी रुक जाता था। अब वह चलता रहा। यह अनदेखा करना नहीं था। यह दूरी बनाना था। थोड़ी दूर पर एक पुराना दोस्त मिला। स्कूल का। समय से पीछे छूटा हुआ।

" क्या कर रहा है आजकल। "

उसने पूछा। यह सवाल बाहर की दुनिया का सबसे पुराना सवाल था।

" सीख रहा हूँ। "

" सब यही कहते हैं। "

दोस्त ने हँसकर कहा। अनिरुद्ध ने कुछ नहीं कहा। उसने हँसी नहीं रोकी। पहले यह हँसी उसे चोट देती। अब यह बस एक प्रतिक्रिया थी। दोनों कुछ देर साथ चले। फिर रास्ते अलग हो गए। अनिरुद्ध ने पीछे नहीं देखा। अब उसे ज़रूरत नहीं थी। वह एक चाय की दुकान पर रुका। आज वह भीड़ में नहीं घुसा। वह किनारे खड़ा रहा। चाय का गिलास गर्म था। भाप ऊपर उठ रही थी। वह चाय पीता रहा। धीरे। दुकान पर बातें चल रही थीं। काम की। नौकरी की। नंबर की। पहले ये शब्द उसे जकड़ लेते थे। अब वे सिर्फ़ हवा में तैर रहे थे।

" आजकल बिना दौड़े कुछ नहीं मिलता। "

एक आदमी ने कहा। अनिरुद्ध ने यह सुना। लेकिन उसने सिर नहीं हिलाया। और न ही विरोध किया। वह जानता था। हर किसी की दौड़ अलग होती है। वह आगे चला। शहर फैलता गया। सड़कें खुलीं। फिर सिकुड़ीं। भीड़ कभी पास आई। कभी दूर चली गई। अनिरुद्ध अब भी चल रहा था। लेकिन थक नहीं रहा था। यह नई बात थी। शाम होने लगी। रोशनी बदली। दुकानों की लाइट जली। लोगों की आवाज़ें बदलीं। बाहर की दुनिया अब थकने लगी थी।

अनिरुद्ध नहीं। वह घर की ओर मुडा। बिना जल्दबाज़ी के। घर का दरवाज़ा खुला। वही आवाज़। वही जगह। माँ ने देखा। कुछ नहीं पूछा। पिता ने देखा। सिर हिलाया। यह पूछताछ नहीं थी। यह पहचान थी। अनिरुद्ध अपने कमरे में गया। बैठा। खिड़की खोली। आधी। बाहर वही दुनिया थी। शोर। दौड़। रोशनी। लेकिन अब वह उसे भीतर नहीं खींच रही थी। अनिरुद्ध ने महसूस किया। बाहर की दुनिया को जीतना नहीं होता। उसे समझना होता है। और समझ तब आती है जब भीतर जगह होती है। बाहर की दुनिया अब अनिरुद्ध को पहचानने लगी थी। पूरे नाम से नहीं। लेकिन चाल से। कुछ लोग उसे देखकर रुकते थे। कुछ चलते रहते थे। कुछ सवाल पूछते थे। एक दिन वह फिर उसी सड़क से गुज़रा। जहाँ अक्सर लोग रुककर अपनी गति तय करते थे। यहाँ निर्णय जल्दी लिए जाते थे। एक आदमी ने उसे रोका। उम्र में थोड़ा बड़ा। आवाज़ में भरोसा।

" अब भी वही कर रहा है। "

उसने पूछा। यह सवाल दिशा नहीं पूछ रहा था। यह स्थिति तय करना चाहता था।

" नहीं। "

अनिरुद्ध ने कहा। यह जवाब छोटा था। लेकिन साफ़ था।

" तो क्या फायदा। "

आदमी ने भौंहें उठाईं। फिर कहा। यह वाक्य बाहर की दुनिया का स्थायी वाक्य था। अनिरुद्ध ने पहली बार जवाब देने की जल्दी नहीं की। उसने आदमी को देखा। फिर सड़क को।

" फायदा देखने की चीज़ नहीं है। "

उसने कहा। आदमी कुछ पल चुप रहा। फिर हँस दिया। यह हँसी हल्की नहीं थी। यह असहमति की हँसी थी। पहले यह हँसी अनिरुद्ध को छोटा कर देती। आज नहीं। उसने कुछ नहीं कहा। वह आगे बढ़ गया। यह उसकी पहली सार्वजनिक असहमति थी। बिना आवाज़ उठाए। थोड़ी दूर चलने पर उसे महसूस

हुआ। दिल तेज़ धड़क रहा है। यह डर नहीं था। यह प्रतिक्रिया थी। बाहर की दुनिया में हर स्थिति शरीर से होकर जाती है। वह रुका। एक दीवार के पास। दीवार ठंडी थी। मजबूत। उसने हथेली टिकाई। साँस ली। यह रुकना कमजोरी नहीं था। यह संभलना था। फिर वह चला। धीरे। एक दुकान पर फिर रुका। हमेशा की तरह। बिना पूछे। पानी लिया। पीया।

" आजकल सब उलझे रहते हैं। "

आसपास लोग बातें कर रहे थे। किसी ने कहा। यह वाक्य किसी के लिए नहीं था। लेकिन सबके लिए था। अनिरुद्ध ने सोचा। उलझन तब होती है जब दिशा बाहर तय होती है। वह आगे बढ़ा। एक चौराहे पर गलती से गलत सड़क मुड गया। पहले यह गलती उसे घबरा देती। आज नहीं। वह जानता था। गलत सड़क भी कहीं न कहीं ले जाती है। वह सड़क शांत थी। कम लोग। ज़्यादा पेड़। यह शहर का दूसरा चेहरा था। वह चलता रहा। बिना नक्शे के। यह पहली बार था जब बाहर की दुनिया उसे रास्ता दे रही थी। शाम होने लगी। आसमान का रंग बदला। अनिरुद्ध ने सिर उठाया। पहले वह आसमान नहीं देखता था। अब देख लेता था। वह घर लौटा। थोड़ा देर से। माँ ने पूछा नहीं। पिता ने भी नहीं। यह भरोसे की सबसे साफ़ भाषा थी। अपने कमरे में आकर वह बैठा। थोड़ा थका हुआ। लेकिन टूटा नहीं। उसने समझा। बाहर की दुनिया से टकराव टाला नहीं जा सकता। लेकिन उसे झेला जा सकता है। बिना सफ़ाई दिए। बिना माफ़ी माँगे। यह सीख उसे घर से नहीं मिली थी। यह उसे चलकर मिली थी। बाहर की दुनिया ने अनिरुद्ध को आख़िरी बार उस दिन परखा। बिना चेतावनी के। बिना तैयारी के। वह शाम को घर लौट रहा था। सड़क भरी हुई थी। आवाज़ें तेज़ थीं। दिन थका हुआ था। एक जगह भीड़ ज़्यादा थी। लोग किसी बात पर रुके हुए थे। किसी योजना पर। किसी नतीजे पर। अनिरुद्ध भी रुका। पहले की तरह नहीं। सिर्फ़ देखने के लिए। किसी ने कहा।

" आजकल सब आसान रास्ता ढूँढते हैं। "

" आसान नहीं, सुरक्षित। "

किसी ने जवाब दिया। दोनों वाक्य हवा में टिके रहे। किसी ने अनिरुद्ध की तरफ देखा। पहचान के साथ। थोड़ी जाँच के साथ।

" तू क्या मानता है । "

उसने पूछा । यह सवाल अब नया नहीं था । यह वही पुराना सवाल था । जिससे वह पहले भागता था । अनिरुद्ध ने जवाब देने से पहले साँस ली । भीड़ चुप हो गई ।

" मैं रास्ता मानता हूँ । " उसने कहा ।

" कौन सा । "

" जो चलता रहता है । "

यह जवाब बहस के लिए नहीं था । इसलिए बहस नहीं हुई । कुछ लोग हँसे । कुछ चुप रहे । कुछ ने मुँह मोड़ लिया । अनिरुद्ध को फर्क नहीं पड़ा । पहले उसे लगता था कि हर जवाब को सही साबित करना पड़ता है । अब उसे पता था कि कुछ जवाब सिर्फ़ कहे जाते हैं । वह आगे बढ़ गया । बिना पीछे देखे । उसके कदम भारी नहीं थे । लेकिन ठोस थे । वह जान गया था । बाहर की दुनिया हर दिन परीक्षा लेगी । हर मोड़ पर । लेकिन अब उसके पास हर परीक्षा का उत्तर नहीं होना ज़रूरी नहीं था । घर पहुँचा । दरवाज़ा खुला । वही गंध । वही आवाज़ । माँ ने देखा । मुस्कुराई नहीं । लेकिन नज़र ठहरी । पिता ने सिर उठाया । फिर झुका लिया । यह संवाद नहीं था । यह पहचान थी । अनिरुद्ध अपने कमरे में गया । बैठा । खिड़की खोली । आधी । बाहर वही दुनिया थी । दौड़ती हुई । आवाज़ करती हुई । लेकिन अब वह उसे बुला नहीं रही थी । अनिरुद्ध ने महसूस किया । बाहर की दुनिया अब उसकी दिशा तय नहीं करती । वह बस उसका संदर्भ है । वह उठता है । चलता है । रुकता है । अपने तरीके से । और यही पर्याप्त है ।

११ दूरी

दूरी हमेशा जाने से नहीं बनती। कभी-कभी वह रुकने से बनती है। और कभी उस क्षण से , जब आदमी तय करता है कि हर जगह पहुँचना ज़रूरी नहीं है। अनिरुद्ध के लिए दूरी कोई अचानक लिया गया फैसला नहीं थी। यह धीरे-धीरे भीतर बन रही थी। बिना शोर के। बिना घोषणा के। वह अब रोज़ उसी रास्ते से नहीं निकलता था। न वही समय। न वही चाल। उसका चलना अब आदत नहीं था। वह एक चयन बन चुका था। शहर वही था। सड़कें वही थीं। लोग वही थे। लेकिन उनके बीच अनिरुद्ध की जगह बदल गई थी। पहले वह हर आवाज़ से जुड़ना चाहता था। हर चर्चा का हिस्सा बनना चाहता था। हर दिशा में अपनी मौजूदगी दर्ज कराना चाहता था। अब वह सुनता था। देखता था। और आगे बढ़ जाता था। यह आगे बढ़ना पलायन नहीं था। यह दूरी बनाना था। एक ऐसी दूरी जिसमें घबराहट नहीं थी। कुछ लोग यह दूरी नोटिस करने लगे थे। वे पूछते थे। कम मिल रहा है। दिखता नहीं है। अब कहाँ रहता है। अनिरुद्ध मुस्कुराता नहीं था। लेकिन झुँझलाता भी नहीं था। वह बस कह देता था कि व्यस्त हूँ। यह आधा सच था। वह व्यस्त नहीं था। वह साफ़ हो रहा था। दूरी ने उसे चीज़ों को अलग अलग देखने दिया। लोगों को। अपेक्षाओं को। अपने ही पुराने डर को। अब वह पहचान पा रहा था कि कौन-सी बातें उसकी नहीं थीं। कौन-सी योजनाएँ उस पर लादी गई थीं। और किन सपनों में उसका अपना चेहरा नहीं था। यह पहचान आसान नहीं थी। क्योंकि पहचान अक्सर कुछ छोड़ने की माँग करती है। और छोड़ना सबसे कठिन काम होता है। एक दिन वह उसी गली से गुज़रा , जहाँ कभी हर कदम भारी लगता था। अब वह गली उसे बुला नहीं रही थी। वह सिर्फ़ एक रास्ता थी। अनिरुद्ध वहाँ रुका नहीं। बस चलता रहा। यह पहली स्पष्ट दूरी थी। बिना रुके निकल जाना। उस शाम घर लौटते समय उसने महसूस किया कि थकान बदल गई है। पहले की थकान डर से भरी होती थी। अब की थकान साफ़ थी। जैसे शरीर ने काम किया हो। और मन ने कुछ नहीं छुपाया हो। घर में माँ ने देखा कि वह ज़्यादा बोल नहीं रहा है। लेकिन यह चुप्पी पहले जैसी नहीं थी। इसमें तनाव नहीं था। इसमें संतुलन था।

पिता ने भी यह महसूस किया। उन्होंने सवाल नहीं किया। उन्होंने बस जगह दी। और जगह देना भी दूरी का ही एक रूप होता है। अनिरुद्ध अब अपने कमरे में ज़्यादा समय बिताता था। लेकिन वह खुद से नहीं भाग रहा था। वह खुद के साथ बैठ रहा था। खिड़की अब भी आधी खुली रहती थी। लेकिन अब यह प्रतीक नहीं थी। यह सिर्फ़ एक सुविधा थी। हवा के आने की। और दुनिया को उतना देखने की, जितना ज़रूरी है। दूरी ने अनिरुद्ध को यह सिखाया कि हर चीज़ का जवाब देना ज़रूरी नहीं है। कुछ सवाल दूरी से ही अपने आप छोटे हो जाते हैं। और कुछ आवाज़ें दूर होने पर ही साफ़ सुनाई देती हैं। एक दिन किसी ने उससे कहा कि वह बदल गया है। अनिरुद्ध ने विरोध नहीं किया। लेकिन उसने सहमति भी नहीं दी। वह जानता था कि यह बदलाव नहीं है। यह बस गैर-ज़रूरी चीज़ों से दूरी है। दूरी ने उसे हल्का किया था। लेकिन अकेला नहीं। वह अब कम लोगों के साथ था। लेकिन ज़्यादा सच्चा था। यहीं से यह अध्याय और गहराएगा। दूरी आगे चलकर एक रिश्ते से। एक आदत से। और एक पुराने सपने से सामना करेगी। दूरी और अकेलापन एक जैसे नहीं होते। अनिरुद्ध अब यह फर्क समझने लगा था। अकेलापन खाली करता है। दूरी साफ़ करती है। पहले जब वह पीछे हटता था, तो भीतर कुछ टूटता था। अब जब वह पीछे हटता था, तो भीतर कुछ जुड़ता था। यह बदलाव शब्दों में नहीं बैठता था। लेकिन शरीर उसे पहचान लेता था। वह अब कम जगहों पर जाता था। कम लोगों से मिलता था। कम बातें करता था। लेकिन जो करता था, उसमें बिखराव नहीं था। कभी-कभी उसे यह दूरी भारी लगती थी। खासकर शाम के समय। जब शहर की आवाज़ें तेज़ हो जाती थीं। और लोग किसी न किसी जगह पहुँचने की जल्दी में होते थे। उन पलों में उसे लगता था कि वह छूट रहा है। कहीं पीछे रह गया है। लेकिन यह भावना अब टिकती नहीं थी। वह आती थी। और चली जाती थी। दूरी ने उसे भावनाओं को पकड़कर रखने की ज़रूरत से मुक्त किया था। अब वह उन्हें आने देता था। और जाने देता था। एक दिन किसी पुराने परिचित ने उससे कहा कि वह बदल गया है। आवाज़ में शिकायत थी। और थोड़ी नाराज़गी। जैसे अनिरुद्ध ने कोई समझौता तोड़ दिया हो। अनिरुद्ध ने कुछ नहीं कहा। पहले वह सफ़ाई देता। अब नहीं। वह जानता था कि हर दूरी को समझाया नहीं जा सकता। यह दूरी किसी के खिलाफ़ नहीं थी। यह उसके लिए थी।

वह उस शाम देर तक पैदल चला। बिना लक्ष्य के। सिर्फ़ चलने के लिए। सड़कें शांत थीं। पेड़ों की परछाइयाँ लंबी थीं। चलते हुए उसे याद आया कि कभी वह हर दिन खुद को साबित करना चाहता था। किसी के सामने। किसी व्यवस्था के सामने। अब यह इच्छा कमज़ोर पड़ चुकी थी। दूरी ने उसकी ऊर्जा को बचा लिया था। वह अब उसे वहाँ खर्च नहीं कर रहा था जहाँ उसकी ज़रूरत नहीं थी। घर लौटकर वह अपने कमरे में बैठा। बिना लाइट जलाए। अंधेरा अब दोस्ताना था। उसमें डर नहीं था। खिड़की से बाहर देखते हुए उसने महसूस किया कि दुनिया अब भी वैसी ही है। दबाव। दौड़। आवाज़। लेकिन वह अब इन सबका केंद्र नहीं था। वह किनारे था। और किनारे होना हमेशा बुरा नहीं होता। माँ ने उस रात पूछा कि वह कम बोल क्यों रहा है। अनिरुद्ध ने कहा कि वह सुन रहा है। माँ ने कुछ नहीं कहा। लेकिन उसकी आँखों में राहत थी। पिता ने भी यह दूरी देखी थी। लेकिन उन्होंने उसे नाम नहीं दिया। उन्होंने बस जगह दी। दूरी तब आसान हो जाती है जब घर सवाल नहीं पूछता। सिर्फ़ साथ रहता है। अनिरुद्ध अब यह भी समझने लगा था कि दूरी स्थायी नहीं होती। यह एक चरण होती है। एक तैयारी। यह उसे अगले कदम के लिए साफ़ कर रही थी। लेकिन वह कदम अभी दिखाई नहीं दे रहा था। और अब उसे इसकी जल्दी भी नहीं थी। दूरी ने उसे यह सिखाया था कि हर उत्तर तुरंत नहीं मिलता। कुछ उत्तर समय लेते हैं। और कुछ रास्ते चुपचाप बनते हैं। यहीं यह अध्याय और गहरा होता है। अब दूरी किसी बाहरी चीज़ से नहीं। एक अंदरूनी बंधन से टकराएगी। दूरी अब अनिरुद्ध के लिए कोई उपाय नहीं रही। वह एक अवस्था बन चुकी थी। ऐसी अवस्था , जिसमें वह चीज़ों को बिना छुए भी समझ पा रहा था। उसने महसूस किया कि दूरी केवल बाहर से नहीं बनती। वह भीतर से भी बनती है। कुछ आदतों से। कुछ उम्मीदों से। और कुछ पुराने सपनों से। एक शाम वह अपने कमरे में बैठा था। खिड़की आधी खुली थी। हवा आती थी। और जाती थी। जैसे उसे कोई हिसाब न देना हो। उसने सोचा कि कुछ समय पहले तक वह हर चीज़ को पकड़कर रखना चाहता था। हर दिशा में खुद को देखना चाहता था। हर संभावना में अपनी जगह खोजना चाहता था। अब यह इच्छा धीमी पड़ गई थी। पूरी तरह खत्म नहीं हुई थी। बस उतनी नहीं रही थी जितनी पहले थी। दूरी ने उसे यह सिखाया था कि कुछ चीज़ें पास रखकर भारी हो जाती हैं। और कुछ दूर रखकर हल्की। उसने पहली बार किसी पुराने सपने को बिना दुःख के देखा। वह सपना अब उसे बुला नहीं रहा था। और यह बात उसे चुभी

नहीं। यह छोड़ना अचानक नहीं था। यह बहुत दिनों से चल रही प्रक्रिया का आख़िरी क्षण था। वह समझ गया कि हर सपना पूरा करने के लिए नहीं होता। कुछ सपने यह दिखाने के लिए होते हैं कि हम क्या नहीं हैं। यह समझ आते ही उसके भीतर कुछ खुल गया। कोई जीत नहीं थी। कोई हार नहीं थी। बस स्पष्टता थी। माँ उस रात देर तक जागी नहीं। पिता भी जल्दी सो गए। घर शांत था। जितना कोई घर हो सकता है। लेकिन सूना नहीं। अनिरुद्ध ने महसूस किया कि दूरी ने उसे घर से नहीं हटाया। वह उसे घर के और पास ले आई थी। अब वह बिना अपराध-बोध के अकेला बैठ सकता था। और बिना डर के लोगों के बीच जा सकता था। दूरी ने उसे संतुलन दिया था। वह जान गया था कि कब पास जाना है। और कब रुकना है। यह ज्ञान किताबों से नहीं आया था। यह चलने से आया था। रुकने से आया था। और चुप रहने से आया था। उसने खिड़की बंद नहीं की। और पूरी तरह खोली भी नहीं। आधा खुला ही रहने दिया। अब यह आदत नहीं थी। यह उसकी समझ थी। वह बिस्तर पर लेट गया। आज सोच कम थी। और भरोसा ज़्यादा। दूरी अब उसके भीतर डर नहीं पैदा कर रही थी। वह उसे दिशा दे रही थी।

१२ खाली जगह

दूरी के बाद जो बचता है वह हमेशा सन्नाटा नहीं होता। कभी - कभी वह खाली जगह होती है। अनिरुद्ध ने इस खाली जगह को पहले नहीं पहचाना। वह उसे बस कुछ न होने की स्थिति समझता रहा। लेकिन धीरे - धीरे उसने महसूस किया कि यह खालीपन किसी कमी से नहीं बना है। यह उन चीज़ों के हटने से बना है जो कभी उसकी नहीं थीं। खाली जगह हल्की होती है। लेकिन असहज भी। क्योंकि आदमी अक्सर भरे रहने का आदी हो जाता है। अनिरुद्ध भी था। शोर से भरे दिनों का। योजनाओं से भरी शामों का। डर से भरी रातों का। अब जब वे सब हट गए थे तो जो बचा था वह साफ़ था। लेकिन अनजाना था। वह सुबह उठा। कमरा वही था। दीवारें वही। खिड़की वही। लेकिन कमरे में कुछ फैल गया था। कोई आवाज़ नहीं। कोई आदेश नहीं। कोई जल्दी नहीं। खाली जगह अब कमरे में साँस ले रही थी। अनिरुद्ध कुछ देर बिस्तर पर बैठा रहा। आज उठने की जल्दी नहीं थी। और रुकने का डर भी नहीं। वह उठा। पैर ज़मीन पर रखे। और पहली बार उसने यह नहीं सोचा कि आगे क्या करना है। यह अजीब अनुभव था। आदमी जब खाली होता है तो अक्सर भविष्य भरने लगता है। या अतीत। अनिरुद्ध ने इन दोनों से खुद को रोका। वह रसोई में गया। माँ वहाँ थी। काम में लगी हुई। माँ ने देखा। मुस्कुराई नहीं। पर आँखों में कोई चिंता भी नहीं थी। अनिरुद्ध ने चाय ली। पी। धीरे। खाली जगह अब उसके भीतर भी फैल रही थी। यह जगह माँ के सवालों से नहीं भरी। पिता की सलाह से नहीं भरी। यह बस रहने दी गई थी। पिता बरामदे में बैठे थे। अख़बार पास रखा था। पूरा खुला नहीं। अनिरुद्ध पास जाकर बैठ गया। कुछ नहीं कहा। पहले यह चुप्पी अजीब होती। अब यह सहज थी। पिता ने कहा।

" आज क्या। "

" पता नहीं। "

अनिरुद्ध ने कहा। यह उत्तर पहले उसे डराता। आज यह उसे हल्का लगा। खाली जगह उत्तर माँगती नहीं। वह इंतज़ार करती है। दिन धीरे बीतने लगा।

अनिरुद्ध बाहर नहीं गया। न ही कहीं पहुँचा। वह कमरे में कभी बैठा। कभी टहला। कभी खिड़की से देखा। बाहर वही दुनिया थी। लोग। शोर। चलना। लेकिन भीतर खाली जगह थी। यह जगह उससे कुछ नहीं चाहती थी। यह उससे कुछ बनने की ज़िद नहीं करती थी। और यही बात उसे सबसे ज़्यादा परेशान कर रही थी। क्योंकि जब कोई आपसे कुछ नहीं चाहता तो आपको खुद तय करना पड़ता है कि आप क्या चाहते हैं। दोपहर के समय उसने किताब उठाई। खोली। फिर बंद कर दी। आज पढ़ना ज़रूरी नहीं लगा। यह आलस्य नहीं था। यह ईमानदारी थी। खाली जगह अब उसे अपने भीतर ध्यान से देखने का मौका दे रही थी। उसने सोचा कि वह कितने समय तक खुद को किसी न किसी साँचे में ढालने की कोशिश करता रहा। अच्छा छात्र। सही बेटा। समझदार लड़का। इन सब के बीच कहीं वह खुद छूट गया था। खाली जगह अब उसी के लिए थी। शाम को वह छत पर गया। अकेला। आसमान खुला था। बिना रंग के। उसने सिर उठाकर देखा। पहले वह आसमान से कुछ माँगता था। अब वह बस देख रहा था। खाली जगह अब ऊपर भी थी। और भीतर भी। और पहली बार दोनों एक जैसी लग रही थीं। खाली जगह चुप नहीं रही। वह धीरे - धीरे बोलने लगी। शब्दों में नहीं। संकेतों में। अनिरुद्ध ने महसूस किया कि यह जगह उससे कुछ पूछ रही है। लेकिन सवाल सीधा नहीं था। वह किसी परीक्षा की तरह नहीं आया। वह भीतर से उठा। वह दोपहर को फिर कमरे में बैठा था। कुर्सी खिड़की के पास थी। हवा अंदर आ रही थी। बाहर के शोर को छूकर। और भीतर आकर नरम हो जाती थी। उसने अचानक सोचा कि अगर आज कुछ न करे तो क्या होगा। कोई योजना न बनाए। कोई लक्ष्य न रखे। कोई सूची न लिखे। यह विचार उसे अजीब लगा। लेकिन डरावना नहीं। खाली जगह ने उसे यही अनुमति दी थी। कि वह आज बस रहे। वह उठा। कमरे में टहला। दीवार के पास रुका। उसी दीवार के पास जहाँ कभी उसने पीठ टिकाई थी। दीवार वही थी। लेकिन उसका सहारा अब अलग था। पहले वह थकान से टिकता था। अब वह समझ से टिक रहा था। उसे याद आया कि वह कब से किसी चीज़ की तैयारी में लगा रहा। परीक्षा की। नौकरी की। स्वीकृति की। लेकिन अब तैयारी का विषय गायब था। और तैयारी बची थी। यह अजीब स्थिति थी। जैसे हाथ में औज़ार हों। लेकिन काम तय न हो। खाली जगह ने यही दिखाया। कि शायद हर औज़ार को तुरंत काम में नहीं लगाना होता।

" चाय । "

शाम के समय माँ ने आवाज़ दी । अनिरुद्ध रसोई में गया । माँ ने गिलास आगे बढ़ाया । दोनों कुछ पल चुप रहे ।

" बोर हो रहा है ?"

माँ ने पूछा । यह सवाल चिंता से नहीं आया था । यह जिज्ञासा से आया था ।

" नहीं । "

अनिरुद्ध ने कुछ सोचा । फिर कहा । माँ ने उसकी तरफ देखा । जैसे उत्तर को परख रही हो । फिर सिर हिला दिया । खाली जगह को माँ ने भी महसूस किया था । लेकिन उसने उसे भरने की कोशिश नहीं की । पिता बरामदे में थे । अख़बार पास में था । वह पढ़ नहीं रहे थे । अनिरुद्ध वहाँ गया । बैठ गया ।

" आज शांत है । "

" हाँ । "

" यह भी ज़रूरी है । " पिता ने कहा । यह वाक्य छोटा था । लेकिन खाली जगह में टिक गया । रात को अनिरुद्ध अपने कमरे में लौटा । लाइट नहीं जलाई । अंधेरा अब खाली नहीं था । खाली जगह अंधेरे में और साफ़ दिखती है । क्योंकि वहाँ कोई दृश्य नहीं होता । सिर्फ़ एहसास होता है । वह बिस्तर पर लेटा । आज नींद जल्दी नहीं आई । लेकिन बेचैनी भी नहीं थी । उसने खुद से पहली बार यह सवाल सुना । अगर कुछ भी बनना ज़रूरी न हो तो मैं क्या करना चाहूँगा । यह सवाल भारी नहीं था । यह सीधा था । और यही बात उसे चौंकाने वाली लगी । खाली जगह अब उससे भविष्य नहीं माँग रही थी । वह उससे ईमानदारी माँग रही थी । ईमानदारी इस बात की । कि वह क्या नहीं चाहता । उसने महसूस किया कि यह जानना क्या नहीं चाहिए कभी - कभी क्या चाहिए जानने से ज़्यादा ज़रूरी होता है । यह सोच उसे थका नहीं रही थी । यह उसे स्थिर कर रही थी । बाहर कोई आवाज़ आई । कुत्तों के भौंकने की । किसी गाड़ी के गुजरने की । दुनिया चल रही थी । खाली जगह रुकी हुई थी । और अनिरुद्ध दोनों के बीच शांत लेटा था । यह अध्याय अभी पूरा नहीं हुआ । खाली जगह अभी पूरी तरह खुली नहीं है । आगे यह

जगह एक दिशा नहीं एक संकेत देगी। और अनिरुद्ध पहली बार बिना घबराए उसे पहचान लेगा। खाली जगह अब अनिरुद्ध के लिए अनजानी नहीं रही। वह उसे पहचानने लगा था। जैसे कोई चेहरा, जो पहले भी देखा हो, लेकिन नाम अब याद आया हो। उसने समझ लिया था कि यह जगह भरने के लिए नहीं बनी है। यह जगह सुनने के लिए बनी है। अपने भीतर की आवाज़ सुनने के लिए। अगले दिन वह जल्दी नहीं उठा। देर से भी नहीं। वह बस जागा। जागने और उठने के बीच का समय अब उसके लिए ज़रूरी हो गया था। यहीं खाली जगह सबसे साफ़ होती थी। उसने छत को देखा। और पहली बार छत उसे सीमित नहीं लगी। वह बस ऊपर की एक सतह थी। वह उठा। रसोई में गया। माँ वहाँ थी। माँ ने कुछ नहीं पूछा। और यह चुप्पी अब सवाल से बड़ी थी। पिता बरामदे में बैठे थे। खाँसी आई। फिर रुक गई। अनिरुद्ध ने महसूस किया कि घर भी खाली जगह को समझ रहा है। कोई उसे भरने नहीं दौड़ रहा था। दिन ऐसे ही बीता। न तेज़। न धीमा। अनिरुद्ध ने कोई बड़ा फैसला नहीं लिया। कोई घोषणा नहीं की। कोई दिशा तय नहीं की। लेकिन कुछ भीतर स्थिर हो गया। खाली जगह ने उसे यह सिखाया कि हर दिन को अर्थ देना ज़रूरी नहीं है। कुछ दिन बस रहने के लिए होते हैं।

शाम को वह फिर खिड़की के पास बैठा। खिड़की आधी खुली। लेकिन अब आधापन अधूरापन नहीं था। यह संतुलन था। उसने बाहर देखा। दुनिया चल रही थी। वह भी चल सकती थी। लेकिन आज वह बैठा रहा। और यही बैठना सबसे बड़ा काम था। खाली जगह अब डर नहीं पैदा कर रही थी। वह संभावना बन रही थी। बिना आकार के। बिना दबाव के। अनिरुद्ध ने महसूस किया कि वह अब कुछ बनने की जल्दी में नहीं है। और यही जल्दी का खत्म होना उसकी सबसे बड़ी उपलब्धि थी। उसने आँखें बंद कीं। आज विचार नहीं दौड़े। वे बस आए। रुके। और चले गए। यह शांति नई थी। लेकिन अस्थायी नहीं। खाली जगह अब खाली नहीं थी। वह तैयार थी। किसके लिए यह अभी तय नहीं था। और पहली बार यह अनिश्चितता उसे भारी नहीं लगी। यहीं यह अध्याय धीरे से ठहरता है। बिना उत्तर के। लेकिन बिना डर के भी।

१३ पहला संकेत

पहला संकेत कभी शोर नहीं करता। वह घोषणा नहीं करता। वह बस मौजूद रहता हैअनिरुद्ध ने इसे उसी तरह पाया। बिना खोजे। बिना प्रतीक्षा किए। खाली जगह अब स्थिर थी। डर से मुक्त। उत्सुकता से भरी हुई। उसी स्थिरता में कुछ हल्का-सा उसके भीतर हिला। यह विचार नहीं था। यह योजना नहीं थी। यह इच्छा भी नहीं थी। यह सिर्फ़ एक दिशा का हल्का आभास था। जैसे अंधेरे में कहीं से थोड़ी-सी रोशनी आ जाए। रोशनी इतनी नहीं कि रास्ता दिखा दे। बस इतनी कि यह बता दे कि अंधेरा एकमात्र स्थिति नहीं है। अनिरुद्ध उस सुबह उठा तो उसने घड़ी नहीं देखी। उसने खिड़की नहीं खोली। वह बस बैठा रहा। बैठते हुए उसने महसूस किया कि आज कुछ अलग है। अलग इस अर्थ में नहीं कि कुछ नया हुआ है। अलग इस अर्थ में कि भीतर कुछ ठहरा नहीं है। वह रसोई में गया। माँ वहाँ थी। सब कुछ पहले जैसा। लेकिन अनिरुद्ध अब पहले जैसा नहीं था। माँ ने चाय दी। उसने ली। पी। आज चाय न अच्छी लगी न खराब। वह बस ज़रूरी थी। पिता बरामदे में बैठे थे। अख़बार पास में था। लेकिन पढ़ा नहीं जा रहा था। अनिरुद्ध वहाँ गया। बैठ गया। दोनों कुछ देर चुप रहे।

" आज निकलोगे ?"

फिर पिता ने कहा। यह सवाल आदत से नहीं आया था। यह स्थिति से आया था। " हाँ।"

अनिरुद्ध ने बिना सोचे कहा। यह तैयारी से नहीं आया। यह संकेत से आया। पिता ने सिर हिलाया। कुछ और नहीं पूछा। माँ ने भी कुछ नहीं कहा। लेकिन उसकी नज़र अनिरुद्ध पर थोड़ी देर टिकी रही। यह नज़र चिंता की नहीं थी। यह जिज्ञासा की भी नहीं थी। यह पहचान की थी। अनिरुद्ध घर से निकला। बिना तय किए कि कहाँ जाएगा। लेकिन वह भटक नहीं रहा था। यह भटकाव नहीं था। यह खुलापन था। रास्ते वही थे। गली वही। शहर वही। लेकिन आज उसे कहीं पहुँचना नहीं था। वह चलता रहा। धीरे। चलते हुए उसने पहली बार अपने भीतर किसी दबाव को महसूस नहीं किया। कोई आवाज़ उसे नहीं

कह रही थी कि जल्दी करो। कोई चेहरा उसे नहीं बता रहा था कि देर हो रही है। पहला संकेत अक्सर यहीं से पहचाना जाता है। जब दबाव खामोश हो जाए। वह एक पुरानी सड़क पर पहुँचा। यह सड़क भीड़ में नहीं थी। यह शहर की पृष्ठभूमि में रहती थी। अनिरुद्ध पहले भी इस सड़क से गुज़र चुका था। लेकिन उसने कभी रुककर देखा नहीं था। आज वह रुका। यह रुकना निर्णय नहीं था। यह संकेत का स्वाभाविक परिणाम था। उसने देखा। दुकानें। पुराने मकान। धीमी चाल वाले लोग। यह जगह किसी दौड़ में शामिल नहीं थी। और यही बात अनिरुद्ध को छू गई। पहला संकेत अक्सर ऐसी ही जगहों पर मिलता है। जहाँ कोई आपको कुछ बनने को न कहे। वह आगे चला। थोड़ा और। एक छोटी-सी जगह पर कुछ लोग बैठे थे। कुछ लिख रहे थे। कुछ पढ़ रहे थे। कोई बोर्ड नहीं था। कोई पोस्टर नहीं। कोई घोषणा नहीं। बस लोग थे। और समय था। अनिरुद्ध वहीं कुछ देर खड़ा रहा। उसने खुद से कुछ नहीं पूछा। और यही सबसे बड़ा संकेत था। उसने महसूस किया कि वह यहाँ रुक सकता है। न हमेशा के लिए। बस अभी के लिए। यह रुकना किसी लक्ष्य का नतीजा नहीं था। यह भीतर की स्वीकृति थी। पहला संकेत अक्सर यही कहता है। तुम यहाँ थोड़ी देर ठीक हो। अनिरुद्ध ने गहरी साँस ली। साँस में डर नहीं था। उत्साह भी नहीं। सिर्फ़ साफ़ हवा थी। यहीं यह अध्याय और खुलता है। पहला संकेत अभी पूरा आकार नहीं ले रहा। वह सिर्फ़ अपनी मौजूदगी दर्ज कर रहा है। आगे यह संकेत अनिरुद्ध को एक छोटे-से कदम की ओर ले जाएगा। बिना वादा किए। बिना भविष्य दिखाए। अनिरुद्ध उस जगह पर खड़ा रहा। ज़्यादा देर नहीं। बस इतनी देर कि शरीर को यक़ीन हो जाए कि रुकना सुरक्षित है। उसने आसपास देखा। लोग अपने काम में थे। कोई उसे नहीं देख रहा था। कोई उससे कुछ नहीं चाहता था। यह एहसास नया था। और हल्का भी। पहले संकेत की यही पहचान होती है। वह आपको केंद्र में नहीं रखता। वह आपको आज़ाद करता है। अनिरुद्ध ने एक कदम आगे बढ़ाया। फिर दूसरा। फिर तीसरा। ये कदम तय नहीं थे। ये कदम बस उठे थे। वह उस जगह के भीतर गया। कोई दरवाज़ा नहीं था। कोई सीमा नहीं थी। बस एक खुलापन था। एक मेज़ पर कोई लिख रहा था। धीरे। जैसे शब्दों को डर न लगे। दूसरी ओर कोई पढ़ रहा था। बीच-बीच में रुककर। जैसे पंक्तियों के बीच भी कुछ हो। अनिरुद्ध ने यह सब देखा। और पहली बार उसने खुद को किसी तुलना में नहीं रखा। न यह

सोचा कि वह भी ऐसा कर सकता है। न यह कि वह नहीं कर सकता। वह बस वहाँ था।

पहला संकेत अक्सर यही करता है। वह संभावना दिखाता है। दबाव नहीं। अनिरुद्ध एक कोने में बैठ गया। खाली कुर्सी थी। किसी ने रोका नहीं। वह बैठा। कुछ देर। शरीर ने अपने आप एक लय पकड़ ली। यह लय सीखी हुई नहीं थी। यह याद की हुई भी नहीं थी। यह बस ठीक थी। उसने बैग खोला। कुछ नहीं निकाला। यह पहली बार था जब बैग का खुलना किसी काम का संकेत नहीं था। कुछ देर बाद उसने काग़ज़ निकाला। और पेंसिल। नया काग़ज़ नहीं। पुराना। आधा भरा हुआ। उस पर पहले की लिखावट थी। तेज़। घबराई हुई। अनिरुद्ध ने काग़ज़ को देखा। और कुछ देर कुछ नहीं लिखा। पहला संकेत कभी तुरंत काम नहीं माँगता। वह धैर्य माँगता है। कुछ देर बाद उसने बस एक रेखा खींची। कोई शब्द नहीं। कोई आकार नहीं। सिर्फ़ एक रेखा। यह रेखा शुरुआत नहीं थी। यह हाज़िरी थी। उसने महसूस किया कि भीतर कुछ खिसका है। कोई बोझ नहीं उतरा। कोई उत्साह नहीं चढ़ा। बस एक संतुलन सा बना। यह संतुलन नाज़ुक था। लेकिन असली। कुछ समय बाद वह उठा। उसे लगा कि अभी यहीं रहना ज़रूरी नहीं। पहला संकेत कभी जकड़ता नहीं। वह छोड़ देता है। अनिरुद्ध बाहर आया। सड़क वही थी। शहर वही। लेकिन अब शहर उसे एक साथ डरा और खींच नहीं रहा था। वह जान गया कि संकेत एक जगह नहीं होता। वह चलते-फिरते साथ रहता है। घर लौटते समय उसके भीतर संशय आया। यह क्या था। क्यों रुका। क्यों बैठा। संशय पहले संकेत का साथी होता है। अनिरुद्ध ने संशय को भगाया नहीं। उसने उसे सुन लिया। और फिर आगे बढ़ गया। घर पहुँचा। माँ ने देखा। कुछ नहीं पूछा। पिता ने देखा। सिर हिलाया। भरोसे का एक और रूप होता है। घर में माँ ने देखा। कुछ नहीं पूछा। पिता ने देखा। कुछ नहीं कहा। घर अब उसके उतार-चढ़ाव को समझने लगा था। रात को वह अपने कमरे में बैठा। खिड़की आधी खुली थी। हमेशा की तरह। लेकिन आज खिड़की कुछ नहीं कह रही थी। और यह चुप्पी उसके लिए काफ़ी थी। अनिरुद्ध ने अपने भीतर एक बात पूरी तरह स्वीकार की। दोहराव अब मुझे बनाने नहीं आया है। वह मुझे खोलने आया है। और जो चीज़ खोलती है उसे थामकर रखना ज़रूरी नहीं होता। उसे बस जाने दिया जाता है। हलचल हलचल हमेशा बाहर से नहीं आती। कभी वह भीतर उठती है। और बाहर को हिला देती है। अनिरुद्ध ने हलचल को पहले भी

देखा था। लेकिन वह तब डर के साथ आती थी। अब वह बिना डर के आ रही थी। यह फर्क छोटा नहीं था। दिन पहले जैसे ही शुरू हुआ। कोई नया दृश्य नहीं। कोई नई आवाज़ नहीं। फिर भी कुछ खिसका हुआ था। वह उठा। कुछ देर बैठा। और यह तय नहीं किया कि आज क्या करना है। पहले यह अनिर्णय होता था। अब यह खुलापन था। रसोई में माँ थी। हाथ चलते रहे। आँखें भी। माँ ने कहा नहीं। लेकिन देखा। देखना अब पूछना नहीं था। यह पहचान थी। पिता बरामदे में बैठे थे। अख़बार खुला नहीं था। लेकिन बंद भी नहीं था। यह बीच की स्थिति अब घर की भाषा बन चुकी थी। अनिरुद्ध बाहर निकला। आज उसके कदम सीधे नहीं थे। वे थोड़े तेज़ थे। यह तेज़ी हड़बड़ी नहीं थी। यह भीतर की हलचल का पहला संकेत थी। सड़क वही थी। शहर वही था। लोग वही थे। लेकिन अनिरुद्ध के भीतर कुछ चल रहा था। हलचल अक्सर शोर नहीं करती। वह बस गति बदल देती है। वह चलते हुए रुका नहीं। लेकिन ठहरा हुआ था। यह ठहराव चलने के भीतर था। एक दुकान के सामने वह अचानक रुक गया। क्यों रुका, यह साफ़ नहीं था। लेकिन रुकना सही लगा।

पहले वह हर रुकने का कारण खोजता था। अब वह कारण से पहले अनुभव को मान रहा था। हलचल अनुभव से शुरू होती है। तर्क से नहीं। उसने शीशे में खुद को देखा। चेहरा वही था। लेकिन आँखों में हल्का तनाव था। यह तनाव डर नहीं था। यह जागना था। कुछ भीतर जगने लगा था। वह आगे बढ़ा। भीड़ बढ़ती गई। लोग तेज़ थे। उनकी चाल में उद्देश्य था। पहले यह उद्देश्य उसे छोटा करता था। अब यह उसे चुनौती देता था। चुनौती डराती नहीं थी। वह बस सामने खड़ी थी। हलचल का यही स्वभाव होता है। वह आपको घेरती नहीं। वह आपको पुकारती है। अनिरुद्ध ने महसूस किया कि वह फिर से तुलना करने लगा है। बहुत हल्के से। लगभग अनजाने में। यह तुलना पहले जहर थी। अब यह संकेत थी। संकेत कि भीतर कुछ बदलने को तैयार है। वह एक चौराहे पर रुका। लाल बत्ती जली। लोग बेचैन हुए। कोई आगे बढ़ना चाहता था। अनिरुद्ध नहीं। उसने पहली बार महसूस किया कि स्थिरता के बाद हलचल स्वाभाविक है। और हलचल के बाद फिर स्थिरता आएगी। यह चक्र डरावना नहीं था। यह जीवन था। हरी बत्ती जली। लोग चले। अनिरुद्ध भी चला। लेकिन अब उसकी चाल में एक प्रश्न था। न बड़ा। न छोटा। बस मौजूद। यह प्रश्न शब्दों में नहीं था। यह शरीर में था। शाम तक यह हलचल उसके साथ रही। कभी तेज़। कभी धीमी। वह उसी जगह नहीं

गया जहाँ पहले संकेत मिले थे। ठीक। या ठीक जैसा कुछ। हलचल पुराने रास्तों की मोहताज नहीं होती। वह नए मोड़ खुद बनाती है। घर लौटते समय उसने महसूस किया कि वह थका हुआ है। लेकिन टूटा नहीं। थकान अब दुश्मन नहीं थी। वह सूचना थी। घर में सब शांत था। माँ ने पूछा नहीं। पिता ने कहा नहीं। लेकिन दोनों ने देखा। देखना अब संवाद था। रात को वह कमरे में बैठा। खिड़की आधी खुली थी। हमेशा की तरह। लेकिन आज हवा सीधी नहीं थी। वह घूमकर आ रही थी। जैसे रास्ता बदल रही हो। हलचल अब कमरे में भी थी। लेकिन उसने जगह नहीं छीनी। वह बस बैठी रही। अनिरुद्ध ने सोचा कि शायद अब कुछ करने का समय आ रहा है। लेकिन उसने यह तय नहीं किया कि क्या। यह अधूरापन उसे परेशान नहीं कर रहा था। यह उसे तैयार कर रहा था। हलचल तैयारी होती है। नतीजा नहीं। वह लेट गया। नींद देर से आई। लेकिन जब आई तो भारी नहीं थी। हलचल नींद को भी बदल देती है। यह अध्याय यहीं नहीं रुकता। हलचल अभी अपनी पूरी आवाज़ नहीं दिखा रही। आगे यह हलचल एक टकराव लाएगी। न बाहर से। भीतर से। और अनिरुद्ध पहली बार उसे टालने की कोशिश नहीं करेगा। हलचल अगले दिन भी साथ थी। लेकिन उसका रूप बदला हुआ था। कल वह गति थी। आज वह बेचैनी थी। बेचैनी डर जैसी नहीं थी। लेकिन आराम जैसी भी नहीं थी। यह उस समय की बेचैनी थी जब भीतर कुछ कहना चाहता है और शब्द अभी बने नहीं होते।

अनिरुद्ध सुबह उठा। आज उठना आसान नहीं था। लेकिन कठिन भी नहीं था। वह उठा क्योंकि उठना ज़रूरी था। न किसी लक्ष्य के लिए। न किसी डर से। रसोई में माँ ने देखा। आज उसकी नज़र ज़्यादा देर रुकी। अनिरुद्ध ने यह नोटिस किया। और पहली बार उसे अच्छा नहीं लगा। यह अच्छा न लगना असहजता नहीं थी। यह जिम्मेदारी का संकेत था। हलचल अब केवल उसकी नहीं रही थी। पिता बरामदे में बैठे थे। अख़बार आज खुला हुआ था। पूरी तरह। यह दृश्य छोटा था। लेकिन अलग था। अनिरुद्ध समझ गया कि घर भी कुछ महसूस कर रहा है। वह बाहर निकला। आज कदम तेज़ नहीं थे। वे भारी थे। हलचल अब उससे कुछ चाह रही थी। चलते हुए उसने पहली बार उस जगह के बारे में सोचा जहाँ पहला संकेत मिला था। आज वहाँ जाने का मन नहीं था। और यह भी एक संकेत था। हलचल कभी - कभी पुरानी शरणों से दूर ले जाती है। वह शहर में घूमता रहा। लेकिन ध्यान भटक रहा था। पहले भटकना उसे डराता था।

अब यह एक सूचना थी। सूचना कि भीतर कोई टकराव है। वह एक पार्क में जाकर बैठा। यह जगह नई नहीं थी। लेकिन आज वह अलग लगी। बच्चों की आवाज़ें थीं। हँसी थी। दौड़ थी। अनिरुद्ध ने देखा कि हलचल हमेशा गंभीर नहीं होती। वह जीवन के शोर में भी छुपी होती है। उसने अपनी हथेलियाँ देखीं। हल्की - सी नमी थी। यह घबराहट नहीं थी। यह सजगता थी। वह सोचने लगा। पर सोच बिखरी हुई थी। हलचल सीधी रेखा में सोचने नहीं देती। वह उठ गया। चलने लगा। चलते - चलते उसके भीतर एक वाक्य उभरा। मुझे कुछ कहना है। यह वाक्य किसी से नहीं जुडा था। यह बस उपस्थिति था। अनिरुद्ध रुका। पहली बार उसने खुद से सीधा सवाल किया। अगर मैं न कहूँ तो क्या होगा। उत्तर तुरंत नहीं आया। लेकिन एक भावना आई। घुटन। हलचल ने अपना चेहरा दिखा दिया था। यह अब तैयारी नहीं थी। यह आग्रह था। शाम तक यह आग्रह उसके साथ रहा। घर लौटते समय वह चुप था। माँ ने पूछा नहीं। लेकिन आँखें सवाल कर रही थीं। पिता ने देखा। और पहली बार कुछ कहने की कोशिश की। फिर रुक गए। यह रुकना कमज़ोरी नहीं था। यह इंतज़ार था। अनिरुद्ध कमरे में गया। खिड़की खोली। आधी। आज हवा ठंडी थी। और तेज़। हलचल अब बाहर भी थी। वह कुर्सी पर बैठा। पीठ सीधी। पहले वह झुककर बैठता था। अब नहीं। यह छोटा बदलाव था। लेकिन गहरा। उसने महसूस किया कि हलचल अब उससे एक कदम चाह रही है। बड़ा नहीं। बस ईमानदार। लेकिन यह कदम किस दिशा में होगा यह अभी साफ़ नहीं था। और यह अस्पष्टता अब उसे डरा नहीं रही थी। यह उसे जगाए रख रही थी। वह देर तक बैठा रहा। कुछ नहीं लिखा। कुछ नहीं किया। लेकिन भीतर कुछ साफ़ हुआ। हलचल को दबाया नहीं जाएगा। उसे सुना जाएगा। हलचल अब अनिरुद्ध के भीतर छुपी नहीं थी। वह सामने आ चुकी थी। बिना शोर किए। बिना हड़बड़ी के। उस रात नींद देर से आई। लेकिन जब आई तो भागकर नहीं आई। हलचल ने नींद को हल्का कर दिया था। सुबह उठते समय उसने यह नहीं सोचा कि आज क्या करना है। उसने यह सोचा कि आज क्या नहीं टालना है। यह फर्क छोटा नहीं था। रसोई में माँ थी। चाय बन रही थी। अनिरुद्ध ने चाय लेते समय कुछ कहना चाहा। शब्द गले तक आए। फिर रुक गए। हलचल ने उससे ज़ोर नहीं लगाया। उसने बस उसे याद दिलाया कि यह पल आया था। पिता बरामदे में बैठे थे। अख़बार पढ़ रहे थे। अनिरुद्ध वहाँ गया। बैठा। कुछ पल कोई नहीं बोला। फिर पिता ने अख़बार मोड़ा। यह एक संकेत

था। अनिरुद्ध ने अपने भीतर हलचल को महसूस किया। वह अब काँप नहीं रही थी। वह स्थिर थी।

" मुझे कुछ कहना है। "

उसने कहा। यह वाक्य पूरी बात नहीं था। लेकिन शुरुआत था। माँ रसोई से बाहर आई। चुप। पिता ने देखा। और कहा नहीं। यह मौन पहले डराता था। आज यह जगह दे रहा था। अनिरुद्ध ने आगे कुछ नहीं कहा। और यह असफलता नहीं थी। हलचल ने जो माँगा था वह मिल चुका था। शब्द हवा में नहीं बिखरे। वे कमरे में टिक गए। उसने महसूस किया कि अब उसे आज सब कुछ कहना नहीं है। हलचल अब उस पर हावी नहीं थी। वह साथ बैठ गई थी। शाम को वह बाहर नहीं गया। यह भी निर्णय। किसी और का। रात को वह अपने कमरे में बैठा। खिड़की आधी खुली थी। लेकिन आज खिड़की कुछ नहीं कह रही थी। और यही शांति थी। हलचल अब शांत हो रही थी। न इसलिए कि वह खत्म हो गई। बल्कि इसलिए कि उसे सुना गया था। अनिरुद्ध ने पहली बार यह समझा कि हर हलचल पर कदम उठाना ज़रूरी नहीं होता। कुछ हलचल सिर्फ़ स्वीकार चाहती है। और स्वीकार कभी - कभी सबसे बड़ा कदम होता है। वह बिस्तर पर लेट गया। आज नींद गहरी आई। हलचल नींद के साथ भीतर चली गई। बिना शोर के। बिना सवाल के। यहीं यह अध्याय धीरे से ठहरता है। बिना किसी निष्कर्ष के। लेकिन एक स्पष्ट स्थिति के साथ। हलचल अब डर नहीं रही। वह तैयारी बन चुकी थी।

१४ स्वीकार

स्वीकार कभी एक दिन में नहीं आता। वह धीरे - धीरे भीतर जगह बनाता है। जैसे नदी किनारे मिट्टी छोड़ती है। अनिरुद्ध ने यह स्वीकार किसी घोषणा में नहीं पाया। यह उसे किसी फैसले की तरह नहीं मिला। यह एक सुबह की तरह आया। बिना शोर के। पटना उस सुबह वैसा ही था। गंगा की हवा में नमी थी। सड़कें जाग चुकी थीं। लेकिन पूरी तरह नहीं। दुकानों के शटर आधे खुले थे। चाय की केतली से भाप उठ रही थी। रिक्शों की घंटियाँ बज रही थीं। पटना कभी एक साथ नहीं चलता। वह टुकड़ों में चलता है। कहीं तेज़। कहीं थमा हुआ। अनिरुद्ध बालकनी में खड़ा था। नीचे सड़क देख रहा था। लोग अपने - अपने दिन में जा रहे थे। किसी के चेहरे पर जल्दी थी। किसी पर आदत। किसी पर थकान। उसने पहली बार यह नहीं सोचा कि वह इनमें कहाँ खड़ा है। यही स्वीकार की परछाईं थी---या बहाना। वह घर से निकला। आज बिना किसी अंदरूनी तकरार के। पटना की गलियाँ उसे हमेशा बोलती रही थीं। आज वे चुप थीं। या शायद वह सुन नहीं रहा था। गांधी मैदान के पास से हवा आती है तो शहर की आवाज़ बदल जाती है। यहाँ कदम धीमे पड़ जाते हैं। यहाँ भीड़ भी खुली लगती है। अनिरुद्ध कुछ देर वहाँ रुका। यह रुकना योजना का हिस्सा नहीं था। यह शरीर का निर्णय था। उसने देखा कुछ लोग टहल रहे थे। कुछ अख़बार पढ़ रहे थे। कुछ बस बैठे थे। कोई किसी को नहीं देख रहा था। हर कोई अपनी जगह था। पटना में यह दृश्य दुर्लभ नहीं है। लेकिन देखने वाला हर बार वही नहीं होता। अनिरुद्ध ने महसूस किया कि वह अब अपने भीतर किसी कमी को नहीं ढूँढ रहा। पहले वह हर दिन कुछ न कुछ कम पाता था। आज वह बस मौजूद था। स्वीकार इसी मौजूदा होने का दूसरा नाम है। वह गंगा की तरफ़ चला। नदी दूर से दिखती है। पूरी नहीं। पटना में गंगा हमेशा पूरी नहीं दिखती। कभी धुंध में। कभी किनारे से। कभी पुल के नीचे से। लेकिन उसकी मौजूदगी हमेशा महसूस होती है। अनिरुद्ध ने नदी को देखा। पहले वह उससे उत्तर माँगता था। आज नहीं। आज वह बस देख रहा था। नदी बह रही थी। बिना पूछे। बिना रुके। यह बहाव किसी दिशा की घोषणा नहीं करता। वह बस चलता है। अनिरुद्ध के भीतर कुछ स्थिर हुआ। उसे पहली बार यह समझ में आया कि स्वीकार हार नहीं है। यह थककर बैठ जाना भी

नहीं है। यह वह स्थिति है जहाँ आदमी खुद को ठीक वैसे देख पाता है जैसा वह है। बिना सजावट के। बिना बचाव के। पटना की दीवारें पुरानी हैं। उन पर समय जमा है। कहीं पोस्टर। कहीं नारे। कहीं बस खुरदुरापन। अनिरुद्ध ने इन दीवारों को आज नए ढंग से देखा। यह शहर कभी चमकता नहीं। वह टिकता है। और टिकना स्वीकार का सबसे गहरा रूप है। वह पैदल चलता रहा। कदम भारी नहीं थे। पहले चलना एक कोशिश होता था। आज चलना बस चलना था।

दोपहर होते - होते शहर तेज़ हो गया। हॉर्न। धूप। आवाज़ें। अनिरुद्ध ने यह सब अपने भीतर जाने दिया। उसने रोका नहीं। उसने लड़ा नहीं। स्वीकार यहीं से अपना असली रूप दिखाता है। जहाँ आप दुनिया को जैसा है वैसा रहने देते हैं। और खुद को भी। घर लौटते समय उसने माँ को देखा। पिता को देखा। दोनों वही थे। और फिर भी कुछ बदला हुआ था। यह बदलाव उनमें नहीं था। यह उसके देखने में था। रात को पटना की आवाज़ धीमी हो जाती है। दूर कहीं ट्रेन की सीटी। कुत्तों का भौंकना। कभी कोई हँसी। अनिरुद्ध खिड़की के पास बैठा। आधी खुली। हमेशा की तरह। लेकिन आज खिड़की एक सीमा नहीं थी। वह दो दुनियाओं के बीच एक सरल रास्ता थी। उसने महसूस किया कि स्वीकार अब एक विचार नहीं रहा। वह एक स्थिति बन चुका था। जहाँ उसे खुद को समझाने की ज़रूरत नहीं थी। जहाँ वह अपने डर से भाग नहीं रहा था। और अपने भरोसे को घोषित भी नहीं कर रहा था। यह अध्याय यहीं नहीं रुकता। स्वीकार अब अनिरुद्ध को एक छोटा - सा पर साफ़ कदम लेने की ओर ले जाएगा। पटना की तरह। जो कभी जल्दी नहीं करता। लेकिन रुकता भी नहीं। दोपहर का समय पटना में कभी एक जैसा नहीं होता। कभी वह भारी होता है। कभी सुस्त। कभी अचानक तेज़। उस दिन दोपहर साफ़ थी। धूप सीधी थी। लेकिन चुभती नहीं थी। अनिरुद्ध पैदल चल रहा था। कदम अपने आप छाया खोज लेते थे। पटना में छाया हमेशा किसी न किसी दीवार से जुड़ी रहती है। पुरानी इमारतें धूप रोक लेती हैं। जैसे शहर अपने लोगों के लिए थोड़ा - सा सहारा बचा कर रखता हो। अनिरुद्ध एक छोटी चाय की दुकान पर रुका। यह दुकान कई सालों से उसी जगह थी। न रंग बदला। न नाम। बस केतली बदली। आवाज़ें बदलीं। दुकानदार ने बिना पूछे चाय रख दी। यह पूछे बिना देना पटना की अपनी भाषा है। यह पहचान नहीं माँगता। आदत पर चलता है। अनिरुद्ध ने चाय ली। घूँट लिया। पहले चाय उसके लिए बस एक विराम थी। आज वह मौजूदगी बन गई। पास की बेंच पर एक

आदमी बैठा था। उम्र का अंदाज़ा लगाना मुश्किल था। उसका चेहरा समय से थोड़ा आगे था। आँखें पीछे। उसने अनिरुद्ध की तरफ देखा। मुस्कुराया नहीं। नज़र भी नहीं हटाई।

" धूप तेज़ है। "

फिर बोला। यहबातचीत की शुरुआत नहीं थी। यह बस एक तथ्य था।

" हाँ। "

अनिरुद्ध ने कहा। दोनों चुप हो गए। यह चुप्पी असहज नहीं थी। पटना की चुप्पियाँ अक्सर संवाद से ज़्यादा साफ़ होती हैं।

" यहीं के हो ?"

" हाँ। "

यह ' हाँ ' पहले भारी लगता था। आज नहीं। आदमी ने सिर हिलाया। और कुछ नहीं पूछा। स्वीकार कभी - कभी इतना ही चाहता है। कि आप अपने होने को बिना सफ़ाई के कह सकें। चाय खत्म हुई। अनिरुद्ध उठा। " ठीक चल रहे हो। " आदमी ने कहा। यह वाक्य प्रश्न नहीं था। यह एक देखी हुई बात थी। अनिरुद्ध ने पीछे मुडकर नहीं देखा। यह अनदेखा करना नहीं था। यह भरोसा था। वह आगे बढ़ गया। पटना की सड़कें दोपहर में थोड़ी चिड़चिड़ी हो जाती हैं। हॉर्न तेज़ हो जाते हैं। कदम छोटे। अनिरुद्ध ने इस चिड़चिड़ाहट को अपने भीतर नहीं घुसने दिया। पहले वह हर तेज़ आवाज़ पर सिकुड़ जाता था। आज वह बस चलता रहा। स्वीकार यहीं काम करता है। वह आपको बचाता नहीं। वह आपको टिकाता है। दोपहर के बाद आसमान थोड़ा बदला। बादल नहीं आए। बस रोशनी नरम हुई। अनिरुद्ध ने यह बदलाव देखा। पहले वह हर बदलाव से कुछ उम्मीद जोड़ता था। आज वह उसे बस होने देता था। शाम के समय वह घर लौटा। माँ दरवाज़े के पास नहीं थी। यह भी एक स्वीकार था। पिता बरामदे में बैठे थे। उनकी पीठ सीधी नहीं थी। लेकिन झुकी भी नहीं थी। अनिरुद्ध पास बैठ गया।

" आज ज़्यादा चला ?"

" हाँ। "

" ठीक लगा ?"

" हाँ। "

रात आई। पटना की रात धीरे आती है। दिन का शोर एक - एक करके खामोश होता है। अनिरुद्ध खिड़की के पास बैठा। आधी खुली। हमेशा की तरह। लेकिन आज उस आधेपन में कोई कमी नहीं थी। वह पूरा लग रहा था। स्वीकार अब किसी क्षण से बंधा नहीं था। वह दिन में भी था। दोपहर में भी। रात में भी। वह अनिरुद्ध की चलने की चाल में था। रुकने के ढंग में था। और बोलने से पहले रुक जाने में भी। यह अध्याय अब और गहरा होगा। स्वीकार अब बाहर की दुनिया से एक हल्की टकराहट करेगा। और अनिरुद्ध पहली बार बिना खुद को सही ठहराए खड़ा रहेगा। स्वीकार अब अनिरुद्ध के भीतर ठहरा हुआ था। वह किसी भावना की तरह नहीं आता था। वह एक स्थिति की तरह रहता था। उस शाम पटना की सड़कें कुछ ज़्यादा भरी हुई थीं। शायद कोई त्योहार पास था। शायद सिर्फ़ दिन ऐसा था। लोग जल्दी में थे। आवाज़ें ऊँची थीं। हवा भारी थी। अनिरुद्ध भी उसी सड़क पर था। उसी भीड़ में। पहले यह भीड़ उसे छोटा कर देती थी। आज नहीं। आज वह भीड़ का हिस्सा था। लेकिन उसमें खोया नहीं था। एक जगह किसी ने उसे धक्का दिया। जानबूझकर नहीं। बस जगह की कमी थी। पहले वह या तो चुप हो जाता। या भीतर से जलता। आज उसने बस संतुलन संभाला। न गुस्सा। न शिकायत। यह स्वीकार का सबसे कठिन रूप होता है। जहाँ आप प्रतिक्रिया नहीं देते। लेकिन अनुपस्थित भी नहीं होते। वह आगे बढ़ा। पटना की शाम धीरे धीरे रात में बदल रही थी। दुकानों की लाइट पीली थी। छायाएँ लंबी थीं। अनिरुद्ध ने एक पल के लिए रुककर शहर को देखा। यह शहर कभी आपको अपने जैसा नहीं बनाता। वह आपको अपने भीतर रहने देता है। और यही उसका सबसे बड़ा सच है। घर पहुँचा। दरवाज़ा खुला। वही गंध। वही आवाज़। माँ ने देखा। कुछ नहीं पूछा। पिता ने देखा। हल्का - सा सिर हिलाया। यह पूछताछ नहीं थी। यह स्वीकृति थी। अनिरुद्ध अपने कमरे में गया। बैठा। खिड़की आधी खुली। लेकिन आज वह आधापन पूरा था। उसने अपने भीतर कोई सवाल नहीं ढूँढा। कोई जवाब नहीं। उसे ज़रूरत नहीं थी। स्वीकार अब उससे कुछ साबित करने को नहीं कह रहा था। वह बस उससे ईमानदार रहने को कह रहा था। ईमानदार अपने डर के साथ। अपने भरोसे के साथ। और अपने रास्ते के साथ। अनिरुद्ध

ने आँखें बंद कीं। आज नींद बिना किसी विचार के आई। बिना भविष्य के। बिना अतीत के। सिर्फ़ इस क्षण के साथ। यहीं यह अध्याय धीरे से ठहरता है। बिना घोषणा के। बिना निष्कर्ष के। क्योंकि स्वीकार समाप्त नहीं होता। थकान होती है। वह चलता रहता है।

१५ पहला कदम

पहला कदम कभी ज़ोर से नहीं पड़ता। वह ज़मीन को छूकर देखता है। अनिरुद्ध ने पहला कदम किसी दिन तय नहीं किया। वह एक सुबह अपने आप उठ खड़ा हुआ। उठना अब आदत नहीं था। यह एक सहमति थी। उसने आँखें खोलीं। छत देखी। और यह नहीं पूछा कि आगे क्या है। उसने सिर्फ़ यह महसूस किया कि आज रुकना नहीं है। यह भावना उत्साह नहीं थी। यह बेचैनी भी नहीं थी। यह एक शांत दबाव था। जैसे भीतर कुछ कह रहा हो कि अब खड़े हो जाओ। रसोई में माँ थी। हाथ चलते रहे। अनिरुद्ध ने चाय ली। और पहली बार उसने चाय खत्म होने का इंतज़ार नहीं किया। यह जल्दबाज़ी नहीं थी। यह स्पष्टता थी। उसने कहा नहीं कि वह क्या करने जा रहा है। उसने सिर्फ़ दरवाज़ा खोला। दरवाज़े का खुलना पहला कदम नहीं था। पहला कदम उसका पीछे न देखना था। पटना सुबह के समय अपने आप में एक सवाल होता है। यह शहर आपसे ध्यान माँगता है। अनिरुद्ध ने ध्यान दिया। उसने देखा कि उसके कदम आज सीधे हैं। सीधे होने का मतलब तेज़ होना नहीं होता। सीधे होने का मतलब झिझक का कम होना होता है। वह चला। उसी दिशा में जहाँ पहले संकेत उसे रोककर बिठा चुके थे। आज वह रुकने नहीं जा रहा था। वह कुछ करने जा रहा था। लेकिन करना यहाँ बड़ा शब्द नहीं था। यह सिर्फ़ शुरू करना था। उस जगह पर पहुँचकर उसने इधर - उधर नहीं देखा। पहले वह देखता था कि कौन है। कौन नहीं। आज उसने बैग खोला। बैग का खुलना आज एक घोषणा था। उसने काग़ज़ निकाला। पूरा। न आधा। यह चुनाव छोटा था। लेकिन निर्णायक। उसने पेंसिल हाथ में ली। पहले हाथ काँपता था। आज वह स्थिर था। स्थिरता आत्मविश्वास नहीं होती। वह स्वीकार की परिणति होती है। उसने पहला शब्द लिखा। कोई सुंदर शब्द नहीं। कोई गूढ़ शब्द नहीं। एक साधारण शब्द। उस शब्द में दिखावा नहीं था। लेकिन वह उसका था। अनिरुद्ध ने लिखना जारी रखा। वाक्य लंबे नहीं थे। वे ठहरते थे। हर वाक्य उससे एक साँस माँगता था। यह लेखन प्रदर्शन नहीं था। यह उपस्थिति थी। बीच में उसने रुककर काग़ज़ देखा। पहले वह आलोचना करता था। आज वह मान लेता था। मान लेना पहला कदम जीवित रखता है। घंटों नहीं। मिनटों तक। लेकिन हर मिनट पूरा था। जब वह उठा तो उसके भीतर

कोई विजय नहीं थी । लेकिन कोई खालीपन भी नहीं था । पहला कदम यहीं सफल होता है । जब वह आपको भरता नहीं । लेकिन खाली भी नहीं छोड़ता । घर लौटते समय पटना वही था । लेकिन अनिरुद्ध वही नहीं था । उसके कदम अब याद रख रहे थे कि वे कहाँ गए थे । याद कभी - कभी सबसे बड़ा सहारा होती है । माँ ने उसकी तरफ देखा । और पहली बार पूछा नहीं । यह पूछना नहीं सबसे बड़ी समझ थी । पिता बरामदे में थे । अख़बार बगल में । अनिरुद्ध बैठा । उसने सब कुछ नहीं कहा । उसने कुछ भी नहीं कहा । और यह सबसे सच्ची बात थी । रात को वह अपने कमरे में बैठा । खिड़की आधी खुली । लेकिन आज खिड़की एक सीमा नहीं थी । वह एक याद थी । कि वह बाहर गया था । और वापस लौटा था ।

पहला कदम कभी दूरी नहीं बनाता । वह एक चक्र पूरा करता है । अनिरुद्ध ने आँखें बंद कीं । आज नींद बिना सवाल के आई । क्योंकि पहला कदम सपने नहीं शांति देता है । यह अध्याय यहीं नहीं रुकता । पहला कदम अभी दूसरा माँगेगा । और दूसरा पहले जैसा सरल नहीं होगा । लेकिन अब अनिरुद्ध पीछे नहीं देखेगा । पहला कदम उठ जाने के बाद दूसरा अपने आप नहीं आता । वह इंतज़ार करता है । और इंतज़ार करवाता है । अनिरुद्ध ने इसे उसी दिन महसूस किया । घर लौटने के बाद । शाम के ढलने के साथ । पहला कदम शांति देता है । दूसरा सवाल उठाता है । उसने कमरे में बैठकर काग़ज़ फिर निकाला । आज लिखने की जल्दी नहीं थी । पहले कदम के बाद लालच आता है । कि फिर से वही अनुभूति मिले । अनिरुद्ध ने इस लालच को देखा । और रोक दिया । यह रोक डर से नहीं आई । यह समझ से आई । दूसरा कदम दोहराव नहीं चाहता । वह जिम्मेदारी चाहता है । रात को नींद आई । लेकिन गहरी नहीं । यह बेचैनी नहीं थी । यह जागरूकता थी । सुबह वह उसी जागरूकता के साथ उठा । आज उठना पहले जैसा सहज नहीं था । यह कठिन भी नहीं था । साफ़ । या साफ़ जैसा । रसोई में माँ ने देखा । आज उसकी नज़र कुछ पल अटकी रही । अनिरुद्ध ने इस नज़र से भागा नहीं । उसने कहा नहीं कि वह फिर जाएगा । उसने चाय पी । और जाने की तैयारी की । यह तैयारी अब मन की नहीं थी । यह शरीर की थी ।

पटना दोपहर के करीब अपना असली चेहरा दिखाता है । धूप सीधी होती है । हवा सुस्त । लोग थोड़े चिड़चिड़े । अनिरुद्ध इस धूप में चला । आज उसकी चाल कल से अलग थी । कल वह खुद के लिए चल रहा था । आज वह उस काम के लिए

चल रहा था जो उसने शुरू किया था। यह फर्क सूक्ष्म था। लेकिन निर्णायक। उस जगह पर पहुँचकर उसने बैठने से पहले चारों ओर देखा। आज उसे दुनिया थोड़ी ज़्यादा दिख रही थी। लोग। आवाज़ें। हलचल। पहले कदम ने उसे अंदर की शांति दी थी। दूसरा कदम उसे बाहर की वास्तविकता से मिलाने वाला था। उसने बैग खोला। काग़ज़ निकाला। लेकिन लिखना तुरंत शुरू नहीं किया। उसने अपने भीतर उस डर को महसूस किया जो कल नहीं था। यह डर असफलता का नहीं था। यह जवाबदेही का था। अगर मैं आज न लिख पाया तो। अनिरुद्ध ने इस वाक्य को पूरा नहीं किया। उसने पेंसिल हाथ में ली। हाथ आज स्थिर नहीं था। ठीक। या ठीक जैसा कुछ। दूसरा कदम काँपते हाथों से ही उठता है। उसने पहला वाक्य लिखा। आज वाक्य कल जितना सरल नहीं था। वह अटका। फिर रुका। यह रुकना पहले जैसा सहज नहीं था। यह संघर्ष था। और संघर्ष पहला संकेत होता है कि आप आगे बढ़ रहे हैं। अनिरुद्ध ने वाक्य पूरा नहीं किया। उसने पेंसिल रख दी। कुछ पल कुछ नहीं किया। यह हार नहीं थी। यह दूसरे कदम की ईमानदारी थी। उसने काग़ज़ मोड़ा। बैग में रखा। और उठ खड़ा हुआ। यह उठना भागना नहीं था। यह सीखना था। घर लौटते समय उसके भीतर अजीब - सी शांति थी। पहले वह आज को खराब मान लेता। अब वह आज को जरूरी मान रहा था।

" हो आया ?"

" हाँ। "

कहा। माँ ने पूछा नहीं कि क्या हुआ। यह सबसे बड़ा सहारा था। आज उसने पहली बार खुद से यह स्वीकार किया। हर दिन अच्छा नहीं होगा। और यही ठीक है। रात को खिड़की आधी खुली थी। हमेशा की तरह। लेकिन आज खिड़की याद दिला रही थी। कि पहला कदम शांति देता है। दूसरा संघर्ष। और दोनों ज़रूरी हैं। अनिरुद्ध ने आँखें बंद कीं। आज नींद पूरी नहीं थी। लेकिन सच्ची थी। दूसरा कदम अनिरुद्ध को आगे नहीं ले गया। लेकिन पीछे भी नहीं धकेला। वह उसे बीच की जगह में छोड़ गया। और बीच की जगह हमेशा कठिन होती है। यहाँ न उत्साह टिकता है। न निराशा साफ़ दिखती है। यहाँ आदमी खुद के साथ अकेला होता है। अनिरुद्ध ने इस अकेलेपन से भागने की कोशिश नहीं की। पहले वह इस जगह से डरता था। अब वह यहाँ रुक सका। यह छोटी जीत

नहीं थी। शाम ढल रही थी। पटना की हवा धीरे ठंडी हो रही थी। दूर कहीं मस्जिद से आवाज़ आई। कहीं मंदिर की घंटी। शहर अपने समय में चल रहा था। अनिरुद्ध उस समय से लड़ नहीं रहा था। वह उसी में चल रहा था। घर के भीतर माँ ने खाना लगाया। कोई सवाल नहीं। कोई सलाह नहीं। यह घर का सबसे शांत रूप था। पिता चुप थे। लेकिन उनकी चुप्पी अब भारी नहीं थी। अनिरुद्ध ने खाना खाया। हर कौर आज ध्यान माँगता था। पहले वह खाते हुए सोचता था। आज वह खाते हुए खाता था। यह फर्क उसे रात तक समझ में आता रहा। कमरे में वह फिर काग़ज़ के पास बैठा। आज उसने उसे खोला नहीं। उसने बस हाथ रखा। जैसे यह मान रहा हो कि यह अभी भी यहाँ है। पहला कदम काग़ज़ पर था। दूसरा खुद पर। अब तीसरा कहीं बीच में होगा। और बीच के कदम हमेशा नामहीन होते हैं। खिड़की आधी खुली। लेकिन आज उस आधेपन में कोई प्रश्न नहीं था। वह पूरा लग रहा था। अनिरुद्ध ने यह स्वीकार किया कि हर दिन उसे कुछ साबित नहीं करना। और हर रुकावट उसे रोकने नहीं आई। कुछ उसे समझाने आती हैं। दूसरा कदम उसे यही समझा गया था। कि रास्ता सीधा नहीं होगा। लेकिन चलना अब उसके भीतर स्थिर हो चुका है। वह लेट गया। नींद आज धीरे आई। लेकिन जब आई तो कोई बोझ साथ नहीं लाई। यह नींद नहीं थी। यह स्वीकृति का एक और रूप था।

१६ जिम्मेदारी

जिम्मेदारी अचानक नहीं आती। वह धीरे-धीरे कंधों पर बैठती है। पहले हल्की लगती है। फिर मौजूद। अनिरुद्ध ने इसे किसी घोषणा में नहीं पहचाना। वह उसे एक सुबह की थकान में मिला। ऐसी थकान जो सोने से नहीं जाती। वह उठा। बैठा। और पहली बार यह नहीं सोचा कि वह क्या चाहता है। उसने यह सोचा कि वह किसका हिस्सा है। यह विचार भारी नहीं था। यह साफ़ था। रसोई में माँ थी। हाथ वही काम कर रहे थे। लेकिन गति थोड़ी धीमी थी। अनिरुद्ध ने देखा। और कुछ भीतर दर्ज हो गया। पिता बरामदे में बैठे थे। अख़बार खुला था। लेकिन पढ़ा नहीं जा रहा था। यह दृश्य नया नहीं था। लेकिन आज इसका अर्थ बदला हुआ था। जिम्मेदारी यहीं से शुरू होती है। जब आप दृश्य देखते हैं। और उनसे भागते नहीं। अनिरुद्ध ने चाय ली। आज उसने चाय का स्वाद नहीं सोचा। उसने चाय का समय सोचा। समय जो किसी का इंतज़ार नहीं करता। लेकिन किसी को साथ ज़रूर ले जाता है। वह बाहर निकला। कदम धीमे थे। लेकिन भीतर कोई हड़बड़ी नहीं थी। जिम्मेदारी की चाल तेज़ नहीं होती। वह स्थिर होती है। सड़क वही थी। शहर वही। लोग वही। लेकिन आज उसे हर चेहरा एक कहानी नहीं एक भार लगा। हर कोई कुछ उठाए चल रहा था। कुछ दिखाई देने वाला। कुछ नहीं। अनिरुद्ध ने पहली बार यह नहीं सोचा कि वह किससे आगे है। उसने यह सोचा कि वह किसके साथ है। यह फर्क छोटा नहीं था। वह उसी जगह पहुँचा जहाँ उसने पहले कदम उठाए थे। आज वह बैठा नहीं। आज वह खड़ा रहा। खड़ा रहना भी जिम्मेदारी का एक रूप होता है। उसने बैग खोला। काग़ज़ निकाला। आज उसने लिखने की कोशिश नहीं की। उसने पढ़ा। खुद को। कल का लिखा। परसों की रेखा। यह पढ़ना आलोचना नहीं था। यह लेखा-जोखा था।

जिम्मेदारी अपने काम से आँख मिलाने का नाम है। उसने देखा कि कुछ अधूरा है। और कुछ जल्दबाज़ी में किया गया है। पहले यह देखकर वह या तो खुद को बचाता। या खुद को तोड़ता। आज उसने कुछ नहीं किया। उसने बस मान लिया। मान लेना जिम्मेदारी की सबसे शांत शुरुआत होती है। वह बैठा। और

पहली बार उसने समय तय किया। लंबा नहीं। छोटा। इतना कि झूठ न बन जाए। जिम्मेदारी अक्सर वहीं टूटती है जहाँ समय झूठा होता है। उसने लिखा। थोड़ा। आज हर वाक्य किसी विचार से नहीं किसी उत्तर से जुड़ा था। उत्तर किसी प्रश्न का नहीं। उत्तर अपने होने का। लिखते हुए उसने महसूस किया कि अब वह लिखने से भाग नहीं सकता। यह मजबूरी नहीं थी। स्वीकृति। बिना शब्द। लिखना अब उसका शौक नहीं था। और न ही उसकी पहचान। यह उसकी जिम्मेदारी बन रही थी। जब वह उठा तो भीतर कोई उत्साह नहीं था। लेकिन कोई खालीपन भी नहीं था। यह संतुलन सस्ता नहीं होता। यह खुद से किए गए कई छोटे वादों से बनता है।

" कुछ चाहिए ?"

घर लौटते समय उसने माँ को देखा। आज उसने पूछा। यह सवाल पहले भी पूछा गया था। लेकिन आज यह आदत नहीं था। यह ध्यान था।

" सब ठीक है।"

माँ ने कहा। अनिरुद्ध ने यह 'ठीक' जैसा है वैसा मान लिया। जिम्मेदारी हर 'ठीक' को ठीक करने नहीं जाती। वह उसे सुनकर आगे बढ़ जाती है। पिता से उसने कुछ नहीं कहा। लेकिन उसके पास बैठा। बैठना कभी-कभी कहने से ज़्यादा होता है। शाम को वह बाहर नहीं गया। यह टालना नहीं था। यह घर के साथ रहने का निर्णय था। जिम्मेदारी हमेशा बाहर नहीं होती। कभी वह घर में रुकती है। रात को वह अपने कमरे में बैठा। खिड़की आधी खुली थी। हमेशा की तरह। लेकिन आज हवा कुछ याद दिला रही थी। कि जिम्मेदारी भार नहीं होती। वह एक दिशा होती है जिसमें आप पीछे नहीं देखते। अनिरुद्ध ने काग़ज़ समेटा। और तय किया कि कल वह फिर आएगा। न जीतने। न साबित करने। बस निभाने। यहीं यह अध्याय और गहराएगा। आगे जिम्मेदारी उसे किसी से टकराएगी। और अनिरुद्ध पहली बार अपना बोझ किसी और पर नहीं डालेगा। जिम्मेदारी जब गहराती है तो वह केवल काम में नहीं दिखती। वह रिश्तों में उतर आती है। अनिरुद्ध ने इसे सबसे पहले घर में महसूस किया। घर वही था। दीवारें वही। आवाज़ें वही। लेकिन अब वह घर में एक दर्शक नहीं था। वह हिस्सा था। माँ रसोई में काम कर रही थी। उसके हाथ थोड़े थके हुए थे। अनिरुद्ध ने यह

देखा। और देखा हुआ अनदेखा नहीं किया। उसने पास जाकर सब्ज़ी काटनी शुरू की। कोई घोषणा नहीं। कोई मदद का दिखावा नहीं। बस काम। माँ ने कुछ नहीं कहा। उसने भी नहीं पूछा। यहचुप्पी नई थी। यह चुप्पी बराबरी की थी। जिम्मेदारी यहीं अपना पहला रिश्तों वाला रूप दिखाती है। जहाँ आप सहायता नहीं करते। आप साथ देते हैं। पिता बरामदे में बैठे थे। उनकी साँस आज थोड़ी भारी थी। " सब ठीक है ?"

अनिरुद्ध ने पूछा। यह सवाल औपचारिक नहीं था। यह ध्यान का नतीजा था।

" हाँ।"

पिता ने कहा। अनिरुद्ध ने इस 'हाँ' को पूछताछ में न बदला। जिम्मेदारी हर जवाब को खोलना नहीं चाहती। कुछ जवाब जैसे हैं वैसे मान लिए जाते हैं। दोपहर बीती। घर अपने ढंग से चलता रहा। अनिरुद्ध ने पहली बार यह महसूस किया कि जिम्मेदारी समय का सम्मान सिखाती है। हर काम तुरंत नहीं होता। हर बात उसी पल नहीं खुलती। शाम को वह बाहर गया। आज वह काग़ज़ के लिए नहीं जा रहा था। वह खुद को दुनिया के सामने रखने जा रहा था। यह दुनिया बड़ी नहीं थी। बस एक आदमी थी। वह उसी जगह पहुँचा जहाँ पहले संकेत मिले थे। आज वहाँ एक जाना-पहचाना चेहरा था। वह आदमी जो अक्सर खिड़की के पास बैठता था। उसकी उम्र अनिरुद्ध से थोड़ी ज़्यादा थी। उसने अनिरुद्ध को देखा। सिर हिलाया। अनिरुद्ध बैठा। कुछ देर दोनों चुप। चुप्पी में कुछ अनकहा।

" लिखते हो ?"

फिर आदमी ने कहा। यह सवाल जिज्ञासा से नहीं आया था। यह देखने से आया था। अनिरुद्ध ने सीधे जवाब नहीं दिया।

" कोशिश करता हूँ।"

उसने कहा। यह जवाब कमज़ोरी नहीं था। यह जिम्मेदारी का पहला सार्वजनिक स्वीकार था।

" कोशिश रुकती नहीं।"

आदमी ने कहा। अनिरुद्ध ने इस वाक्य को मन में रखा। यह सलाह नहीं थी। यह एक चेतावनी भी नहीं थी। यह अनुभव था। कुछ देर बाद आदमी चला गया। कोई नाम नहीं। कोई परिचय नहीं। जिम्मेदारी हर रिश्ते को लंबा नहीं बनाती। कुछ मुलाक़ातें बस एक वाक्य देकर चली जाती हैं। घर लौटते समय अनिरुद्ध के भीतर एक हल्का बोझ था। यह बोझ डर का नहीं था। यह खुद को दिखने का भार था। पहले वह इस भार से भाग जाता। आज वह इसके साथ चल रहा था। रात को वह अपने कमरे में बैठा। खिड़की आधी खुली थी। हमेशा की तरह। लेकिन आज हवा सीधे चेहरे पर नहीं आ रही थी। वह घूमकर आ रही थी। जैसे याद दिला रही हो कि जिम्मेदारी सीधी नहीं होती। वह मोड़ लेती है। अनिरुद्ध ने काग़ज़ खोला। आज उसने लिखने से पहले सोचा नहीं। उसने लिखा। धीरे। साफ़। हर वाक्य एक बोझ उठा रहा था। यह बोझ शब्दों का नहीं था। यह अपने नाम के साथ खड़े होने का था। लिखते हुए उसने महसूस किया कि अब वह अपने काम को किसी और के सहारे नहीं रख सकता। यह जिम्मेदारी का असली रूप था। जब आप अपने हिस्से को किसी और पर न डालें। वह देर तक लिखता रहा। थका। लेकिन खाली नहीं। यहीं यह अध्याय और अपने अंत के करीब आएगा। आगे जिम्मेदारी एक परीक्षा बनेगी। और अनिरुद्ध पहली बार उसे टालने का रास्ता जानते हुए भी नहीं चुनेगा। जिम्मेदारी अब अनिरुद्ध के भीतर बैठ चुकी थी। वह किसी आदेश की तरह नहीं थी। वह एक आदत की तरह भी नहीं थी। वह एक स्पष्ट भार थी जिसे उठाया जा सकता था। रात गहरी हो चुकी थी। पटना की आवाज़ें अब छन-छन कर आती थीं। कहीं दूर कोई ट्रेन गुज़री। कहीं कुत्ते भौंके। अनिरुद्ध ने इन आवाज़ों को सुना। और यह नहीं सोचा कि वे उसे परेशान कर रही हैं। वह समझ चुका था कि जिम्मेदारी शांति नहीं देती। वह साथ देती है। उसने काग़ज़ समेटा। आज उसने यह तय नहीं किया कि वह कितना लिखेगा। उसने यह तय किया कि वह लिखेगा। यह फर्क उसे भीतर तक स्थिर कर गया। पहले वह नतीजे से डरता था। अब वह टालने से डरता था। और यह डर कमज़ोरी नहीं था। यह जिम्मेदारी का सबसे साफ़ संकेत था।

घर में सब सो चुके थे। माँ की साँस दूसरे कमरे से सुनाई दे रही थी। पिता की खाँसी कभी-कभी शांत रात को काट देती थी। अनिरुद्ध ने इन आवाज़ों को पहली बार भार नहीं माना। यह उसके जीवन का हिस्सा थीं। और हिस्सों से भागना अब उसकी आदत नहीं रही थी। वह बिस्तर पर लेट गया। नींद तुरंत नहीं

आई। लेकिन वह बेचैन भी नहीं था। वह जानता था कि कल उसे फिर उठना है। न किसी उम्मीद के लिए। न किसी डर से। बल्कि इसलिए कि उसने आज खुद से एक वादा किया है। और वादा किसी और से नहीं। खुद से किया गया वादा सबसे भारी होता है। अनिरुद्ध ने आँखें बंद कीं। नींद आख़िर आई। यह नींद आराम नहीं थी। यह तैयारी थी। क्योंकि जिम्मेदारी सोकर खत्म नहीं होती। वह अगले दिन फिर आपका इंतज़ार करती है। और अनिरुद्ध अब उससे मुँह नहीं मोड़ेगा। यहीं यह अध्याय धीरे से ठहरता है। बिना राहत के।लेकिन बिना बोझ के भी। क्योंकि जिम्मेदारी जब स्वीकार हो जाए तो वह भार नहीं रहती। वह रास्ता बन जाती है। पार जाना किसी रेखा को लाँघना नहीं होता। वह किसी आदत का धीरे-धीरे छूट जाना होता है। अनिरुद्ध ने सबसे पहले यही महसूस किया। कि अब उसे खुद को समझाने की ज़रूरत नहीं पड़ती। सुबह वह उठा। बिना किसी भीतरी बहस के। न आज के लिए। न कल के लिए। उसके भीतर कोई योजना नहीं थी। और कोई अपराधबोध भी नहीं। यह शांति खाली नहीं थी। यह थकी हुई भी नहीं थी। यह काम के बाद कुर्सी पर बैठने जैसी थी। जहाँ पीठ अपने आप ढीली हो जाती है। घर पूरी तरह जाग चुका था।

माँ रसोई में वही हरकतें कर रही थी। चूल्हे की आँच। कड़ाही की आवाज़। चम्मच की खनक। लेकिन आज अनिरुद्ध इन हरकतों को दोहराव की तरह नहीं देख रहा था। वह इन्हें समय की तरह देख रहा था। न बोझ। न रुकावट। सिर्फ़ जीवन का चलते रहना। पिता बरामदे में बैठे थे। कुर्सी अब भी उसी जगह। पीठ अब भी पूरी तरह सीधी नहीं थी। लेकिन अनिरुद्ध ने इस झुकाव को कमज़ोरी नहीं माना। यह एक उम्र का संतुलन था। जहाँ सीधा रहना ज़रूरी नहीं होता। बस गिरना नहीं होता। घर से निकलते समय उसने दरवाज़ा धीरे बंद किया। यह डर नहीं था। यह आदर था। जगह के लिए। समय के लिए। अपने लिए। सड़क पर पटना हमेशा की तरह खुला पड़ा था। शोर था। भीड़ थी। अधूरापन था। रिक्शे। ऑटो। साइकिलें। कोई किसी को पूरा रास्ता नहीं देता। लेकिन अब अनिरुद्ध इस अधूरेपन से लड़ नहीं रहा था। वह उसे जगह दे रहा था। चलते हुए उसने अपने कंधों को ढीला महसूस किया। जिम्मेदारी अब कंधों पर नहीं थी। वह रीढ़ में उतर चुकी थी। यह भार नहीं होता। यह आधार होता है। वह किसी दिशा की ओर खुद को धकेल नहीं रहा था। और किसी दिशा से बच भी नहीं रहा था। वह जहाँ था वहीं पूरा था। यह पहले कभी नहीं हुआ था। दोपहर आई। और बिना शोर

गुज़र गई। अनिरुद्ध ने दिन को पकड़ने की कोशिश नहीं की। उसने दिन से मुक़ाबला नहीं किया। वह दिन के साथ चल पड़ा। यही पार होने का सबसे गहरा अर्थ होता है। कि आप समय के विरोध में न खड़े हों। शाम अपने आप उतरी। सूरज दीवारों से फिसलकर नीचे आया। पटना थोड़ा सुस्त हुआ। अनिरुद्ध घर लौटा। माँ ने उसे देखा। मुस्कुराई नहीं। और यही सबसे सच्ची मुस्कान थी। पिता ने कुछ कहा नहीं। और यह सबसे साफ़ संवाद था। अनिरुद्ध अपने कमरे में गया। लेकिन आज उस आधेपन में कोई प्रतीक्षा नहीं थी। वह अब किसी चीज़ का इंतज़ार नहीं कर रहा था। न संकेत का। न अनुमति का। वह खुद के साथ खड़ा था। उसने काग़ज़ निकाला। और पहली बार यह तय नहीं किया कि वह लिखेगा या नहीं। उसने बस काग़ज़ सामने रखा। जैसे कह रहा हो— मैं यहाँ हूँ। तू भी रह। यह लेखन नहीं था। यह साथ होना था। अनिरुद्ध समझ चुका था। कि पार होना अलग होना नहीं है। यह जुडे रहने का नया ढंग है। दुनिया से। घर से। और खुद से। रात धीरे उतरी। पटना और शांत हुआ। दूर कहीं आवाज़ें थीं। लेकिन वे अब अनिरुद्ध के भीतर नहीं घुस रही थीं। वे बाहर ही रुक रही थीं। वह लेट गया। नींद आई। यह आराम की नींद नहीं थी। यह स्वीकृति की नींद थी। जहाँ सपने कम होते हैं। और जागना भारी नहीं लगता। अनिरुद्ध किसी मंज़िल पर नहीं पहुँचा था। वह किसी दौड़ से उतर आया था। और यही सबसे बड़ा पार था। पार होने के बाद दुनिया अचानक नई नहीं लगती। वह पहले जैसी ही दिखती है। लेकिन आपका देखने का तरीका बदल जाता है। अनिरुद्ध ने इसी बदलाव को पहचाना। सुबह अब किसी उपलब्धि की आवाज़ लेकर नहीं आती थी। वह बस रोशनी लेकर आती थी। कमरे में धूप धीरे-धीरे फ़र्श पर सरकती थी। जैसे किसी को जल्दी न हो। अनिरुद्ध बिस्तर से उठा। आज उसने अपने भीतर कुछ नहीं टटोला। न कोई प्रश्न। न कोई संकल्प। वह बस उठा। रसोई में माँ पहले से जाग रही थी। सब्ज़ी कट रही थी। चाकू की धार लकड़ी के तख़्ते पर एक ही लय में चल रही थी। अनिरुद्ध इस लय को कुछ देर देखता रहा। उसे लगा कि जीवन भी इसी तरह चल सकता है। बिना रुकावट। बिना घोषणा। माँ ने पीछे मुडकर नहीं देखा। फिर भी कहा—

"नाश्ता रख दिया है।"

यह भरोसा था। बरामदे में पिता आसमान देख रहे थे। आसमान पूरी तरह नीला नहीं था। हल्का धूसर। अनिरुद्ध उनके पास खड़ा हुआ। कुछ कहा नहीं। पिता ने भी कुछ नहीं कहा। दोनों कुछ देर एक ही दिशा में देखते रहे। यह संवाद का सबसे साफ़ रूप था। घर से निकलते समय अनिरुद्ध ने अपने कदम तेज़ नहीं किए। पहले वह घर से निकलते ही भागने लगता था। अब वह घर से चलकर निकलता था। सड़क पर पटना अपनी गति में था। ऑटो वाले सवारी बुला रहे थे। रिक्शे धीरे-धीरे सरक रहे थे। एक बूढ़ा दूध की केन साइकिल से उतार रहा था। एक बच्चा स्कूल बैग ठीक कर रहा था। अनिरुद्ध इन सबके बीच चल रहा था। पहले वह इनसे टकराता था। अब वह इनके बीच रास्ता खोजता था। यह अलग तरह का चलना था। उसने कोचिंग की गली देखी। आज वह उसमें घुसा नहीं। बस मुहाने पर रुककर देखता रहा। भीड़ अब भी थी। पोस्टर अब भी थे। नंबर अब भी चमक रहे थे। लेकिन अनिरुद्ध को अब कुछ साबित नहीं करना था। वह बिना नाराज़गी मुड गया। यह पीछे हटना नहीं था। यह चयन था। वह पुस्तकालय की तरफ़ गया। यह जगह अब उसके लिए शरण नहीं थी। यह एक स्थायी ठहराव थी। अंदर कुर्सियाँ पहले जैसी ही थीं। लकड़ी पुरानी। मेज़ों पर खरोंचें। लेकिन इन खरोंचों में अब अनिरुद्ध को घबराहट नहीं दिखती थी। उसे उपयोग दिखता था। वह अपनी जगह बैठा। किताब खोली। आज वह तेज़ी से नहीं पढ़ रहा था। वह हर वाक्य के बाद रुकता था। कभी खिड़की की तरफ देखता। कभी पन्ने पर उँगली रखकर सोचता। यह पढ़ना नहीं था। यह सुनना था। दोपहर धीरे-धीरे आ गई। लाइब्रेरी के बाहर धूप तेज़ थी। अंदर हवा ठहरी हुई। अनिरुद्ध कुछ देर बैठा रहा। फिर किताब बंद की। उठा। बाहर निकला। पटना की दोपहर आदमी को थका देती है। लेकिन आज अनिरुद्ध इस थकान से भाग नहीं रहा था। वह इसे स्वीकार कर रहा था। वह एक पेड़ के नीचे बैठ गया। पेड़ पुराना था। छाल कई जगह से उखड़ी हुई। लेकिन खड़ा था। अनिरुद्ध ने पेड़ की छाया में कुछ देर आँखें बंद कीं। यह सोना नहीं था। यह रुकना था। शाम धीरे आई। जैसे किसी को डर न हो। अनिरुद्ध घर की तरफ चल पड़ा। आज उसके कदम हल्के थे। घर पहुँचा। माँ रसोई में थी। आज उसने पीछे मुडकर मुस्कुराया नहीं। बस इतना कहा—

"हाथ धो ले।"

यह देखभाल थी। पिता बैठे थे। आज उन्होंने खुद कहा—

"बैठ जा।"

अनिरुद्ध बैठ गया। दोनों कुछ देर चुप रहे। फिर पिता ने धीरे से कहा—

"अब तू ठीक लग रहा है।"

यह तारीफ़ नहीं थी। यह पहचान थी। रात अपने आप उतरी। अनिरुद्ध अपने कमरे में गया। खिड़की आज पूरी खुली थी। बिना किसी इरादे के। हवा आई। शहर की आवाज़ आई। लेकिन वे भीतर नहीं गईं। वे कमरे के बाहर ही रुक गईं। अनिरुद्ध बिस्तर पर लेट गया। आज नींद जल्दी आई। यह थकान की नींद नहीं थी। यह संतुलन की नींद थी। जहाँ जागना भारी नहीं होता। और सोना भागना नहीं लगता। अनिरुद्ध अब पार के उस पार था। लेकिन वह दूर नहीं गया था। वह यहीं था। शहर में। घर में। खुद में। कुछ पार ऐसे होते हैं जिनके बाद आप किसी नए किनारे पर खड़े नहीं होते। आप बस खुद के भीतर ठहर जाते हैं। अनिरुद्ध अब यहीं था। किसी मंज़िल पर नहीं। किसी उत्तर पर नहीं। एक ठहराव में। सुबह आज भी पहले जैसी ही आई। लेकिन आज सुबह में कोई सवाल नहीं था। न यह कि आज क्या करना है। न यह कि कल क्या होगा। सुबह बस सुबह थी। खिड़की से धूप धीरे कमरे में उतरी। धूप किसी को जगाने नहीं आई थी। वह बस मौजूद रहने आई थी। अनिरुद्ध बिस्तर से धीरे उठा। आज उठना कोई प्रयास नहीं था। यह एक स्वाभाविक क्रिया थी। रसोई में माँ थी। आज उसने पीछे मुडकर देखा। बस एक पल के लिए। उनकी आँखों में चिंता नहीं थी। और मुस्कान भी नहीं। बस संतोष था। जैसे किसी माँ को यह समझ आ जाए कि अब बच्चा अपने कदमों पर खड़ा है। पिता बरामदे में बैठे थे। आज अख़बार पूरी तरह मुडा हुआ था। वे बस हवा को महसूस कर रहे थे। अनिरुद्ध उनके पास गया। कुछ कहा नहीं। पिता ने भी कुछ नहीं कहा। लेकिन उनकी चुप्पी में एक भरोसा था। वह भरोसा जो शब्दों से कभी व्यक्त नहीं होता।

घर से निकलते समय अनिरुद्ध दहलीज़ पर नहीं रुका। पहले यहीं वह खुद को आख़िरी बार समझाता था। आज यह जगह सिर्फ़ एक चौखट थी। न डर। न प्रतीक। सड़क पर पटना आज भी अधूरा था। भीड़ थी। शोर था। लेकिन आज अनिरुद्ध इस अधूरेपन को देखकर थका नहीं। उसे यह अधूरापन ईमानदार

लगा। क्योंकि पूरा कभी कोई नहीं होता। वह कोचिंग की गली तक पैदल गया। मुहाने पर रुका। भीड़ को देखा। पोस्टरों को देखा। चेहरे। नंबर। रैंक। सब कुछ अब भी वहीं था। लेकिन अब उसका मन इनसे बात नहीं कर रहा था। उसने गली को नम्रता से देखा। जैसे किसी पुराने साथी को। और धीरे से मुड गया। यह अस्वीकृति नहीं थी। यह विद्रोह नहीं था। यह समाप्ति थी। वह पुस्तकालय नहीं गया। आज उसे किसी सुरक्षित जगह की ज़रूरत नहीं थी। वह शहर में बस चलता रहा। बिना दिशा के। पटना की पुरानी गलियाँ। जहाँ छज्जे एक-दूसरे से लगभग बात करते हैं। जहाँ लोग आपको पूछते नहीं। बस देखते हैं। अनिरुद्ध इन गलियों में चलते हुए खुद को हल्का महसूस कर रहा था। जैसे किसी ने उसके भीतर से एक लंबी दौड़ खोल दी हो। दोपहर धीरे आई। धूप तेज़ थी। लेकिन आज उसने छाया खोजने की जल्दी नहीं की। वह धूप के नीचे चलता रहा। यह किसी को साबित करने के लिए नहीं था। यह अपने शरीर को महसूस करने के लिए था। शाम अपने आप उतरी। अनिरुद्ध घर लौटा। माँ ने खाना परोसा। आज उन्होंने कुछ पूछा नहीं। यह सबसे बड़ी स्वीकृति थी। पिता बरामदे में बैठे थे। आज उन्होंने बस इतना कहा—

"थक गया होगा।"

अनिरुद्ध ने सिर हिलाया। हाँ। लेकिन यह अच्छी थकान थी। रात अपने कमरे में अनिरुद्ध खिड़की के पास बैठा। खिड़की आज पूरी खुली थी। बिना किसी अर्थ के। हवा आई। शहर की आवाज़ आई। लेकिन वे उसके भीतर कुछ नहीं तोड़ रही थीं। वे बस मौजूद थीं। अनिरुद्ध ने पहली बार अपने भीतर एक पूरा संवाद खुद से किया। धीरे। स्पष्ट। उसने स्वयं से कहना शुरू किया

" मैं अब किसी से आगे नहीं निकलना चाहता। मैं अब किसी से पीछे भी नहीं रहना चाहता। मैंने समझ लिया है कि दौड़ मुझे बेहतर नहीं बना रही थी। वह बस मुझे व्यस्त बनाए रखती थी। मैं थक गया था अपने आप को समझाते हुए। थक गया था हर दिन अपने मूल्य साबित करते हुए। आज मैं कुछ साबित नहीं कर रहा। मैं बस मौजूद हूँ। मैं अपने डर से भाग नहीं रहा। और अपने साहस को बेच भी नहीं रहा। मैं जानता हूँ कि भविष्य अभी भी अनिश्चित है। लेकिन अब यह अनिश्चितता मुझे डराती नहीं। क्योंकि मैंने खुद को खोना बंद कर दिया है।मैं अब किसी रेखा के इस पार या उस पार नहीं हूँ। मैं रेखा के आर-पार जी रहा हूँ। और

यही मेरा सबसे बड़ा पार है। " अनिरुद्ध ने आँखें बंद कीं। आज नींद भागने की नींद नहीं थी। यह रुक जाने की नींद थी। जहाँ सुबह डर नहीं लाएगी। सिर्फ़ एक और दिन। और एक और मौका। खुद के साथ ईमानदार रहने का।

लेखक की ओर से

लेखक की ओर से यहीं यह अध्याय समाप्त होता है। इसलिए नहीं कि अब कुछ नहीं बचा। बल्कि इसलिए कि अब कुछ भी छिपा नहीं है। यह पृष्ठ कुछ कहने के लिए नहीं है। यह कह चुकने के बाद रुक जाने के लिए है। इस कहानी में किसी ने दुनिया नहीं बदली। किसी ने जीत हासिल नहीं की। किसी ने हार भी नहीं मानी। यहाँ बस एक आदमी अपने शोर से थोड़ा पीछे हटा। और वहीं कुछ साफ़ दिखा। यह किताब आपको कहीं ले जाने की कोशिश नहीं करती। यह आपके साथ थोड़ी देर चलती है। अगर किसी पंक्ति पर आप रुके। अगर किसी वाक्य के बाद आपने कुछ नहीं सोचा। तो यही इस किताब का पूरा होना है। अनिरुद्ध कोई उदाहरण नहीं है। वह कोई

समाधान भी नहीं है। वह सिर्फ़ एक संभावना है। कि बिना भागे भी जिया जा सकता है। कि बिना घोषणा के भी रास्ता बन सकता है। कि बिना शोर के भी मन ठहर सकता है। इस किताब के बाद अगर आपने खिड़की थोड़ी देर खुली छोड़ दी। अगर आपने किसी सवाल को तुरंत जवाब नहीं दिया। अगर आपने खुद से थोड़ा कम लड़ा। तो यह किताब आपके साथ रही। अब यह पृष्ठ आपका है। यहाँ कोई शब्द न जोड़ें। बस कुछ देर चुप रहें। यही अंत है। और यहीं शुरुआत भी।

www.ingramcontent.com/pod-product-compliance
Lightning Source LLC
LaVergne TN
LVHW091531200926
848483LV00002B/370